KU-289-092

Für Yianno. Für deinen Glauben.

CANDI MILLER | Tochter der Kalahari

Über dieses Buch

Jahre sind vergangen seit der Ermordung von Kobas Eltern durch weiße Jäger – Jahre, die das Buschmädchen bei einer Farmerfamilie verbracht hat, weit entfernt von ihrer Heimat, der Kalahari. Ihre Gönnerin Marta sieht in Koba, die mittlerweile fließend Afrikaans spricht und westliche Kleidung trägt, aber immer noch fest in den Traditionen der Buschleute verankert ist, die Zukunft Südafrikas. Koba dagegen spürt, dass sie zurückkehren muss zu ihrem Volk, in die Wüste. Doch sie fürchtet sich zugleich auch vor diesem Schritt. Wird man sie willkommen heißen? Gehört sie wirklich noch zum Volk der »harmlosen Leute«, wie die Buschleute sie selbst nennen? Denn schon längst verbindet sie mit Mannie, Martas Sohn, weit mehr als nur Freundschaft ...

Über die Autorin

Candi Miller, geboren in Sambia und aufgewachsen in Südafrika, ist heute britische Staatsbürgerin. Die studierte Journalistin unterrichtet *Creative and Professional Writing* an der Universität von Wolverhampton. »Tochter der Kalahari« ist ihr erster Roman.

CANDI MILLER

Tochter der Kalahari

Roman

Aus dem Englischen von Katharina Volk

Diana Verlag

Die Originalausgabe erschien 2006 unter dem Titel
Salt & Honey bei Legend Press Ltd, London

FSC

Mix

Produktgruppe aus vorbildlich
bewirtschafteten Wäldern und
anderen kontrollierten Herkünften

Zert.-Nr. SGS-COC-1940
www.fsc.org
© 1996 Forest Stewardship Council

Verlagsgruppe Random House FSC-DEU-0100
Das für dieses Buch verwendete
FSC-zertifizierte Papier *Holmen Book Cream*
liefert Holmen Paper, Hallstavik, Schweden.

Deutsche Erstausgabe 08/2009
Copyright © Candi Miller 2006
Copyright © der deutschsprachigen Ausgabe 2009
by Diana Verlag, München,
in der Verlagsgruppe Random House GmbH
Redaktion | Sabine Thiele
Umschlagmotiv | © Age Fotostock/LOOK-Foto
Umschlaggestaltung | Hauptmann & Kompanie Werbeagentur,
München – Zürich, Teresa Mutzenbach
Herstellung | Helga Schörnig
Satz | Leingärtner, Nabburg
Druck und Bindung | GGP Media GmbH, Pößneck
Printed in Germany 2009
978-3-453-35403-6

www.diana-verlag.de

Südliches Afrika – Mitte des 20. Jahrhunderts

Diese Karte zeigt, wo Kobas Reise beginnt und endet, eine Reise von etwa 3.000 Kilometern.

Anmerkung: Südwestafrika entspricht dem heutigen Namibia

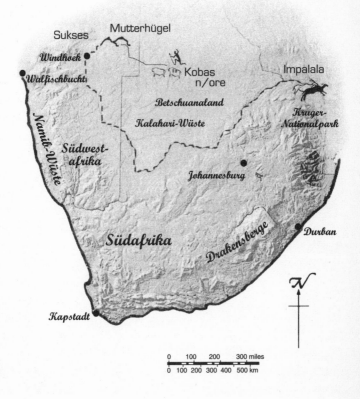

PROLOG

Südwestafrika, 1958

Die Wachhunde schlugen an und bellten so beharrlich, dass Marta aus dem Bett stieg und zum Fenster eilte.

Unerbittliche Schwärze, nicht einmal das Kreuz des Südens am Horizont. Musste bewölkt sein, dachte sie. Wenn sie Glück hatten, würde es morgen etwas kühler sein. Sie hatte vergessen, wie heiß es hier im Dezember sein konnte. Schlecht für ihre Füße, die von der Schwangerschaft ohnehin schon angeschwollen waren.

Nun hörte sie echte Rage im Bellen des Dobermanns; sogar die sonst eher pflichtbewusste Begleitung des Ridgebacks klang drängend. Also keiner der allgegenwärtigen Schakale, der am Zaun um den Hof patrouillierte, in der Hoffnung, einen Weg in den Hühnerstall zu finden. Und es war gewiss keiner der Dienstboten. Sie würden es nicht wagen, den Hof zu betreten, ehe die Hunde von ihrem Herrn, Etienne Marais, für den Tag an ihre Ketten gelegt worden waren.

Doch Etienne und die anderen Männer waren heute Nacht nicht hier – sie waren irgendwo draußen in der Steppe, auf der Jagd. Marta blickte zu dem Gewehr hinüber, das neben dem Fenster lehnte. Etienne, ihr Schwager, hatte darauf bestanden, dass sie es in Abwesenheit der Männer an sich nahm.

»Lettie schießt sich am Ende einen ihrer rosa Pariser Fußnägel weg, wenn ich das Ding bei ihr lasse«, hatte er gesagt und dabei in Richtung seiner Frau gezwinkert.

»Ich will mit Waffen nichts zu tun haben«, hatte Marta erwidert.

Sie verließ das Zimmer also ohne das Gewehr und tastete sich den dunklen Flur entlang auf den Lärm zu. Als sie mit der Fliegengittertür kämpfte, hörte sie den Dobermann aufjaulen. Dann eine vertraute Stimme, die den Hund anbrüllte: »Halt's Maul, verflixte *brak*.«

»Etienne? André? Seid ihr das da draußen?« Als sie die Verandastufen hinuntereilte, nahm sie dunkle Schemen war – von Menschen und Tieren. In der mondlosen Nacht war es unmöglich, jemanden zu erkennen.

»Deon«, rief sie, als ihr Mann, der schlimmer hinkte als gewöhnlich, in Sicht kam. Er hielt eine Fackel, und in deren flackerndem Schatten sah sie ein Pferd mit zwei kleinen Gestalten darauf. Dahinter trottete ein Ochse, auf dessen breitem Rücken ein massiger, regloser Körper lag. Die Hunde sprangen darum herum, und der Ridgeback jaulte.

»*Voetsek, jou focken brakke*«, hörte sie ihren Neffen André fluchen.

Marta pfiff nach den Hunden, packte die beiden beim Halsband und ließ sie sitzen.

»Warum seid ihr so früh zurück?«, fragte sie Deon.

»'n Unfall gegeben«, lallte er betrunken. Martas Hand fuhr zum offenen Halsausschnitt ihres Nachthemds und krallte sich daran fest. Die Hunde sprangen davon.

»Mannie?«, flüsterte sie.

»Dem Jungen fehlt nichts.« Deon schwenkte die Fackel vage in Richtung des Pferdes.

Marta riss sie ihm aus der Hand und taumelte zu ihrem Sohn. Mit der freien Hand tastete sie den Körper des Kindes ab, um das zu entdecken, was der schwache Lichtschein verbarg.

»Geht es dir auch wirklich gut, mein Junge?« Anscheinend ja – er war kühl, kein Fieber, keine offenen Wunden, keine spürbar gebrochenen Knochen. Gott sei Dank. Sie richtete das Licht auf sein von Entsetzen gezeichnetes Gesicht.

»Um Himmels willen, was ist denn?«

»Ma, Ma.« Er schluckte sein Schluchzen herunter. »Mir fehlt nichts, Ma. Sieh nach Onkel Etienne! Du musst ihn retten, Ma, bitte Ma, weil das meine Schuld ist«, stieß er mit erstickter Stimme hervor. Verwundert wandte sie sich von ihrem Sohn ab.

Plötzlich flackerten die Lampen im Haus auf, Kerzenschein drang aus den Quartieren der Dienstboten, und von der Veranda über ihnen war die schrille Stimme ihrer Schwägerin zu hören: »*Liewe Magies*, was ist denn hier los?«

Marta schwenkte die Fackel zu dem Ochsen und schnappte nach Luft. Etienne lag reglos da, mit einem großen braunen Fleck auf der Brust.

Was zum ...? Sie sollte seinen Puls fühlen. Doch sie konnte sich nicht rühren.

»Ma, bitte! Du musst ihm helfen, schnell. Ich glaube ...«

Sie wirbelte zu ihrem Sohn herum und beleuchtete ihn mit ihrer Fackel. Aus dieser Entfernung war der Lichtkreis breiter, und nun sah sie, dass er einen kleinen Körper stützte – zarte gelbliche Glieder, große, orientalisch anmutende Augen. Ein Khoisan-Kind. Aber nicht hier aus der Gegend, das sah sie an der traditionellen Kleidung des Kindes – ein Lendenschurz und ein Umhang aus Leder. Es musste zu einem der Stämme in der Kalahari gehören. Was um alles in der Welt hatte es so weit fort von zu Hause verloren? Und ganz allein? »Helft mir, die Kinder herunterzuholen«, rief sie, ließ die Fackel fallen und rannte zu dem Pferd zurück.

Als sie nach dem Khoisan-Kind griff, wich es furchtsam zurück und hob die zusammengebundenen Hände, um sie abzuwehren. Marta hielt inne, starr vor Entsetzen. »Warum ist dieses Kind gefesselt?«

Sobald André die Hunde gesichert hatte, strömten Dienstboten in unterschiedlichen Stadien der Bekleidung auf den Hof. Hausmädchen, die man diesseits des Zauns noch nie ohne Kopfbedeckung gesehen hatte, sahen fremd und nackt aus, obwohl sie sich sittsam in Decken oder Tücher gehüllt hatten. Einige trugen schlaftrunkene Kinder in den Armen und sahen zu, wie ihre Männer mit nackten Oberkörpern unruhig herumliefen, Keulen oder Stücke von Metallrohren kampfbereit in Händen. Während die Ältesten zu ergründen versuchten, wer unter ihnen die Leitung übernehmen sollte, da die Weißen und Twi, der Boss Boy, anderweitig beschäftigt waren, machten sich zwei Jugendliche, auf deren Brust noch die

Schnitte der Initiation verheilten, mit Fackeln auf den Weg, um am Zaun um das Anwesen zu patrouillieren. Die Hunde zerrten an ihren Ketten und bellten wie toll.

Das Murmeln und Wispern angsterfüllter Menschen schwoll an, bis Marta es im Nacken spürte wie den rasselnden Atem eines Leoparden.

»Gebt mir eine Lampe, holt mehr Fackeln«, rief sie in die Menge. »Und warum, um Himmels willen, wirft nicht endlich jemand den Generator an!« Sie hörte hastige Schritte ihren Anweisungen nachkommen, dann kreischte Lettie, als sie Etienne entdeckte; als Nächstes hörte sie André, der versuchte, seine Mutter zu beruhigen. Martas Aufmerksamkeit blieb auf Deon gerichtet. »Wo habt ihr dieses Kind gefunden?«

»Da draußen, Richtung Mutterhügel.« Der Blick seiner blutunterlaufenen Augen flackerte zu den zwei Hügeln hinüber, deren steinerne Kuppen der laszive Wüstenwind zu zwei Brustwarzen erodiert hatte. Selbst von der Nacht verhüllt, war ihre Anziehungskraft spürbar. Wenn die Morgensonne das Dekolleté zwischen den Hügeln erreichte, fiel sie auf das Juwel, das den Busen schmückte – ein atemberaubender aquamarinblauer Teich in einer Fassung aus rotgoldenem Gestein, der oberflächliche Beweis für den artesischen Reichtum unter der Erde.

Die Farmer Südwestafrikas hatten diesen verborgenen Schatz zu plündern gelernt. Und keiner konnte das besser als Etienne Marais, Besitzer der banknotengrünen Getreidefelder, die sich um den Hof herum ausbreiteten, so weit das Auge reichte. Der große, blonde, breitschultrige Etienne Marais, die personifizierte Geschichte erfolgreicher Afrikaaner, Herr aller Menschen in diesem Gebiet und parlamentarischer Vertreter jener im Umkreis, deren Hautfarbe ihnen das Wählen erlaubte.

Nun lag er im Sterben, während Marta mit den Knoten kämpfte, die das Kind an den Sattelknauf fesselten.

Sie merkte, dass André sich an ihr vorbeidrängte und seinen Vater mithilfe dreier schwarzer Diener zum Haus trug. Lettie eilte in ihren hochhackigen Pantoffeln wimmernd nebenher. Sie knetete die leblose Hand, die seitlich von der provisorischen Trage hing.

»Marta, Marta, um Himmels willen, komm und hilf doch, Mensch! Mach irgendwelche *muti* oder so. Meinem Etienne geht es schlecht. *Liewe Magies*, lass endlich das verdammte Kind. Es ist doch nur ein *kaffir*.«

KALAHARI-WÜSTE, 1950

Fleisch. Haufen von Fleisch. Fleischstreifen, an dornigen Zweigen aufgespießt, trockneten in den Türen grasbedeckter, kuppelförmiger Hütten, dicke Scheiben zischelten auf jedem Kochfeuer. Leute lachten, neckten sich, riefen einander kreuz und quer durchs Lager zu. Erregung flammte hoch wie Fett in einer Flamme, während die Jäger mehr Fleisch vom Kadaver der Giraffe hackten und in dem Matsch aus Sand und Blut herumrutschten.

Zuma saß mit ausgestreckten Beinen in dem Sand, den die Abendsonne rot färbte. In einer Kalebasse vermengte sie Giraffenfett mit zerstoßener Rinde. Das ergab eine dicke, herrlich rote Paste. Grinsend begann sie, die Mixtur in ihre Haut einzumassieren, denn sie wollte für den Tanz nach dem Festschmaus besonders gut aussehen. Immerhin würde sie im Mittelpunkt stehen. Ihr gehörte der Pfeil, der den alten Bullen als Erster getroffen hatte.

Mmm, das erste Stück Fleisch der Großen Eleganten Person gehört mir. Tamis Pfeilarm ist stark – ein guter Schwiegersohn. Aber es war mein Pfeil, yau, ein guter Essensbringer, ein feiner Fleischmacher. Die Leute werden sich daran erinnern, dass ich ein Kind der Regenzeit bin. Ich muss heute Abend glänzen. Meine Haut muss schimmern wie das Fell eines roten Bocks.

Zuma spürte einen Wind, der ihr auf die Schulter tippte, und wusste sofort, worum es sich handelte. Sie entschied, ihn zu ignorieren. Ein Medium zu sein war lästig. Die Geister wählten immer so unpassende Momente, um mit ihr zu sprechen. Konnten sie denn nicht warten, bis sie an einem Trancetanz teilnahm? Sie schüttelte den Kopf, um das Flüstern aus ihren Ohren zu vertreiben. Ihr Schmuck klimperte. Sie berührte ihr kurz geschorenes Haar. Zeigte sich im Nachgewachsenen schon wieder Grau? Vielleicht sollte sie N#aisa bitten, ihr den Kopf noch einmal zu scheren.

Der Geisterwind wirbelte beharrlich um sie herum. Sie ignorierte ihn und massierte die Gänsehaut, die sich an ihren Armen gebildet hatte, mit der Paste fort. Der Wind sammelte Sand auf und formte sich zu einem Strudel um sie herum. Zu spät schloss Zuma die Augen gegen den kleinen Wirbelsturm.

Hustend, mit zornig roten Augen, gab sie sich geschlagen, neigte den Kopf zur Seite und lauschte der Botschaft.

Es waren also /Ton in ihrem Baum-Wasser. Sie würde es ihrem Mann Kh//'an sagen, der als Schamane noch erfahrener war, aber er war jetzt recht alt für eine so weite Reise. Und was konnten seine Pfeile gegen die Donnerstöcke der /Ton ausrichten? Es hatte genug Kämpfe zwischen ihrem Volk und anderen gegeben. Sie zuckte mit den Schultern. Vielleicht war es ihre Pflicht, diese Episode der Geschichte der Ju/'hoansi hinzuzufügen. Dafür zu sorgen, dass die Kinder sie kannten.

Sie erhob sich, strich den Lederschurz glatt, der ihre Lenden bedeckte, und spazierte zu den nahen Feuern hinüber. Sie unterhielt sich mit einigen Frauen und flirtete im Vorübergehen mit einem der Männer, während sie unablässig die Aufnahmebereitschaft erfühlte. Heute Abend wollten die Kinder Fleisch. Sie konnten es riechen – überall. Und wer wollte ihnen das verübeln, nachdem es monatelang Wurzeln und Beeren gegeben hatte?, dachte Zuma. Doch das Fleisch war noch nicht fertig. Eine Geschichte könnte sie ablenken.

Sie befestigte zwei Federn an ihrem Hinterkopf, bog die Arme nach hinten wie angelegte Flügel und begann mit ihrer Darstellung der Koritrappe, die schwerfällig im Lager herumstolzierte.

Ein Knirps mit dickem Bauch zeigte auf sie und zupfte mit fragender Miene am Kaross seiner Mutter.

»Die Korifrau will wohl ein Ei legen«, sagte die Mutter lachend.

Die ältere Schwester hob den Kleinen hoch. »Komm, wir gehen ihr nach. Sie hat gewiss eine Geschichte aufzubrechen.«

Andere Kinder schlossen sich ihnen an und trotteten hinter Zuma her, die mit hohen Schritten zu einem schattigen Plätzchen unter einem Affenbrotbaum stakste.

»Wum, wum, wum, wummmmm«, rief sie.

Als die älteren Kinder das hörten, brachen sie ihre Spiele ab und liefen herbei. Zuma *n!a'an* war eine sehr gute Geschichtenerzählerin.

Zuma wartete, bis sich alle niedergelassen hatten, zog ihre dreijährige Enkelin Koba auf ihren Schoß und sagte beiläufig: »Es gibt eine neue Geschichte, aber ihr wollt sie wahrscheinlich gar nicht hören.«

Ihre Enkelin neigte den Kopf zur Seite und richtete ihre kleine Kaurimuschel von einem Ohr nach dem Wind aus. »Ich *kann* sie hören«, flüsterte sie mit großen Augen. Ihr Stimmchen ging im Chor der anderen Kinder unter, die Zuma bestürmten, ihre Geschichte zu erzählen.

»Nun, sie ist neu, aber sie beginnt vor lang-langer Zeit, nach der Zeit der Frühen Leute, aber vor unserer Zeit, als Gruppen der Harmlosen Leute überall in diesem Land lebten, bis dorthin, Wo-die-Sonne-aufsteht, dort, wo die Berge Zähne haben.« Zuma entblößte ihre Zähne, abgeschliffen von den Häuten, die sie im Lauf vieler Jahre weich gekaut hatte. »Bis dorthin, Wo-die-Sonne-schlafengeht, dort, wo der Sand vor Diamanten glitzert.«

»Wo ist das?«, fragte ein kleines Mädchen atemlos

und mit glänzenden Augen. Zuma deutete nach Westen und erklärte geduldig die Route vom Lager zur Skelettküste und erwähnte dabei alle Dünen, Wasserlöcher und andere Landmarken, an die sie sich erinnern konnte. Kein Kind lauschte aufmerksamer als die Langäugige auf Zumas Schoß. Koba war wie gebannt von diesen Andeutungen einer Welt jenseits des Lagers.

Zumas Stimme nahm einen geheimnisvollen Klang an. »Dann kamen Fremde in dieses Land. Sie trieben Herden zahmer Tiere vor sich her und litten-litten, als sie weder Wasser noch Weide fanden.

Unser Volk zeigte ihnen, wo das Wasser war, und brachte ihre Herden tief in die Täler, wo sie Gras fanden. Als die Ju/'hoansi mit den Herden, dick und fett, zurückkehrten, bekamen sie Tabak und waren froh. ›Kommt und seid unsere Hirten‹, sagten diese Leute der Herero und der Batswana zu unserem Volk, ›und wir werden euch viel Milch geben.‹ Aber die Ju/'hoansi wollten nicht. Sie folgten lieber den Fleischtieren, die sie liebten.«

Während die Kinder nickten, tastete Zuma nach dem mit Perlen besetzten Beutel an ihrer Taille und holte eine Pfeife hervor. Sie stopfte Tabak hinein und schickte einen der Jungen zum nächsten Feuer, damit er einen Span holte. Die Kinder warteten höflich. Alle außer Koba.

»Mehr, mehr«, bettelte sie und griff mit dicken Kinderfingern hinauf, um die Pfeife fortzuziehen, die ihre Geschichte angehalten hatte.

»*Yau*«, rief Zuma lachend und hielt sie außer Reichweite. »Diese meine Enkelin ist trocken. Sie dürstet nach Geschichten wie eine Wurzel nach Wasser.«

Die anderen Kinder lenkten Koba ab – sie schnitten Grimassen, kitzelten sie und reichten sie von Schoß zu Schoß herum. Sobald ihre Pfeife hübsch brannte, fuhr Zuma fort: »Nachdem die Hirten gekommen waren, zogen die Ju/'hoansi fort. Das Wild war weg, versteht ihr? Die Herden der Hirten und Bauern fraßen alles Gras.«

Sie schloss die Augen und begann mit der geliebten Aufzählung. »Eland, Spießbock, Kudu, Gnu, Kamaa und Halbmondantilope ...« Die Kinder fielen in den Singsang ein, und viele schienen mit geschlossenen Augen die großen Fleischtiere beinahe schmecken zu können. Zuma paffte zufrieden. »Und nun mussten sie alle, Eland-Spießbock-Kudu-Gnu-Kamaa-und-Halbmondantilope, fortziehen, um neues Futter zu finden.« Zuma schüttelte den Kopf, dass die Federn traurig wackelten. »Ju/'hoansi und Bauern wurden zu Feinden.«

»Wie wurden sie zu Feinden?«

Die alte Frau nahm die Pfeife aus dem Mund und seufzte. »Sie kämpften miteinander – um Gras, um Baum-Wasser, um die zahmen Fleischtiere. Die Fremden hatten viele Dinge, die unser Volk wollte. Die Ju/'hoansi trafen sie mit ihren Pfeilen, doch sie wurden verjagt, als die /Ton kamen ...« – Zuma hielt inne und rollte mit den Augen – »... mit ihren Donnerstöcken.«

Angst schlich sich wie eine Schlange unter die älteren Kinder in der Gruppe. Die Jüngeren spürten die neue Stimmung. Koba verlangte eine Erklärung.

Ein Junge sprang auf, streckte den Arm auf Schulterhöhe aus und betätigte einen unsichtbaren Abzug. Der Feuerholer spielte mit. Bald »beschossen« sie einander und wetteiferten darum, wer die beste Nachahmung eines Gewehrschusses hervorbringen konnte.

Koba begann zu weinen. Zuma zog ihre Enkelin an sich und drückte den Kopf mit den Haarknötchen an ihre rote Brust. »Psst-psst. Hier wird dich kein Donnerstock finden.«

»Da, da«, beharrte Koba und zeigte auf die fernen Hügel.

Zumas Miene verdüsterte sich, als sie sich an das Flüstern des Windes erinnerte. Aber Koba war noch zu jung, um Das Gehör zu haben. Zeit, die Geschichte zu verlassen. Der neue Teil könnte nur bestätigen, was ihnen beiden Angst machte.

»*Yau*!«, rief sie aus und klatschte vor ihrer Nase in die Hände, »mein Was-vorne-ist, da ist etwas drin. Koba, Koba, kannst du es sehen?« Sie wackelte mit der gerümpften Nase und schob sie dem verblüfften Kind dicht vors Gesicht. »Es zieht mich fort, es ruft nach mir.« Sie lehnte sich vor der belustigten Gruppe weit zur Seite. »Ein Duft hat mich bei der Nase gepackt. Ich muss ihm folgen. Komm, Koba.«

Die älteren Kinder spielten mit. Sie standen auf und schnupperten. Der Duft des gegrillten Fleisches war unwiderstehlich. »Es ist fertig«, riefen sie und rannten zu ihren Familienfeuern.

Zuma folgte ihnen langsamer, hielt Koba auf dem Arm und blies ihr sacht in die Ohren, um alle Laute darin zu zerstreuen.

KAPITEL I

Südwestafrika, 1958

Koba stand bei den Mutterhügeln und war von dem Wasser verzaubert. So etwas hatte sie noch nie gesehen. Ein Teich aus stets vorhandenem Trinkwasser, der gelblichgrün schimmerte wie ein Katzenauge im Feuerschein. Zu Hause, tief in der Kalahari-Wüste, sammelte sich Wasser nur nach einem der seltenen Regengüsse. Es blieb kurz in flachen, braunen Pfützen liegen und verschwand schnell. »Die Sonne hat es getrunken«, sagte ihre Mutter. »Der Sand es verschluckt«, sagte ihre Großmutter.

Koba glaubte Zuma. Manchmal konnte die alte Frau einen Schluck Wasser für sie finden, indem sie einen hohlen Halm in den brennenden Sand steckte. Das war jetzt nicht nötig, da sie so viel davon vor sich hatten.

Koba strich mit rosigen Fingerspitzen durch das Wasser und tupfte ein paar Tropfen auf die Schramme über ihrem Fußkettchen aus Eierschalenperlen. Balsam für den Riss, wo der Stacheldrahtzaun sie erwischt hatte.

»Ich habe ein Stück von meiner Haut in den Klauen des /Ton-Zauns gelassen«, sagte Koba zu Zuma, die in der Nähe hockte.

Ihre Großmutter schüttelte den Kopf. »Das tut mir leid-leid.« Zuma schlug nach den Fliegen, die an dem Schleim aus ihrem entzündeten Auge herumkrabbelten.

»Dieses Baum-Wasser gehörte einst uns, lang bevor die /Ton kamen. Jetzt, uh-uhn-uhn ...« Die alte Frau räusperte sich und spie aus. Grüner Auswurf mit Blutflecken blieb an ihrem Kinn hängen. Koba eilte zu ihr und wischte ihn mit einem Zipfel ihres Lederschurzes ab. Dann wartete sie, während ihre Großmutter trocken und krampfhaft hustete.

Besorgt musterte sie den gesenkten grauen Schopf, und ihr fiel ein, dass ihre Großmutter sie schon seit einer Weile nicht mehr gebeten hatte, ihr den Kopf zu rasieren. Seltsam, dachte Koba, Großmutter war doch immer so eitel und wollte keine Altersasche sehen lassen.

Jetzt tauchte Zuma ein Bündelchen Trappenfedern in den Teich. Koba sah zu, wie sie sich mit Wassertropfen besprizte. Sie sahen seltsam aus, wie Sterne auf der Haut eines Elefanten. Zuma verrieb die Tröpfchen auf ihrer Haut und widmete dabei dem müden alten Leder ihrer Brüste besondere Aufmerksamkeit. Immer noch eitel, dachte Koba grinsend und trat in den Teich, um sich ebenfalls zu waschen.

Sie schöpfte Wasser und platschte dabei so wenig wie möglich. Dieser Ort, an dem der Klang der in den Felsen gespeicherten Hitze das lauteste Geräusch war, machte sie nervös. Koba bückte sich, wusch sich das Gesicht und hielt die Pobacken der Nachmittagssonne entgegen. Dann watete sie ans Ufer und streckte sich zum Trocknen auf einem Felsen aus. Ihre Haut erwärmte sich, doch sie zitterte immer noch. Sie mochte diesen Ort nicht, obwohl er solchen Überfluss an Wasser und essbaren Pflanzen bot.

»Warum holen Vater und Mutter noch mehr Essen? Wir haben schon genug Fleisch, dass unsere Bäuche dick werden wie die einer Schlange, die eine Antilope verschlungen hat, und doch sind sie noch mehr holen gegangen.« Sie blickte stirnrunzelnd auf den Haufen Nüsse hinab, die zu schälen ihr Vater ihr aufgetragen hatte. »Sind wir denn Termiten, die versuchen, ein Nest mit Vorräten anzulegen?«

Zuma sagte nichts, sondern rieb Wasser in die Falten ihres eingesunkenen Bauchs. Koba wartete. Ihre Großmutter hatte eine Antwort; das merkte sie an deren vorgetäuschter Taubheit. Das Gehör der alten Frau war so scharf wie das eines Erdmännchens. Doch es kamen keine Worte.

Koba stand zornig auf. »*Yau*, Erwachsene! Immer-immer ignorieren sie mich.«

Sie trat nach dem Haufen Nüsse. Einige flogen in den Teich, und das laute Platschen hallte in der Enge zwischen den Felsen wider. Blauastrilden erhoben sich wie eine Wolke mit schwirrenden Flügeln und ließen sich in sicherer Entfernung in einem Dornbusch nieder.

Koba blickte sich furchtsam um, doch ansonsten rührte sich nichts bis auf die kriechenden Schatten des Nachmittags. Hinter sich hörte sie Zuma tadelnd die Luft zwischen ihren wenigen verbliebenen Zähnen einziehen.

»Du bist wie ein Kalb, das beharrlich gegen das falsche Ende seiner Mutter stupst. Bring dein Herz an den rechten Fleck, und dein Mund wird die Milch finden.«

Koba schmollte. Großmutter war ihre liebste Verwandte, aber sie verstehen zu wollen war, als versuchte man

23

die Sonne hinter Wolken zu sehen. Da oben war etwas Helles, das konnte man spüren, beinahe sehen, aber die Augen hatten Mühe, dorthin zu schauen. Nach einer Weile hockte sie sich hin, ein Stückchen hinter Zuma.

»Großmutter *n!a'an*«, fragte sie respektvoll, »gibt es böse Geister an diesem Ort?« Zuma drehte sich steif zu ihr herum. Ihre Miene war sehr ernst.

»Uhn-hn, ich spüre keine, Kind.«

»Ich spüre etwas – wie Löwenschleichen.«

Zuma blickte sich erschrocken um. »*Yau*, nenne nichts, was Klauen hat. Nicht hier. Nicht jetzt.« Ihr Kopfschmuck aus Perlen und Messing schwang vor ihrem Gesicht hin und her, als sie den Kopf schüttelte.

Koba wusste, dass sie etwas falsch gemacht hatte. Man sollte nie direkt von der Gefahr sprechen. Das könnte sie wecken. Aber es war nicht ihre Schuld, dass sie von Geburt an so feinfühlig war wie das Barthaar eines Springhasen. Sie bemühte sich, wie die anderen Kinder zu sein, versuchte, draußen im Busch Fangen-Klatschen und Federflug zu spielen, ohne das Flüstern im Wind zu hören; dennoch vernahm sie die Stimmen von Leuten, die nicht da waren. Nicht deutlich, nur als Gemurmel, das sie nicht verstand.

Als sie es ihrem Vater erzählt hatte, war er böse geworden und hatte ihr verboten, je wieder davon zu sprechen. Ihre Mutter hatte sie mit ihren Fragen zu Zuma geschickt.

»Sie hat Das Gehör«, hatte sie stolz erklärt. Aber Zuma hatte gebrummt, dass es für Koba noch nicht an der Zeit sei, sich mit solchen Dingen zu befassen. Was immer sie im Wind hören mochte, war nicht für sie bestimmt.

Es ist gut, dass ich ihnen gegenüber taub bin, dachte Koba schaudernd. Gefühle sind leichter zu ignorieren als flüsternde Stimmen.

»Was ist mit deiner Arbeit an den Nüssen?«, ermahnte Zuma sie. »Dein Vater hatte sein strenges Nach-vorngewandt, als er dir gesagt hat, dass du sie zurichten sollst.«

»Es sind zu viele Nüsse zu knacken, und es dauert zu lange mit dem eingewickelten Hammerstein«, erwiderte Koba missmutig. »Eine Mongongo geht nicht auf, wenn wir sie nicht scharf behandeln.«

»Verbinde dem Stein die Schnauze«, hatte ihr Vater sie angewiesen, ehe er das Lager verlassen hatte, um auf die Jagd zu gehen. »Niemand darf ihn sprechen hören, denn sonst werden sie wissen, dass wir in den Mutterhügeln sind.«

Koba wusste, dass die Leute sich vor diesem *n/ore* fürchteten. Sie hatte gehört, wie mit gedämpften Stimmen am Lagerfeuer darüber gesprochen wurde. Ob das wohl daran lag, dass die /Ton so nahe waren?, fragte sie sich.

Sie hatte noch nie Weiße gesehen, von ihren Häusern ganz zu schweigen. Und selbst hier waren sie so weit von einem /Ton-Haus entfernt, dass kein Rauch zu sehen war.

Vielleicht benutzten /Ton kein Feuer zum Kochen, überlegte Koba. Es hieß, sie hätten Maschinen, die ihre Arbeit für sie taten – und sogar für sie liefen. Die Maschinen seien wundersam, sagten die Leute, aber die

/Ton seien hässlich – Chamäleonhaut, die erst weiß war und dann in der Sonne rot wurde. Und sich dann schälte wie die einer Schlange. Ob das wohl wehtat?, fragte sie sich. Und hatten /Ton wirklich Haar wie Wintergras – blass und gerade? Sie wollte sie sehen, nur einmal ganz kurz, doch ihr Vater hatte gesagt, sie müssten so bald wie möglich wieder fort.

Zu Kobas Überraschung sprach Zuma nun doch. »/Ton sagen, wenn wir über dieses Land gehen oder auch nur einen einzigen Springhasen davon nehmen, können wir getötet werden. *!Khui!*« Sie ahmte einen Gewehrschuss nach. Bei dem Laut brachte eine Eidechse sich hastig in Sicherheit, und Zuma begann zu husten. Koba zögerte damit, ihre Hilfe anzubieten – das geschah ihrer Großmutter ganz recht, wenn sie solch einen Lärm machte. Als Zuma schwach nach ihrer Pfeife tastete, gab Koba nach. Nur daran zu saugen konnte die alte Frau schon beruhigen. Koba fischte die Pfeife aus dem perlenbesetzten Beutel. Der Holm war längst nicht mehr da, und der hölzerne Kopf hatte zwei dunkle Vertiefungen, wo Zumas Finger ihn schon so lange hielten, wie Koba zurückdenken konnte. Sie reichte ihrer Großmutter die Pfeife.

Sie wartete, während Zuma gegen ihren Husten ansaugte, und fragte dann flehentlich: »Warum-warum sind wir hier? In der Wüste ist es sicherer – da kann man etwas hören. Sollten wir nicht schon einmal anfangen, das Essen einzupacken, Großmutter *n!a'an*? Dann können wir gleich aufbrechen, wenn Mutter und Vater kommen. Noch vor der Nacht wären wir fort von hier.«

»Kind, Kind«, erwiderte Zuma und schob Kobas flehende Hand von sich, »schwirr nicht um mich herum wie eine Biene um den Honigdachs. Ich sitze hier, bis ich sterbe.«

»Sterben, *sterben* – ja, das wirst du!« Koba packte den zweigdünnen Arm so fest, wie sie es wagte. »Hast du nicht den Spießbock gesehen, den Vater geschossen hat, und den Ducker, der im gai-Baum hängt? Der /Ton wird mit seinem Gewehr kommen und uns alle töten!«

»Koba, Koba«, sagte Zuma und schnalzte tadelnd mit der Zunge, »sei still. Du bist wie ein Steppenläufer – schnell-schnell, aber er geht nirgendwohin. Setz dich. Setz dich! Ich habe eine Geschichte, die ich für dich aufbrechen will.«

Auf Koba wirkten diese Worte wie ein Schlaflied. Sie fühlte sich sicher, geborgen wie ein Samen in einer Nuss. Es war beinahe so, als wäre sie wieder klein und säße behaglich auf dem Schoß ihrer Großmutter. Wenn sie entspannt genug war, um Geschichten zu erzählen, gab es nichts zu befürchten, dachte Koba. Großmutter konnte ins Jenseits sehen. Geister sprachen mit Zuma, selbst dann, wenn sie nicht in Trance war. Sie hörte sie ganz deutlich, also würde sie vor unmittelbarer Gefahr gewarnt sein.

Die alte Frau griff nach einer geschälten Mongongo und saugte daran, während der Blick ihrer milchigen Augen sich auf den fernen Horizont richtete. Koba zog den Beutel aus ihrer Reichweite. Sie hatten noch nicht genug geschält.

Zuma schob sich die Nuss in eine Backe und lächelte schief. »Dein Großvater Kh//'an mochte diesen Ort sehr gern. Hier sind wir einander begegnet. Dort«, sie wies auf eine Stelle, an der sich ein Strand in feinem Bogen über dem Auge des Teichs entlangzog wie eine blonde Braue, »wo Medizintänze stattfanden, wenn sich alle Ju/'hoansi versammelten. Wir Frauen saßen dort im Kreis und sangen. Die Männer antworteten hinter uns. Langsam, langsam zogen sie herein, sie stampften und sangen, und die Klappern an ihren Knöcheln klangen so.« Die alte Frau drehte das Handgelenk hin und her. Klimpernde Armreifen ahmten den Klang scheppernder Muscheln und Perlen nach.

»In der Mitte der Reihe sah ich einen jungen Mann, größer als die anderen.« Zuma griff nach ihrem Federbüschel und strich damit verträumt über ihr Bein. »Er hatte Muskeln wie ein Eland, lang und stark-stark. Seine Brust. *Yau!* Hell im Feuerschein, golden wie Metall. Als ich seinen Kopf sah, ein wenig geneigt, um nicht prahlerisch zu erscheinen, weil er über andere hinwegschauen konnte, da wusste ich, dass er Kh//'an war, dessen Mutter Koba war – sie, nach der du benannt bist.«

Die alte Frau holte die schleimige Nuss aus ihrer Backe und knabberte daran. Sie schluckte und sprach abwechselnd. »Koba hatte die Wasserrechte an diesem Loch, seit damals, als es /Kae/kae hieß, ehe es Mutter genannt wurde.«

Ihre Enkelin wurde zappelig. Vielleicht war Zuma nicht mehr die Korifrau, beste Geschichtenerzählerin des Stammes?

»Koba hatte sie von ihrer Mutter, der alten Be, die mit ...«

28

»Großmutter«, platzte Koba heraus, »was ist geschehen, als du Großvater sahst?«

»Hm? Oh, Kh//'an ... Kh//'an spürte das Interesse meiner Augen, und ich wandte sie ab.«

Koba nickte. So gehörte es sich. Zuma schnaubte. »Aber als alle schliefen, traf ich Kh//'an, dort oben.« Sie zeigte mühsam auf den Felsensims hoch über ihren Köpfen. Koba reckte den Hals, um etwas zu sehen, doch die Felsen warfen das Licht der Sonne zurück und blendeten sie.

»Ich werde es dir zeigen ... wenn du deine Arbeit getan hast.«

»Aber Großmutter ...«

Zuma fuhr sich mit arthritischen Fingern durch die Mundhöhle, um sie von Nussresten zu säubern. »*Auck*, Kind, jetzt ist es zu heiß, um so hoch zu klettern ... und der Weg ist schwer, wenn man obendrein unfertige Arbeit mit sich trägt, die einem auf dem Gewissen lastet. Komm, kümmere dich um die Mongongos. Wir sehen uns die Stelle morgen an.«

»Aber ...«

»Wir haben Zeit.«

Zuma summte, während Koba tief und laut seufzte, doch das nützte ihr nichts. Sie machte sich wieder an die Arbeit mit den Nüssen und versuchte, sich das Gesicht ihres toten Großvaters vorzustellen. Sie erinnerte sich aber nur an seine Finger, die ihr befedert erschienen. Später erkannte sie, dass sie von den Vögeln stammten, die er ständig gerupft hatte. Kh//'an war der beste Fallensteller im Dorf gewesen und hatte mit seinen Schlingen besonders viele Perlhühner, Flughühner und sogar Koris, Riesentrappen, gefangen.

Eines Tages hatte er eine Natter aufgescheucht und war in den Knöchel gebissen worden. Zuma hatte die Wunde mit sauberen Lederstreifen abgebunden, und dennoch war das Bein angeschwollen. Nach ein paar Tagen hatte es prall und formlos ausgesehen, so dick wie der Ast eines Affenbrotbaums.

Zuma hatte Kh//'ans Fieber mit Tränken aus Heilpflanzen senken können, aber die Haut an dem Bein hatte sich zersetzt und war zu eitrigen Wunden aufgeplatzt, die sich immer tiefer in sein Fleisch hineinfraßen. Ganz gleich, wie viele Umschläge sie machte, sie konnte die Fäulnis nicht aufhalten, und schließlich machten sich Maden ans Werk. Die fraßen die Wunden sauber aus, doch es blieben schließlich nur die Knochen übrig.

Es war eine Erleichterung, als das Bein irgendwann unterhalb des Knies abfiel. Sie begruben es wie einen ganzen Leichnam, zogen weiter, wie es der Brauch vorschrieb, und die Wunde verheilte.

Aber Kh//'an hatte den Lebenswillen verloren. Er lag Tag und Nacht in ihrer Hütte, das Gesicht von der Tür abgewandt.

Zuma sprach mit ihrem Schwiegersohn Tami über ihren Wunsch, Kh//'an zu den Felszeichnungen zu bringen. Doch ohne die Hilfe von anderen aus ihrer Gruppe konnten sie das nicht schaffen. Und sie konnten nicht darauf bestehen, dass ihre Verwandten mitkamen. Eine Pilgerreise zu dem Ort, der dem Stamm inzwischen als

Mutterhügel bekannt war, wäre einfach zu gefährlich gewesen.

Viele Medizintänze wurden für Kh//'ans Heilung abgehalten, und Zuma selbst ging in Trance, um die Geister anzuflehen, ihren Mann noch eine Weile bei ihr zu lassen. Aber sie sagten ihr, er wolle sterben, also saß Zuma neben ihm, während er dahinschwand, und verweigerte an seiner Stelle die besten Fleischstücke, die ihm die jungen Jäger brachten, um ihn zum Essen zu verlocken.

Als hätte sie gespürt, dass Kobas Gedanken denselben Weg genommen hatten wie ihre eigenen, seufzte die alte Frau. »Uh-uh-uhn. Ich habe schon zu lange ohne ihn gelebt. Es ist Zeit, zu sterben. Kh//'ans Geist wird dem meinen hierher entgegenkommen.«

Koba runzelte verständnislos die Stirn, aber Zuma betrachtete ihren abgemagerten Arm. »Ich sehne mich danach, von ihm gestreichelt zu werden, aber bah« – verächtlich blickte sie auf ihren Arm hinab – »dieses hässliche Ding. Einst war mein Arm wie eine Python, glatt und glänzend mit einem wunderschönen Muster. Viele Männer wollten ihn streicheln.«

Ihre Enkelin schauderte. Alle wussten, dass Zuma mit vielen Männern gegessen hatte. Über ihren Appetit wurde an den Feuern immer noch groß geredet.

Zuma lachte über Kobas prüde Miene. »Keine Sorge, morgen wirst du mich oben auf dem Felsen lassen.«

Koba stürzte sich auf Tami, als er das Lager betrat. »Vater, Vater, werden wir Großmutter hierlassen, wenn wir fortgehen?«

Tamis Schultern waren rot von dem Spießbockembryo, das er herantrug.

»Ja«, antwortete er und bedeutete ihr, Zweige zu sammeln, damit er den Kadaver darauflegen konnte. Dieses Fleisch würde er heute Abend zubereiten. Es war so zart, dass seine Schwiegermutter es hoffentlich würde kauen können.

Koba klebte noch immer an seinem Ellbogen. »Was ist mit den Hyänen und den Pavianen? Ich habe ihre Spuren gesehen.«

»Deshalb werden wir Großmutter ja dort oben auf den Felsvorsprung bringen.« Er hielt das Böckchen bei den winzigen Hinterhufen und schlitzte den Bauch auf. Ein Schwall von Flüssigkeit ergoss sich auf den Strand. Sofort machten sich Fliegen über die Eingeweide her. »Mit dem Fels im Rücken und einem Feuer zu ihren Füßen wird sie sicher sein, bis sie sich dazu entschließt, ihren Geist aus ihrem Körper fortziehen zu lassen.«

»Sicher vor der Hyäne vielleicht – aber vor dem Pavian? Dieser Zähnereißer wird ihr Feuer löschen, um an sie heranzukommen.«

»Koba, Koba!« Tami schob das Messer vorsichtig in die Scheide an seiner Taille. Die Klinge war sehr schartig, aber er wagte es nicht, sie zu schärfen – sie war ohnehin schon eierschalendünn vom vielen Schleifen. Er brauchte Metall, um eine neue zu machen, doch das konnte er nur im Handelsposten bekommen. Er wollte nicht dorthin. Da waren viele /Ton.

Er legte das Kitz auf einen Felsen und zog seine Tochter zu sich heran. Er sah ihr fest in die Augen und fragte:

»Was ist mit dir? Du hast doch schon gesehen, wie alte Menschen sich hinsetzen, um zu sterben, oder in ihren Hütten liegen und darauf warten. Falls eine Hyäne Großmutter zur Eile antreibt ...« Er zuckte mit den Schultern und richtete sich auf. »Wenn Zuma mit dir über ihren bevorstehenden Tod gesprochen hat, dann muss sie dir auch gesagt haben, wie gefährlich dieser Ort für uns ist. Aber nicht für sie. Wir müssen gehen. Sie hat sich entschieden, zu bleiben.«

Es war ein jämmerlicher Abend am Lagerfeuer. Tückische kalte Luftzungen schlängelten sich unter jeden Kaross, sträubten Haut und Härchen und zerrten an den Nerven.

»Tierhäute sind nicht gut für solche Nächte«, bemerkte Kobas Mutter N#aisa. »Die Kälte sticht durch den Rücken.«

»Eh-ha«, stimmte Zuma nickend zu. Ihr Rücken war voller Narben, Brandmalen von den vielen, vielen Nächten, in denen sie beinahe im Feuer gelegen hatte, um warmen Schlaf zu finden.

Tami blickte von der Mbira auf, die er spielte. »Kehrt dem Feuer die Rücken zu, Frauen. Dann sind sie bald warm.«

»Und wir frieren vorne.« N#aisa sah müde aus, und ihre Stirn war verstimmt gerunzelt. »Wenn wir richtige Kleidung hätten, in die man sich einwickeln kann wie die /Ton, dann wäre uns überall warm.«

»Ihr braucht keine /Ton-Kleidung!«, fuhr Tami sie an und schob das einfache Holzinstrument von sich, gefährlich nah ans Feuer heran. »Jedes Mal, wenn wir uns den /Ton auf eine Tagesreise nähern, bekommt ihr lange Lippen.« Er starrte sie alle an, und Feuer leuchtete in seinen braunen Augen. »Eure Umhänge sind so dick und weich, wie ich sie nur machen konnte. Eure Schurze sind sehr schön mit den vielen Perlen, die ich darangenäht habe.«

Koba war überrascht von den Worten ihres Vaters. Beinahe prahlerisch. Ein Glück, dass sie nicht im Dorf waren. Die Leute könnten denken, Tami wolle sich brüsten.

»Es dauert lange, bis ein Schurz nach einem Regenguss wieder trocken ist«, entgegnete N#aisa. »/Ton-Kleidung trocknet viel schneller.«

Tami raufte sich das kurze Haar. »Hör auf damit. Du bist wie eine Fliege auf einer nassen Wunde.«

Die Frauen starrten ihn an. Nur selten erlebten sie den Mann, den die Leute den »Stillen Tami« nannten, so aufbrausend. »Ja, es ist kalt ...« N#aisa und Koba verdrehten die Augen und wechselten einen Blick. »Knochenbeißend«, gab er zu, und die Sehnen an seinem Hals standen hervor, so sehr bemühte er sich um Beherrschung, »aber morgen wird die Sonne scheinen. Wir werden von hier fortgehen ... mit nichts, das uns den Marsch erschweren würde.«

Er zeigte mit dem Finger auf die Frauen, die ihm gegenüber am Feuer saßen. »Viel zu lange schon glaubt unser Volk, die Gebräuche der /Ton seien besser als unsere eigenen. Das sind sie nicht!« Tami schlug sich mit der Faust aufs Knie. »Das musst du lernen, Koba, und es deine Kinder lehren!«

Koba nickte ernst. Dies war das erste Mal, dass ihr Vater ihr gegenüber eine Heiratsfähiges-Alter-Bemerkung gemacht hatte. Bedeutete das, dass sie einen Verehrer hatte? Sie versuchte, den Blick ihrer Mutter aufzufangen, aber N#aisa zerstampfte energisch das Innere einer kleinen grünen Melone, die sie zwischen die Knie geklemmt hatte.

Tami ging um das Feuer herum und fauchte seine Frau an. »Ja, die /Ton haben viele Maschinen – Lastwagen und Gewehre ... aber sie sind die Sklaven ihrer Tiere! Sie können niemals rasch fortziehen.« Er funkelte sie an und stapfte dann in die Dunkelheit davon.

Koba starrte ins Feuer, das flackerte und beinahe erloschen wäre, weil ihre Mutter die feuchte Melone hineingelegt hatte. Was ging hier vor sich? Alle waren so achtlos.

»Bah«, brummte N#aisa, »wovor müssen die /Ton schon davonlaufen? *Sie* besitzen Freiheit. Wir werden daran gehindert, Tiere zu jagen, die wir schon immer gegessen haben. Unsere Wege werden mit Draht versperrt ...« Die Feuchtigkeit in der Melone verdampfte schnell. N#aisa schimpfte dennoch weiter vor sich hin. Koba nickte ein. Ihre Mutter murrte immer. Bei ihrer Großmutter fand sie es schöner. Aber Zuma döste schon wieder, oder tat zumindest so.

Sie ging in die Richtung, die ihr Vater eingeschlagen hatte, und fand ihn unter einer Akazie, deren Blätter er pflückte. Gereizt stopfte er sie in seine Pfeife.

»Mein Herz sehnt sich nach Tabak.«

»Ich weiß.« Sie legte ein Hand auf sein Knie und hockte sich im dunkelvioletten Mondschatten des Baums neben ihn. Die Nacht war erfüllt vom »nyaaa« der Schakale – ein unheimlicher, aber tröstlich vertrauter Laut. Koba wartete darauf, dass ihr Vater etwas sagte. Stattdessen stand er auf, lächelte, hob sie hoch und schwang sie sich auf die Schultern, wie damals, als sie klein gewesen war.

Koba kam sich albern vor, als sie hoch ins Lager geritten kam. Sie war zu groß dafür; zu viel von ihrem Oberkörper überragte den Kopf ihres Vaters. Sie fühlte sich wackelig. Und sie verabscheute den Anblick ihrer Großmutter aus diesem hohen Blickwinkel. Sie sah zu klein aus in ihrer Decke, wie ein Wurm, der seine Haut nicht ausfüllen konnte.

Koba grub sich eine kleine Vertiefung in den Sand und rollte sich darin zusammen, dem glühenden Feuer so nah, wie sie es wagte. Über ihr wurde der Nachthimmel trübe, das glitzernde Banner der Milchstraße wurde von Wolken verhüllt, die ein heftiger Wind vorantrieb. Wenn der Mond kurz hinter dem wogenden Schwarz hervorlugte, wurden Pavianwachen auf den Felsen über ihnen sichtbar. Einer begann zu bellen.

»Du hast die Leute-Die-Auf-Den-Fersen-Hocken verärgert«, spielte Kobas Vater neckend auf die Unterhaltung von vorhin an.

Koba drehte sich gereizt um. Ihr war nicht nach Scherzen zumute. Wie konnte ihr Vater nicht verstehen, was sie im Herzen trug?

Als er ihren steifen Rücken sah, warf er einen Ast auf

die Glut und blies hinein, bis Flammen aufloderten, obwohl er wusste, wie unklug das war. Koba entspannte sich.

Später, als ihre Eltern schliefen, auf ihrer Schlafmatte eine kaltschultrige Handbreit voneinander entfernt, schlich Koba zu Zuma hinüber. Die alte Frau lag auf einen Ellbogen gestützt, und ihr Gesicht ruhte in der Handfläche. Ihre trüben Augen waren offen.

»Großmutter, ich fühle ein Klopfen hier drin.« Koba berührte ihre Brust.

Zuma warf ihrer Enkelin einen langen Blick zu. Schließlich flüsterte sie: »Dieses Klopfen habe ich auch gekannt.«

»Hast du?« Koba beugte sich vor. »Was ist es? Fühlst du es jetzt auch?«

Zuma schüttelte den Kopf. »Nein. Diese Macht ist geschwunden, wie Das Gehör.«

Koba sank in sich zusammen. Mit schwacher Stimme fragte sie: »Aber kannst du mir sagen, was das Klopfen bedeutet?«

»Es ist ein Signal für dich.«

»Ein Signal?«

»Es klopft, damit du dich der Botschaft öffnest.«

»Welcher Botschaft?«

»Der Botschaft jener, die keine Stimme haben, mit der sie uns warnen könnten.«

Kobas Haut kribbelte vor Angst. Noch mehr Gesichtslose. Warum wurde sie so sehr gequält? Ihr Atem ging immer schneller, bis sie die Hände ihrer Großmutter um ihr Gesicht flattern spürte. Dann ließen sie sich leicht wie Blätter auf ihren Wangen nieder. »Arme, geplagte Kleine. Deine Macht stiehlt dir die Kindheit.«

»Ich habe keine Macht.« Koba war den Tränen nahe. »Niemand hört auf mich, wenn ich sage, dass wir diesen Ort verlassen müssen.«

»Kind, Macht liegt auch in Geduld und Ausdauer. Wir Ju/'hoansi besitzen diese Macht.« Sie starrte in die Dunkelheit über Kobas Kopf und seufzte.

Ich will nichts von alledem, hätte Koba am liebsten geschrien. Ich will keine Dinge fühlen, keine Dinge hören, die andere nicht fühlen oder hören können. Ich will nicht hier sein. Aber nun spürte sie, wie Zuma sie zu ihrer Matte herabzog und ihr bedeutete, sie solle sich zu ihr legen. Zuma stimmte leise ein altes Schlaflied an, und Koba fühlte sich gleich ruhiger.

Sie legte sich hin und schmiegte sich an die Brust ihrer Großmutter. Sie spürte, wie Zuma die Beine anzog, um sie zu umschließen. Das Schlaflied säuselte in ihr. Sie fühlte sich getröstet – es war gähn-warm mit dem Feuer vor ihr und einem vertrauten Körper im Rücken. Gut, wie Großmutter sie vor dem Sand werfenden Wind schützte.

Sobald das Lied verstummte und Zumas rhythmischem, rasselndem Schlaf-Atem wich, fühlte Koba sich wieder einsam. Sie lag da und wartete auf eine Wolkenlücke, um die Pavianwachen auf der Felskuppe sehen zu können. Solange sie Wache halten, kann ich schlafen, sagte sie sich. Morgen wird all dies für mein Herz vielleicht vorbei sein. Aber beim Gedanken daran, Zuma zu verlassen, begann sie zu weinen. Ihr Kummer wuchs und schüttelte Schluchzer aus ihr heraus, die ihre Großmutter gewiss wecken würden. Das wollte sie nicht. Die alte Frau sollte die letzte Nacht mit ihrer Familie in Frieden verbringen. Koba sollte Zuma trösten, nicht umgekehrt.

Koba erstickte ihr Weinen, wischte sich die Augen, stand auf und trat über ihre Großmutter hinweg. Dann legte sie sich wieder hin, hinter die alte Frau. Sie spürte, wie der Sand gegen ihren Rücken geweht wurde und wie ihre Haut sich gegen die Kälte zusammenzog, aber ihr Herz war warm, fest an ihre Großmutter gepresst.

Kalt vorne, dachte Koba, als sie aufwachte. Aah, deshalb – ihre Mutter harkte die warme Asche auseinander. *Auck*, dachte Koba und sog scharf die Luft ein, die Sonne ist noch nicht aufgegangen. Aber wo war ihre Großmutter?

Sie richtete sich auf und entdeckte sie zu ihrer Erleichterung ganz in der Nähe. Zuma *n!a'an* stopfte Sachen in ihren Kaross und sah heute Morgen schon ein wenig stärker aus.

Dann sah sie, wie ihre Großmutter mühsam ein kleines Bündel schulterte und sich dem Pfad zur Felsenkuppe zuwandte.

»Warte!« Koba rappelte sich hastig auf. »Ich will mit dir kommen.« Sie schnappte sich den Sack Nüsse, eine Faust voll Fleischstreifen, die in einem Baum trockneten, und eilte auf den steilen Pfad zu. Bald hatte sie ihre Großmutter eingeholt. Die alte Frau war außer Atem, aber fröhlich.

»Wisch die Sorge von deinem Was-vorne-ist. Sieh dich um. Sieh, was die Vögel sehen.«

Koba lehnte sich an einen Felsen und blickte über die morgendliche Landschaft. Wind zauste das Gras, die Dünen waren rosig wie die Augenlider frisch geschlüpfter Vögel. Das Land sah noch weich vom Schlaf aus. In einem Baum, der aus dieser Perspektive wie gestutzt wirkte, zeichneten sich die plumpen Umrisse schlafender Geier ab. Mit dem ersten warmen Aufwind würden sie sich in die Luft erheben und auf den Strömungen der Thermik reiten, bis sie sich weit außer Sicht geschraubt hatten. Von dort oben würden sie das Sterben am heutigen Tag im Auge behalten.

»Mutter.« N#aisa erschien und nahm Zuma ihr Bündel ab. »Sei vorsichtig; wenn du hier abstürzt, wäre das dein Tod.«

Zuma begann zu lachen; erst war es nur ein krächzendes Kichern, dann bellende, heulende Heiterkeit. N#aisa war die Bemerkung sichtlich peinlich. Koba drückte ihren Arm und bemühte sich, ihr eigenes Kichern zu verbergen. Ihre Mutter grinste verlegen. Sie hakten sich unter und stiegen weiter den Pfad hinauf.

Sobald sie die Rinne zwischen den Felsen verlassen hatten, fanden sie sich im Sonnenschein wieder. N#aisa erlaubte sich ein zaghaftes Lächeln, während Zuma in lauten Jubel ausbrach. »Aji-iiii-aaaa!«, schrie sie und warf die Arme über den Kopf, dem golden und guavenrosa gefärbten Himmel entgegen.

Die Geier bewegten sich unruhig auf ihren Ästen, als wären sie erschrocken über die Vitalität der alten Frau.

»Psst, Mutter *n!a'an*!«, flehte Tami, der mit den Armen voller Fleisch und Utensilien erschien, »deine Stimme trägt weit.«

»Soll sie doch«, keuchte Zuma. »Jeder soll wissen, dass ich zu Hause bin!« Sie eilte voran. »Und da sind die Frühen Leute.« Sie deutete auf eine Felswand auf einer Seite der Hügelkuppe. Sie war mit Zeichnungen bedeckt, rötlich-braun und schwarz, von menschlichen Gestalten und Tieren.

Sie alle traten wie verzaubert darauf zu. Ehrfürchtig betrachteten sie die Felszeichnungen. »Hat der große Gott sie gemalt, Mutter *n!a'an*?«

»Manche sagen das, aber andere sagen, es waren die Ju/'hoansi, vor lang-lang-langer Zeit.«

»Unser Volk hat nie gemalt«, erklärte Tami bestimmt. Er legte seine Bündel zu Boden und trat näher. »*Hau*, ich sehe Jäger. Erst habe ich sie gar nicht erkannt – so flach. Aber seht, seht wie sie sich anpirschen. N#aisa, dieser hier steht mit einem Speer bereit, falls der Pfeil seines Freundes fehlgehen sollte.«

»Und seht, wie die Frau in die Hände klatscht.« N#aisa zeichnete den Umriss einer Gestalt mit erhobenen Armen nach. »Sie werden heute Abend ein Festmahl feiern!« Sie und Tami gingen langsam weiter, schwatzten und zeigten mit den Fingern auf immer neue Wunder des von Gestalten wimmelnden Wandgemäldes.

Zuma tippte in der Nähe einer viel bevölkerten Szene auf den Fels. »Ein Trancetanz, Kind. Voller Kraft.«

Koba runzelte die Stirn. Sie sah Gestalten in einer Reihe, aber konnten das Menschen sein? Sie hatten die Köpfe von Antilopen und elefantengroße Penisse. Die weiblichen Figuren hatten Schwänze. Sie tropften aus dem Gesicht und waren gebeugt wie die Alten. »Ich sehe keine Kraft.«

»Du musst sie fühlen. Leg die Hand auf dieses Eland.«

Koba legte die hohle Hand über die ockerfarbene Umrisszeichnung einer mächtigen Antilope. Der Fels fühlte sich kalt und hart an. Nur ihr Rücken war warm, von der Sonne beschienen.

»Nein, nein, du musst deine Haut an die des Elands schmiegen. Benutze deinen Kopf, um sein Wissen zu erlernen«, drängte Zuma.

Vorsichtig lehnte Koba die Stirn an den Sandstein. Er fühlte sich warm an, als schiene die Sonne nun in ihr Gesicht. Aber das konnte nicht sein. Sie stand dicht an dem nächtlich kühlen Fels. Doch da war etwas Weiches an ihrer Stirn; sie hätte schwören können, dass sie Tierfell berührte. Sie konnte den Moschusgeruch einer männlichen Antilope riechen. Koba wich von der Felszeichnung zurück und starrte das Eland an. Der Bock war nicht aus Fleisch und Blut. Mit ungläubigem Gesicht wandte sie sich ihrer Großmutter zu.

Zuma klatschte vor Freude in die Hände. Obwohl es längst trüb geworden war, konnte ihr inneres Auge das Zeichen des Elands auf der Stirn ihrer Enkelin ausmachen. Das Kind würde nun einen mächtigen Geistführer haben. Sie strahlte, zog dann Koba an sich und blies über ihr Gesicht. Vorerst war es besser, dieses Erlebnis zu vergessen.

Koba öffnete ein paar Sekunden später die Augen, als

Zuma erneut in die Hände klatschte. »Komm. Breite meine Schlafmatte hier aus, Schwiegersohn; hier werde ich liegen.«

Die nächste Stunde verbrachten Koba und ihre Eltern damit, Zumas letztes Lager einzurichten. Sie stapelten Feuerholz und Wasserbehälter darum, überprüften Feuersteine und Nahrungsvorräte, kratzten eine Schlafkuhle aus und fegten den Felsboden. Sie häuften zusätzliche Karosse auf ihre Schlafmatte und arrangierten ihre wichtigsten Dinge griffbereit: Tabaksbeutel, Feuerfächer und Grabstock, den sie zum Schüren des Feuers oder als Waffe benutzen konnte.

Dann gab es nichts mehr zu tun, nirgendwohin mehr zu schauen als auf den schwach erkennbaren Pfad, der von den Mutterhügeln zurück zur Wüste führte. Sie alle sahen den Rauch, der sich wie ein Geist am Horizont krümmte.

»Das Heimfeuer der /Ton?«, fragte Koba.

»Nein, das liegt im Westen.«

Koba las Besorgnis aus der Art, wie ihr Vater die Schultern hielt. »Es könnten unsere eigenen Leute sein, Vater.«

»Nein, zu groß.«

»Vielleicht ist es nur ein Steppenbrand. Jetzt ist die Zeit dafür.«

Tami schüttelte den Kopf. »Die Sonne ist noch nicht heiß genug.« Dann sah er die bekümmerten Mienen seiner Familie und lächelte. »Aber vielleicht ist es das Feuer von gestern, das in der Nacht weitergewandert ist. Keine Sorge – es ist weit fort.«

Koba machte sich Sorgen. Sie hatte gesehen, wie Ruß

an ihren Fußsohlen kleben blieb und eine deutliche Spur über geschwärzte Erde hinterließ. Selbst die /Ton würden keine Schwierigkeiten haben, ein solches Zeichen zu erkennen. Sie mussten fort von hier, schnell-schnell.

Sie schlang die Arme um ihre Großmutter und klammerte sich zitternd an ihr fest.

»Was spüre ich da?« Zuma hielt das Kind auf Armeslänge von sich ab und hob das kleine Kinn mit einer zittrigen Klaue. »Ein Mensch, der einen anderen in der Nacht schützen kann, braucht nichts zu fürchten.« Koba schniefte, freute sich aber über das Lob. »Und du wirst einen Führer haben. Jetzt wirst du deine Antworten finden.«

»Nicht ohne dich.«

»Ich werde dort sein, jenseits des Feuerscheins.«

Koba flüsterte: »Etwas Schlimmes wird geschehen. Ich kann es fühlen.«

Zuma wollte flüsternd etwas erwidern, doch Tami ging dazwischen. »Hör auf, ihre Einbildung noch zu nähren, Schwiegermutter!«

»Ich sage ihr nichts, was sie nicht schon selbst spürt.«

»Nein!« Er legte die Hände auf Kobas Schultern. »Für diese Gefühle ist sie noch zu jung. Komm.« Er drehte Koba herum. Sie spürte einen Schmerz in ihrem Inneren, als würde ein Baum entwurzelt. Sie stand da und litt Qualen, die Arme um die schmerzende Mitte geschlungen. Tami musste sie davontragen.

N#aisa schob sich an ihnen vorbei und kniete sich zu Zuma hinab. Sie umfasste die Hände ihrer Mutter und blies darauf. Zuma drückte den Kopf ihrer Tochter in ihren Schoß und murmelte etwas, das Koba nicht hören konnte. Dann sagte sie: »Geht, geht schnell.« N#aisa sprang auf und rannte mit gesenktem Kopf davon. Das Schluchzen ihrer Mutter ließ Koba in ihrer eigenen Trauer innehalten. Sie hatte ihre Mutter noch nie weinen gesehen.

Tami verabschiedete sich hastig und zog Koba mit sich fort. Sie drehte sich in seinem festen Griff herum und streckte die Arme nach Zuma aus. Tami zwang sie, sich wieder umzudrehen. »Wir müssen uns beeilen.« Sie rannten. Am Fuß der Hügel hielt Koba an und wandte sich um. Hoch oben, nur undeutlich, sah sie etwas. Aber es war nicht hell, wie die Sonne hinter Wolken. Es war schwarz und so klein wie ein Käfer – Zuma, die mit hochgereckten Armen winkte, während ihr Kaross an ihr flatterte wie zerfetzte Flügel.

KAPITEL 2

Mannie saß auf dem Hengst wie ein Kronprinz. Er wusste, dass selbst André, sechs Jahre älter als er, nicht auf Bliksem sitzen durfte; allerdings saß Etienne hinter ihm, einen Arm fest um Mannies Bauch geschlungen. Mannie hoffte, dass es nur eine Frage der Zeit war, bis sein Onkel Pas Warnung, er sei noch zu jung, ignorieren und ihm die Zügel überlassen würde.

Der Ritt bis an die fernen Grenzen der Farm war herrlich gewesen. Etienne hatte dem riesigen Pferd die Zügel schießen lassen, und sie waren in vollem Galopp über das Land gejagt, so dass die Arbeiter, an denen sie vorbeikamen, in einer königlichen Wolke rot-braunen Staubs verschwanden.

Jetzt stand das Pferd keuchend am Wildzaun, das Fell fleckig von Schweiß. Obwohl Bliksem einen Meter siebzig maß, reichte sein Kopf nicht bis zu der obersten Linie aus Stacheldraht an dem gewaltigen Zaun, der Etiennes Kudus und seine anderen Antilopen von seinen Getreidefeldern und Viehweiden fernhielt.

Das Land jenseits des Zauns gehörte auch Etienne. Er hatte es erst kürzlich wegen des Wildbestands gekauft, Hunderte Hektar unkultiviertes Bushveld, kniehohes Gras, durchsetzt mit Dornbüschen und seltener auch

Bäumen. Es erstreckte sich bis hin zu den fernen Mutter-hügeln.

Er besaß noch eine andere Jagdfarm, Hunderte Meilen weit weg in Südafrika. Sein Bruder Deon führte sie für ihn.

Und zwar hundsmiserabel, hatte Etienne bei seinem letzten Besuch dort gebrummt, als er festgestellt hatte, dass sogar von den gewöhnlichen Impalas zu wenige da waren, um sie zu bejagen. Er hatte vorgehabt, Deon zu schreiben und ihm ein Ultimatum zu stellen – werde endlich nüchtern und arbeite vernünftig, oder verlasse die Farm. Aber nun, da sein *Boet* mit Brut auf Sukses aufgetaucht war, würde er die Sache persönlich mit dem Arschloch austragen – sobald sich die passende Gelegenheit ergab.

Doch im Augenblick hatte er sich in seinem Wahlkreis und auf der Farm um dringendere Dinge zu kümmern. Und nun behauptete Twi obendrein, sie hätten ein Wildererproblem.

Er blickte finster auf seinen Vorarbeiter hinab. Twi war ein runzliger kleiner Mann, dessen schräge Augen Buschmannvorfahren vermuten ließen. Nun waren diese Augen niedergeschlagen, und Twi stupste mit gespreizten Zehen einen toten Spießbock an. Die Antilopenkuh hing am Zaun, der weiche, weiße Bauch war aufgeschlitzt, die Gebärmutter ihres Kälbchens beraubt. Blauschwarze Fliegen umschwirrten die Schweinerei aus Schleim und Blut.

»Die Abtreiberbastarde, die Metzger«, fluchte Etienne.

»Was ist ein ›Abtreibbastard‹?«, fragte Mannie, und

ihm entging der warnende Blick nicht, den sein Vater seinem Onkel zuwarf.

Zu Mannies großer Freude ignorierte Etienne den Blick und brüllte und fluchte weiter. Dabei benutzte er Wörter, die Mannie sich unbedingt einprägen wollte, damit er sie zu den Jungen in der Schule sagen konnte.

Etienne ließ seinen Neffen herunter und sprang dann vom Pferd. Er beugte sich über den Spießbock. »Wollten nicht mal die Hörner oder das Fell, die Bastarde. Haben sie wegen des Embryos getötet – ein winziges Dingelchen, an dem kaum Fleisch dran ist! Das ist ein *muti*-Mord, Mann. Irgendein *focken* Medizinmann ist dafür verantwortlich.«

Twi musterte eine kleine Wunde in der Brust der Antilope. »Kein Medizinmann, *baas*«, sagte er. »Ju/'hoansi. Ein Schuss. Hier, herznah.« Er nickte. »Ein guter Pfeil, guter Jäger.«

Mannie glaubte, sein Onkel werde vor Zorn explodieren. Etiennes Gesicht war violett, seine Augen quollen wie Tischtennisbälle hervor, und er tänzelte im Staub herum wie ein Pferd, das nicht gesattelt werden will.

»Immer mit der Ruhe, *boet*«, hörte er seinen Vater sagen. »Überanstrengung und Übergewicht sind schlecht fürs Herz, hörst du?«

Etiennes großer Stiefel krachte gegen das Drahtgeflecht des gewaltigen Zauns. Dieser sirrte, und der Nachhall weckte das Veld aus seiner nachmittäglichen Trägheit. Ein Buschwürger flog unter kreischendem Protest vom obersten Draht auf und stellte dabei seine blutrote

Brust zur Schau, und eine Schlange glitt ins Gebüsch. Der Hengst scheute, doch Etienne hielt ihn fest, während er unablässig mit der freien Hand gestikulierte und Twi anbrüllte: »Du willst mir sagen, das waren deine wilden Verwandten? Auf meinem Land? Ich bringe die Bastarde um, wenn ich sie erwische! Die haben kein Recht, hier zu sein, und schon gar nicht, sich einfach zu bedienen. Glauben die denn, dass ich hier ihre verdammte Speisekammer bewirtschafte?«

Twi blieb stumm und starrte auf den Sand hinab. Mannie hatte den Eindruck, dass der Zorn seines Herrn dem kleinen Mann weniger Sorgen bereitete als ihm und seinem Pa.

Mannie wich von den Männern zurück. Er drehte sich um, hob einen Zweig auf und begann, Kreise in den hellbraunen Sand zu zeichnen. Pa regte sich nie so auf, dachte der Zehnjährige. Es war hässlich. Ma wurde schon wütend, aber sie hatte ja auch rötliches Haar. Sie regte sich über dummes Zeug auf, zum Beispiel, wenn die Polizei mit der Pferdepeitsche gegen Eingeborene vorging oder er in der Passage Murmeln spielte. Oder seinen Kohl nicht aß.

Pa sagte, das liege daran, dass sie eine Deutsche sei, und Deutsche liebten eben Kohl. Wenn sie so böse war, dass ihre Lippen aussahen, als hätte sie an einer Zitrone gelutscht, nannte Pa sie »Sauerkraut«. Ma lachte nicht darüber, aber Mannie fand das verdammt lustig.

Er entdeckte eine Kolonne großer, schwarzer Ameisen, die ihrem Loch zustrebten. Er legte seinen Zweig quer über ihren Pfad, um zuzusehen, wie sie bald darüber hinwegströmen würden, um zu ihrem Nest zu gelangen. Wie eine Panzerdivision, dachte er.

Er vermutete, dass es seiner Ma manchmal unangenehm war, deutsch zu sein. Nicht so sehr hier in Südwest, wo es viele Leute mit komischen Akzenten gab, aber zu Hause in Impalala. Jedes Mal, wenn im Bioskop in Nelspruit ein Kriegsfilm gezeigt wurde, musste er sich am nächsten Tag auf dem Spielplatz prügeln, weil irgendein Junge behauptete, seine Ma sei ein »Nazi«. Es nützte nichts, zu erklären, dass sie in Afrika aufgewachsen war, weit weg von irgendwelchen Tommies oder Juden. Kämpfen war einfacher.

Einige Schritte entfernt schrie Etienne immer noch: »*Bliksemse* Buschmänner, die sollen für ihr Essen arbeiten, wie jeder andere auch, oder in die *focken* Wüste zurückgehen.« Sein hektischer Pulsschlag war am Hals deutlich zu sehen. »Wir können es nicht dulden, dass Leute sich an den Sachen eines anderen Mannes bedienen, als wäre das ihr gutes Recht«, schäumte er. »Zur Hölle, sind die ein Haufen Bolschewisten oder was?«

Deon schnaubte. »Jetzt geht's los – die Rote-Gefahr-Propaganda. Ich sage dir, *boet*, seit du für Onderwater im Parlament sitzt, bist du ein wandelndes Klischee.«

Etienne wurde unter seinem leichten Sonnenbrand kalkweiß. Mit zusammengebissenen Zähnen sagte er: »Du kannst so viele Fremdwörter benutzen, wie du willst, *boetie*, aber das eine sage ich dir: Ich habe all das hier« – er ließ den Arm einmal über den endlosen Horizont schweifen – »nicht geschaffen, indem ich den lieben langen Tag auf der *stoep* gehockt und gesoffen habe.«

Deon wandte den Blick ab. Ja, Etienne hatte ihm Arbeit gegeben, als das Hotel ihm gekündigt hatte, aber musste er jedes Mal, wenn sie sich sahen, daran erinnert werden? Herrgott, sein Bein tat weh; er brauchte einen Drink. Er hätte nicht mit hinausreiten, er hätte gar nicht erst nach Sukses zurückkommen sollen. Er war nur hier, weil Marta das Grab ihres Vaters besuchen wollte.

Es waren über zehn Jahre vergangen, seit der alte Hoffman gestorben war – während des Krieges, in einem Internierungslager für feindliche Ausländer. Feindlicher Ausländer, Manfred Hoffman? Das war ein Witz. Der alte Bock hatte länger in Afrika gelebt als jemals in Deutschland. Die Missionsstation tief im Damaraland war die einzige Heimat, die Marta gekannt hatte.

Deon war ihr begegnet, als sie auf Sukses aufgetaucht war, um für die Mission zu sammeln. Ihre staubigen Esel brauchten eine Rast, und sie selbst sehnte sich gewiss nach einem Bad, behauptete Lettie und führte die von der Sonne verbrannte und vom Wind zerzauste junge Frau ins Haus.

»Meine Liebe, Sie müssen über Nacht bleiben. Ich kann Ihnen im Nu ein Bett zurechtmachen, Ihnen ein schönes, kühles Bad einlassen und ...« Deon hatte gewusst, was nun kommen musste. Und tatsächlich, es folgte ein klassisches Lettie-Fettnäpfchen: »Ich finde sicher auch eine hübsche Bluse für Sie.«

Er versetzte seiner Schwägerin unter dem Tisch einen

Tritt. Sie sah ihn mit arglosen blauen Augen an und begriff dann. »Nicht, dass Ihre Bluse nicht sehr hübsch wäre. Sie sieht sehr, äh, unverwüstlich aus ...«, stammelte sie.

Marta wirkte überrascht von der Wendung, die das Gespräch genommen hatte, gab sich aber Mühe, sich dies nicht anmerken zu lassen. »Äh, ja, sie ist unverwüstlich. Hanf, glaube ich. Das Hemd gehört meinem Vater«, fügte sie leise hinzu.

»Und es steht ihm sicher sehr gut«, versicherte Lettie ihrem Gast hastig.

Marta wirkte eher erstaunt als beleidigt. Deon stöhnte hörbar, entspannte sich aber, als die von innen strahlende junge Frau zu lachen begann. Diesen Laut fand er so erfrischend wie Regen, der auf ausgedörrte Erde fällt.

Bald kicherte auch die errötende Lettie und versprach, ihrem Mann ein hübsches Sümmchen als Spende für die Missionsstation zu entlocken, wenn Miss Hoffman ihr verzeihen und ihre Gastfreundschaft annehmen könne.

Marta Hoffman erschien an jenem Abend wieder im Hemd ihres Vaters, doch es war gewaschen, gebügelt und säuberlich zugeknöpft. Ein Jammer, fand Deon. Er hätte gern noch einen Blick auf die zarten Sommersprossen an Martas Halsansatz geworfen.

»Sieh nur, wie hübsch wir Miss Hoffmans Haar zurechtgemacht haben«, sagte Lettie und zeigte ihm, wie sie Martas rotgoldene Mähne zu zwei Zöpfen gebändigt und diese über den Ohren zu Schnecken gedreht hatte.

Marta und Deon lächelten sich über Letties Kopf hinweg an.

An diesem Abend versammelten sich Etiennes Anhänger zu einem Barbecue. Sie feierten irgendeinen Rugby-Erfolg. Deon erinnerte sich daran, wie Marta die Frauen schockiert hatte, indem sie sich von deren Gespräch über Marmeladenrezepte abwandte und sich zu den Männern draußen auf der Veranda gesellte.

Sie hatten Brandy und Cola getrunken und den üblichen Blödsinn geredet. »He, kennt ihr den schon? Was sagt die *kaffirmeid* zum Bischof?«

»Schneller, Master, da kommt die *Miesies*«, antworteten die Männer im Chor. Das Gelächter verstummte, als Marta erschien.

»Bitte korrigieren Sie mich, falls ich mich irren sollte, aber geht es dabei zufällig um diesen Afrikaanerpfarrer, einen Pastor der Niederländischen Reformierten Kirche, die sich unsere Regierung auserkoren hat? Und war er nicht die erste Person, die unter unserem wunderbaren neuen Immorality Act wegen des Verkehrs mit einer Angehörigen einer anderen Rasse angeklagt wurde?«, fragte sie unschuldig.

Deon gluckste im Schatten am Rand der Gruppe. »Ja. Davon habe ich gelesen. Ironie des Schicksals.« Marta warf ihm einen dankbaren grünäugigen Blick zu und beobachtete dann belustigt, wie einige Männer aufstanden und erklärten, sie müssten dem Ruf der Natur folgen, während andere sich damit beschäftigten, ihre Pfeifen zu stopfen oder von dem livrierten Diener hinter dem Serviertisch ihre Drinks auffüllen zu lassen.

Etienne gab keinen Zoll geheiligten Bodens preis. »Tja, Gesetz ist Gesetz, Miss Hoffman«, entgegnete er.

»Ja, und wie wunderbar flexibel es sich unter der National Party doch zeigt, Mr. Marais.«

»Wie meinen Sie das?«

»Ich bitte Sie wiederum, mich zu korrigieren, falls ich mich irren sollte, aber hat dieser geistliche Herr für sein abscheuliches Verbrechen nicht lediglich eine Bewährungsstrafe bekommen?«

Deon blieb danach mit der faszinierenden Miss Hoffman in Verbindung und schrieb ihr lange Briefe, wenn es abends im Hotel ruhig zuging. Als sie ihm mitteilte, ihr Vater sei gestorben, nahm er Urlaub und reiste ins Damaraland, um ihr beizustehen.

Doch das alles war vor dem Unfall, der ihn zum Krüppel und zum Alkoholiker machte. Der Alkohol half gegen die Schmerzen, erklärte er ihr, aber sie wussten beide, dass das nur ein Vorwand war. Er war schon immer ein Trinker gewesen. Und in Etiennes Gegenwart wurde es nur schlimmer.

Aber was konnte er tun? Er hatte herkommen müssen. Marta hatte nichts davon hören wollen, die Reise hierher zu verschieben, und sie konnte unmöglich allein reisen. Dass sie in ihrem Zustand eine siebentägige Zugreise, bei der sie auch noch umsteigen musste, allein unternahm, kam gar nicht in Frage. Also war er in die Bar gegangen, während sie den Schmuck ihrer Mutter versetzt hatte, um die Zugfahrkarten nach Onderwater kaufen zu können.

Müde nach dem langen Galopp über das Veld, trottete der Hengst den Hang zum Haus hinauf. Am Hoftor organisierten kleine schwarze Kinder, die vor Aufregung schier bebten, das Öffnen des schweren, vergitterten Tors. Manche zogen, andere schoben, und die meisten ritten hoch oben mit, als es im weiten Bogen aufschwang, und quietschten vor Vergnügen. Etienne warf ihnen im Vorbeireiten ein Sixpencestück zu. Stürzen, Grabbeln, Staub. Als Mannie zurückschaute, saßen die *piccanins* schon wieder auf dem Tor und zwitscherten und schaukelten wie Vögel auf einem Telegrafendraht.

Das Farmhaus war aus Stein mit einem Blechdach und einer breiten Veranda, die wie ein trotzig gerecktes Kinn hervorragte. Dort stand breitbeinig ein Jugendlicher, die Arme vor der starken Brust verschränkt. André sah mit finsterer Miene zu, wie sein Vater Mannie vom Pferd hob. »Pa und ihr alle, hattet ihr einen schönen Ausritt?«

Etienne blickte nicht auf. »Nein. Wir haben eine Spießbockkuh verloren – eine trächtige obendrein.«

»Wie ist das passiert?«

»Lange Geschichte. Dein Cousin kann sie dir erzählen.« Etienne warf André die Zügel zu. »Bring Bliksem in seine Box. Und sorge dafür, dass Twi ihn selber trockenreibt.« Dann sprang Etienne, zwei Stufen auf einmal nehmend, die Verandatreppe hinauf, und Deon folgte ihm gemächlich.

Als das Pferd Andrés grausamen Griff an seinem Maul spürte, schlug es den Kopf nach unten und versuchte sich loszureißen. André lächelte und hielt es fest.

»Hilf mir, ihn abzusatteln, du Würstchen«, befahl er, als Mannie sich davonschleichen wollte. Mannie zögerte.

»Wasnlos, he? Hast du Angst vor dem großen Pferdchen?«

»Ich habe keine Angst.«

»Dann komm, oder erwartest du vielleicht von mir, dass ich deinen *kaffirboy* spiele und die Drecksarbeit für dich mache?«

Der Hengst bäumte sich auf, und André zerrte ihn mit einer Kraft wieder herunter, die man seinen sechzehn Jahren nicht zugetraut hätte. »Glaub ja nicht, ich hätte von deinem *boetie-boetie* bei meinem Pa nichts gemerkt. Jetzt lässt er dich auf seinem verrückten Gaul reiten, aber ich darf nicht.« Er versetzte dem Hengst einen brutalen Faustschlag gegen die Brust. Bliksem scheute mit weit aufgerissenen Augen. Wieder hielt André ihn fest, doch nun zwickte er die Oberlippe des Pferdes zwischen Daumen und Zeigefinger und verdrehte sie brutal. Bliksem rollte die Augen, blieb aber still stehen.

»Komm schon, du Arschküsser, das ist deine Chance. Ich hab ihn.«

Vorsichtig näherte Mannie sich dem Pferd. Es stand still, zitterte aber heftig. Sanft hob er das Sattelblatt an. Die Schnallen des Sattelgurts saßen hoch über seinem Kopf. Er wagte es nicht, um Hilfe zu bitten. Mit zitternden Knien reckte er sich auf die Zehenspitzen.

Weil er sich plagte, die Schnallen zu erreichen, merkte er nicht, dass André sich gegen die Brust des Pferdes stemmte und es zwang, einen Schritt rückwärts zu machen. Es stellte den riesigen Huf genau auf Mannies Zehen.

»Au, au. André, er steht auf meinem Fuß. Aua, Mann.«

»*Ag*, er ist ja so ein Trampel.« André grinste.

Das Pferd spürte, wie das Kind sich zu befreien versuchte, und wollte beiseite treten. André riss einen anderen Huf hoch. Noch mehr Druck auf Mannies Zehen.

»Au, au!«

André bückte sich tief, so dass er zwischen den Beinen des Hengstes hindurchschauen konnte, und grinste hämisch in das bleiche Gesicht des Jungen. Mannie versuchte immer noch, seinen Fuß herauszuziehen. Er spürte das Brennen von aufgeplatzter Haut. Er schloss die Augen, um die Tränen zurückzuhalten, aber sie quollen verräterisch zwischen seinen Lidern hervor.

Auf der anderen Seite des Hofs ging die Verandatür auf. »Was zum Teufel tust du da, André?«, brüllte Etienne. André ließ sofort Bliksems Huf fallen und riss das Pferd vorwärts von Mannies Fuß herunter.

»Nichts, Pa.«

Etienne kniff die Augen zusammen und fragte Mannie: »Alles in Ordnung, Junge?«

»Ja, mm-jaaa ...« Mannie schluckte. »Mir geht's, äh, g-gut, Onkel Etienne.« Er spürte Andrés bohrenden Blick im Rücken, als er ein Stück zurückwich. Er wagte es nicht zu humpeln.

»Na dann. André, habe ich dir nicht gesagt, du sollst das Pferd in den Stall bringen?«, herrschte Etienne seinen Sohn an.

Mannie hielt den Kopf gesenkt. Er hörte Hufe über

den Hof klappern, laute Schritte, das Knallen der Verandatür. Jetzt war es sicher, davonzuhumpeln und endlich
zu weinen. Er setzte sich auf die Bank vor der Veranda,
die teilweise vom darüber wuchernden Indischen Goldregen verborgen wurde. Er wimmerte leise.

Eines Tages, schon bald, werde ich groß genug sein,
um es diesem André zu zeigen, dem brutalen Scheißkerl,
dachte er. Dann würde er ihn dermaßen verprügeln, dass
er eine Woche lang nicht laufen konnte!

Mannie schniefte und wischte sich mit dem mageren
Unterarm über die Nase. Seine Zehen schwollen an, aber
zumindest taten sie nicht mehr so weh. Sie waren taub
geworden. Er entschied, noch ein wenig hier sitzen zu
bleiben, und schloss die Augen.

»*Ag, Liebschen*, war der Ritt so anstrengend?« Marta
beugte sich über ihren schlafenden Sohn und küsste ihn;
ihr Zopf, immer noch lang, aber nicht mehr so leuchtend golden, fiel ihr über die Schulter, und das Ende kit-
zelte ihn im Gesicht. Er riss die Augen auf. »Ich bin's
nur«, sagte sie und richtete sich auf, die Hände in den
Rücken gestemmt, um das Gewicht ihres dicken Bauchs
auszugleichen. »Hast du geweint?«

»Neeein ... doch. Na ja, nur ein bisschen. Ich habe
mich am Fuß verletzt.«

»Was ist passiert? Lass mich mal sehen.«

»Es ist nichts.«

»Lass mich trotzdem mal sehen.« Sie tätschelte ihren
Oberschenkel, wo er seinen Fuß hinstellen sollte.

»*Ag*, Ma, mach nicht so ein Getue.«

Sie verdrehte die Augen. »Nun gut, kleiner Mann«, sagte sie und setzte sich neben ihn. »Also, war es ein schöner Ausritt? Hat dein Onkel Etienne dir etwas Interessantes gezeigt?«

Sein Instinkt riet ihm, dass er seiner Mutter besser nichts von der grausigen Entdeckung an diesem Nachmittag erzählen sollte. Jedenfalls nicht alles.

»Wir haben einen Spießbock gesehen. Und Onkel Etienne hat mich vor sich auf Bliksem reiten lassen.«

»Das ist nett von ihm.«

Er fand einen losen Faden an seinem Knopfloch und begann mit schmutzigen Fingern daran herumzuzupfen. »Ma? Ma, können Buschmänner Viehdiebe sein?«

Sie warf sich den Zopf über die Schulter zurück. »Es ist unhöflich, sie ›Buschmänner‹ zu nennen, mein Sohn. Denk daran, man sagt jetzt Khoisan. Und Vieh stehlen, hm? Warum fragst du?«

»Nur so.«

»Hat dein Onkel dir etwa solche Vorurteile in den Kopf gesetzt?«

»Nein.« Der vormals weiße Faden war jetzt schmuddelig grau. Er verdrehte ihn. »Ja. Ich meine, was sind Vorurteile?«

»Ein Vorurteil ist, wenn man eine Gruppe von Menschen nicht mag, einzig und allein deshalb, weil sie anders sind als man selbst.«

»Ja, aber sie töten die Tiere, ich meine, sie stehlen die Tiere anderer Leute, die Busch... Khoi...?«

»Tja«, sagte sie und legte ihm einen sommersprossigen Arm um die Schultern, »die Khoisan betrachten das nicht als Stehlen. Sie glauben, dass Gott alle Tiere für alle Menschen geschaffen hat. Sie verstehen nicht, was Privatbesitz ist. In ihrer Gemeinschaft wird alles mit allen geteilt.«

Er riss an dem Faden, und die Naht löste sich. Ma war ja ganz in Ordnung, aber wenn sie mit ihrem dämlichen Eingeborenenzeug anfing, Buschmänner ... Khoikhoi ... hoi polloi ... wie auch immer die hießen!

Der Knopf flog davon. Er hechtete ihm nach. »Aber warum«, fragte er vom Boden aus über die Schulter, »töten sie ein schönes wildes Tier?«

»Was für ein schönes wildes Tier?«

Mannie hätte sich in den Hintern treten mögen. »Ich weiß nicht. Irgendeins. Ich meine, wenn sie so was machen würden? Nur mal angenommen?« Er spähte unter seinem Pony hervor zu seiner Mutter auf. Sein Haar schimmerte so rotgolden wie ihres, als sie noch jung gewesen war, aber er hatte nur auf der sonnenverbrannten Nase und den Wangen Sommersprossen. »Ich meine, warum sollten sie, Ma, wenn sie die Tiere doch so mögen?«

Sie neigte den Kopf zur Seite und musterte ihn, und ihr Stirnrunzeln formte die Sommersprossen auf ihrer Stirn zu einem Pfeil. »Wenn sie das täten«, sagte sie langsam, »dann, um zu essen zu haben, denke ich. Fleisch, das ihnen hilft, zu überleben. Sie haben keine Rinder und Schafe wie Onkel Etienne. Und in der Wüste können sie nichts anbauen.« Sie wackelte mahnend mit dem langen Zeigefinger. »Aber die Khoisan töten nie unnötigerweise.«

Etienne saß an diesem Abend mit der aufgeschlagenen Bibel vor sich am Esstisch. Vor einigen Jahren hatte er, als Vorbereitung für seine Kandidatur, die Löcher in seinem Afrikaanerstammbaum gestopft, indem er sich zum leidenschaftlichen republikanischen Buren ausstaffiert hatte – mit einem Ochsenkarren, der angeblich den Großen Treck mitgefahren war (die Restaurierung hatte ihm kostbare Zeilen in der Lokalzeitung eingebracht), und dem Alten Testament, in dem er nun blätterte. Natürlich war der Familienstammbaum auf der ersten Seite nicht seiner, aber Maritz klang ähnlich genug.

Der Bibellesung vor dem Essen beizuwohnen war inzwischen Pflicht für Familie und Dienstboten auf Sukses. An diesem Abend las Etienne aus Mose 21, Verse 12 bis 24: »... Wer einen Menschen schlägt, dass er stirbt, der soll des Todes sterben«, ohne jede Ironie und auf Hochholländisch. Nur in diesen Bibelstunden hörten sie irgendetwas anderes als Afrikaans von ihrem Herrn, der zwar sehr sprachbegabt war und Englisch, Ovambo, Himba und mehrere Nguni-Sprachen fließend beherrschte, aber sein neu entdeckter Buren-Nationalismus duldete diese Sprachen nicht auf seiner Farm.

Nachdem die schwarzen Bediensteten sich zurückgezogen hatten, um in ihrem Lager zu Abend zu essen, verkündete Etienne: »Wir Männer gehen morgen auf einen Jagdausflug. Wir nehmen den alten Karren mit und ziehen in Richtung Mutterhügel. Kannst du uns etwas *padkos* einpacken, Mutter?«

Lettie Marais errötete reizvoll. Sie war das einzige

Kind des größten Grundbesitzers in der Gegend, eine kostbare Errungenschaft, denn sie war nicht nur hübsch, sondern die Leute hier in der Gegend fanden auch, sie hätte Stil. Sie hatte die Kosmetikschule in der Stadt besucht. Sie wusste, wie man sich kleidete, wie man sich eine Maniküre machte und frisierte. Und ihre Milchtorte hatte bei der Landwirtschaftsausstellung zu Ostern jedes Jahr den ersten Preis gewonnen.

Etienne hatte um sie geworben und sie erobert, kurz nachdem er in der Onderwater-Gegend angekommen war, und schließlich hatte er auch die Leitung der Farm ihres Vaters übernommen.

Sie tätschelte ihre Dauerwellen. »*Liewe Magies*, Papi, wir haben nur noch die Weihnachtssachen in der Speisekammer, und die können wir nicht essen. Ich könnte morgen backen. Aber was ist mit Fleisch? Wenn ihr noch ein bisschen wartet ...«

»Wir brauchen kein Fleisch. Wir schießen uns ein Kudu. Gutes Wetter, um *biltong* zu machen.«

Mannie bemerkte die fragend hochgezogenen Brauen seiner Mutter. »Eine deiner kostbaren Sukses-Antilopen? Nein, so was!«

Onkel Etienne ignorierte sie und nickte stattdessen Mannie zu. »Kommst du morgen mit, kleiner Mann?«

»Darf ich, Ma? Darf ich, Pa?« Doch er wusste, dass die Entscheidung bei seinem Onkel lag. Er würde mitgehen.

Mannie wunderte sich über Mas Einstellung seinem Onkel gegenüber. Sie stritt ständig mit ihm, ärgerte sich, wenn er irgendetwas über Kaffern sagte – Kaffern durfte man nicht sagen – Eingeborene, ja, wenn er Sachen über Eingeborene sagte. Und über die Regierung. Statt im Bett zu bleiben, wie sie es tun sollte, weil sie Schmerzen hatte, schien sie Onkel Etienne förmlich zu suchen. »Um ihn zu piesacken«, hatte Pa lachend erklärt.

Onkel Etienne war auch komisch, dachte Mannie. Meistens ignorierte er Ma, aber manchmal, wenn er glaubte, dass niemand hinschaute, dann starrte er sie an. Deon merkte es auch. Dann krümmte seine Oberlippe sich so fest wie Stacheldraht.

KAPITEL 3

»Okay, ich glaube, wir haben alles, los geht's«, sagte Etienne.

Es war noch dunkel, als die Jagdgesellschaft den Hof verließ. Ein Treiber ging mit einer Lampe in der Hand neben den Ochsen her. Mannie stand auf dem Wagen zwischen Ausrüstung und Vorräten: Munitionskisten, Jagdmesser, ein Zweihundert-Liter-Fass Wasser, Petroleum und weitere Lampen, Schaufeln und Seile, Segeltuchplanen, Hocker, Schlafmatten, Kochtöpfe, Dosen und Körbe voller Essen, in zwei Schichten Musselintücher gehüllt, um sie vor dem Staub zu schützen.

Mannie schmollte. Er hatte gehofft, sie würden mit dem großen Wagen fahren, mit dem richtigen Voortrekker-Karren mit der Plane darüber, von zehn Ochsen gezogen, die mit einer Peitsche so lang wie ein Rugby-Feld gelenkt wurden. Aber sein Onkel hatte gesagt, dazu hätten sie nicht genug Zeit – sie müssten der Spur schnell folgen.

Warum die Eile, dachte Mannie, und warum musste er im Wagen fahren wie ein Baby?

André trabte auf einem tänzelnden Boereperd vorbei. »He, Würstchen, hast du schon Heimweh nach deiner Mama?«

Mannie schob die Fäuste in die Taschen seiner kurzen Hose und versuchte, sie über die Knie hinunterzuschieben. Es war kälter, als er gedacht hatte, aber er konnte sich unmöglich die Extradecke um die Beine wickeln, die Ma ihm mitgegeben hatte. André würde ihn auslachen. Bibbernd ließ Mannie sich auf dem harten hölzernen Sitz neben Twi nieder.

»Sonne bald«, sagte der Kutscher.

»Darf ich mal die Zügel übernehmen?«, fragte Mannie.

»Nein, *basie*. Wir müssen schnell-schnell.«

»Ich kann die Ochsen schnell treiben. Das kann ich, ich zeige es dir.« Aber Twi ließ nur die kurze Lederpeitsche knallen und lachte, und sein gelbes Gesicht legte sich in noch mehr Falten.

Vertrockneter alter *velskoen*, dachte Mannie ärgerlich. Aber er verzieh seinem Sitznachbarn, als Twi ihm einen Scheinwerfer reichte und vorschlug, er solle nach Tieraugen Ausschau halten.

Es waren nicht viele zu sehen. Das Quietschen und Knarren der metallbeschlagenen Wagenräder verscheuchte die meisten Wildtiere. Aber er entdeckte eine kleine Herde Kudus, eine Junggesellenherde, sagte Twi – jedenfalls der Höhe der Augen über dem Boden nach zu schließen. Und gegen Morgengrauen schreckten sie ein Steinböckchen mit riesigen Ohren auf, das im Zickzack mit wogendem Hinterteil davonflitzte. »'n Arsch wie Marilyn Monroe«, bemerkte Etienne, der gerade auf Bliksem vorbeiritt.

Irgendwann nickte Mannie ein. Er wachte davon auf,

dass Twi den Ochsen »*Hokaai, hokaai*« zurief und ein seltsames Klicken mit hineinmischte. Etienne trabte herbei. »Wir trinken Kaffee und sehen uns den Sonnenaufgang an«, sagte er.

Mannie lief das Wasser im Munde zusammen – Tante Letties köstlicher Zwieback, in Kaffee mit Kondensmilch getaucht. Mmm. Aber erst einmal musste er pinkeln. Er sprang von dem Karren und eilte auf einen Busch zu.

»So, kleiner Mann.« André ragte plötzlich im Halbdunkel auf. »Dein erster Jagdausflug, was?« Mannie, der sich genüsslich erleichterte, ignorierte ihn. Er spürte, dass André auf seinen Penis starrte. Dann hörte er, wie der ältere Junge seinen ebenfalls hervorholte.

»Aufgeregt?«, fragte André.

Mannie spürte Andrés Nacktheit, hörte seinen Cousin aber nicht pinkeln. Er konzentrierte sich darauf, aus seinem Tröpfeln wieder einen kräftigen Bogen zu machen. Ein großer Strahl wäre männlich.

»Ich habe dich gefragt« – André trat so dicht heran, dass Mannie ihn durch seinen Ärmel hindurch spüren konnte – »ob du aufgeregt bist?« Mannie rührte sich nicht. Andrés Penis war lang und dick und sehr nah. Er hörte André lachen. »*So* sieht aufgeregt aus.« Er wackelte mit seiner Erektion vor dem Jungen herum. »Siehst du? Siehst du?« André griff hinter sich. »Deiner ist bloß ... ein Fischköder.« André trat zurück, und Mannie hörte ein leises Zischen. Zu spät wich er beiseite. Der dornige Zweig erwischte ihn, und ein langer, weißer Dorn riss ihm die Vorhaut auf. Er öffnete den Mund, um zu schreien, bemerkte dann Andrés leuchtende Augen und schloss ihn wieder. Tränen rannen ihm über die Wangen und Lippen, sie schmeckten nach Staub. Er floh und zog sich im Laufen wieder anständig an. Andrés Gelächter hallte durch die Dunkelheit hinter ihm her wie das einer Hyäne.

Während sie ihren Kaffee tranken, wurde es schlagartig Tag. In einer Minute flirtete das Veld noch zart mit dem Licht und verbarg seine Konturen in diskreten Grau- und Mauvetönen; im nächsten lag es schamlos offen da, goldglühend wie die Feuerkugel der Sonne, die den öst- lichen Horizont eroberte. Die Diener verstauten die Se- geltuchhocker, Flaschen und Becher – Emaille für sie selbst, Porzellan für die Weißen – wieder auf dem Wa- gen, und die Jagdgesellschaft holperte weiter.

Sie wollten zu den Mutterhügeln, das wusste Mannie – ein unheimlicher Ort, hatte sein Cousin gesagt. Die Hü- gel waren irgendwo am Horizont, aber irgendetwas, Rauch oder Nebel vielleicht, machte sie schwer erkenn- bar. Geister waren es bestimmt nicht – damit wollte André ihn nur aufziehen; aber könnte es die Seeluft von der fernen Skelettküste sein? Er fragte Twi.

»Nein, *basie*, ein Veldfeuer. Kein Regen, seit zwei Sommern.«

»Hast du je das Meer gesehen, *outa*?«

»Nein, *basie*.«

Mannie blickte enttäuscht drein. Er hatte das Meer noch nie gesehen, aber er wohnte ja auch viel weiter landeinwärts als die Leute von Sukses. Ma hatte gesagt, auf dem Rückweg nach Windhoek würden sie an die

Küste fahren. Das sollte ein Weihnachtsgeschenk für ihn sein. Es war ein langer Abstecher auf einer Nebenlinie, aber die Walfischbucht hätte einen schönen Strand, sagte sie, und seine Großmutter Ingrid hätte sich gewiss gewünscht, dass er einmal das Meer sah. Er hatte seine Großmutter Ingrid nie kennengelernt und wusste nichts über sie, außer, dass sie hässlichen Schmuck besessen hatte und aus irgendeinem Ort an der Küste Deutschlands stammte. Ma erinnerte sich auch nicht gut an sie. Sie war erst drei Jahre alt gewesen, als ihre Mutter gestorben war.

Pa sorgte sich, weil ein Hotel am Meer zur Weihnachtszeit furchtbar teuer sein müsse, aber Ma hatte gesagt, sie hätten etwas Besonderes verdient, etwas, das sie drei gemeinsam unternahmen, ehe das neue Baby kam. Mannie freute sich auf das Kleine, aber noch mehr freute er sich darauf, das Meer zu sehen.

Sie hatten jetzt den Feldweg verlassen, der Karren holperte noch mehr, und sie sahen einen Großen Singhabicht herabstoßen und die roten Klauen nach einer fliehenden Maus ausstrecken. Er wurde von ihnen abgelenkt, verfehlte seine Beute und schwang sich wieder in die Höhe, um sich auf einem Kameldorn niederzulassen und scharf und finster auf die Eindringlinge hinabzustarren.

Mannie war ganz aufgeregt, als eine Herde Springböcke vor ihnen floh. Auf Impalala gab es keine, und er hatte sich schon immer gewünscht, sie einmal in voller Pracht zu sehen. Nun taten ihm gleich mehrere den Gefallen, als einer nach dem anderen mit gestreckten Beinen, hoch gekrümmtem Rücken und gesenktem Kopf in die Luft sprang. Twi wies ihn auf den Fächer leuchtend weißer Haare hin, der am Rücken jedes der Tiere erschien, wenn es sprang. »Riecht«, sagte er und berührte seine breite, flache Nase. Mannie schnupperte. Es hing ein Geruch in der Luft, der von einem Sekret stammen könnte; es roch üppig süß und ein wenig nach Wachs. Bald waren die Springböcke außer Sicht.

Seltsam, dass keiner der Männer auch nur versuchen wollte, sie zu schießen, dachte Mannie. Springbockfleisch gab angeblich das beste *biltong*. Aber die Reiter ließen die quer über ihre Brust geschlungenen Gewehre hängen und wandten die Köpfe ihrer Pferde nicht von den Mutterhügeln ab. Mannie zupfte an einer Kruste auf seinem Knie und gähnte.

Es wurde immer heißer, und sie kamen noch langsamer voran, weil das hohe, orangegelbe Gras kleine Trockengräben und Ameisenbärlöcher verbarg. Wenn sie nicht gerade in eines davon stolperten, schaufelten sie die Wagenräder aus weichem Sand, der sie einsaugen wollte.

Mannie schlug gereizt nach einer Fliege, die sich auf der blutenden Stelle an seinem Knie niederlassen wollte. Er wünschte, er wäre auf der Farm geblieben. Sein Penis tat weh, aber er konnte ihn sich nicht anschauen. André kam immer wieder zu ihm zurückgeritten, um ihm zuzuzwinkern und höhnische Scherze zu machen.

Schließlich ließ Etienne sein Pferd neben dem Wagen halten. »Der Rauch ist näher«, sagte er und stieg vom Sattel auf den Wagen hinüber. Er band das Tier hinten an den Karren und ging zu der Holzkiste, die als Kutschbock diente. Er stellte die großen Stiefel zwischen Twi und Mannie und stieg darauf. Da sie beide gleich groß waren, stützte er sich auf ihren Köpfen ab und ließ den Blick über das Veld schweifen wie ein Kapitän auf seiner Brücke. »Das Feuer ist nach Osten gezogen«, verkündete er.

Mannie bemerkte die khakifarbene Wolke, auf die sein Onkel zeigte. Die Sonne sah dahinter schmierig aus, wie ein Butterfleck.

Etienne setzte sich zwischen sie. Der Deckel der alten Kiste hing durch. »Halt auf die schwarze Stelle zu«, befahl er Twi und deutete auf einen Abschnitt verbrannter Steppe. Und zu André sagte er: »Schick den Fährtensucher voraus. Wenn irgendwas seit dem Feuer hier unterwegs war, werden wir's bald wissen.«

Mannies Laune hob sich. Bald würde die Jagd beginnen.

Ochsen und Pferde bewegte sich widerstrebend über das verkohlte Veld. Einzelne Büschel glühten noch, während die Überreste von Kameldornbäumen Funken versprühten. Mannie begann zu husten. Sie wirbelten Ruß auf, der ihm in die Nase drang. Er spuckte aus und versuchte, den beißenden Geschmack in seinem Mund loszuwerden.

Sie entdeckten kein Wild, bis auf eine Schildkröte, die auf dem Rücken lag und schwach mit den Beinen ruderte, um sich aufzurichten. André benutzte den Griff seines Gewehrs als Poloschläger und drosch sie hoch in die Luft. Mannie sah erleichtert, dass sie aufrecht landete und davonkroch. Links von ihnen pickte eine Bronze-flecktaube in den verkohlten Überresten eines Baumes herum. Dann reckte sie die graue Kehle und stimmte ihren Klagegesang an.

Sie sahen den Fährtensucher auf sie zurennen, bis zu den Knien mit Ruß bestäubt, so dass es aussah, als trüge er lange Strümpfe. »MaSarwa, MaSarwa!«, keuchte er.

Etienne sprang auf. »Wo?«, fragte er. Der Fährtensu-cher wies östlich an den jetzt gut sichtbaren Hügeln vor-bei. Etienne sprang vom Wagen, band Bliksem los und stieg auf. »Gib diesen verflixten Ochsen die Peitsche«, schrie er Twi zu und galoppierte davon.

Für Mannie schien eine Ewigkeit zu vergehen, bis der Wagen das Grüppchen der Männer erreichte. Er sprang hinunter und schob den Kopf durch die Palisade aus Beinen, konnte aber keine Tierspuren sehen. Nur Fußab-drücke. Einer war ganz perfekt – fünf kleine Zehenkup-pen und der Halbkreis einer Ferse, wie ein Stempel im Ruß. »MaSarwa – Gelbe«, sagte der Fährtensucher und hielt drei Finger hoch.

Mannie konnte nichts sehen. »Was ist denn, was ist los?«, fragte er, aber sämtliche Männer starrten in die Richtung, in die der Fährtensucher deutete.

»Aufsitzen!« Auf Etiennes Kommando hin löste sich der Kreis aus Beinen auf. Männer rannten zu ihren Pfer-den. Mannie wurde plötzlich hochgehoben wie ein Kleinkind, und sein Onkel ließ ihn auf den Wagen plumpsen. »Los doch«, sagte er, »sonst holen wir sie nie ein.«

Sie einholen? Wie viele Leoparden waren es denn? »Glaubst du, es ist eine Mutter mit Jungen, Twi?«, fragte Mannie. »Glaubst du, sie hat diese Spießbockkuh erlegt? Onkel Etienne würde sie doch nicht töten, wenn sie die Jungen noch säugt, oder? He, Twi, he?«

Twi starrte stur geradeaus, und seine San-Züge blieben völlig ausdruckslos.

Der Steppenbrand hatte Kobas Familie zu einem Umweg gezwungen. Sie kamen zwischen den schwarz verbrannten Stoppeln nur langsam voran, weil Tami darauf bestand, dass sie nur auf Grasbüschel traten, damit sie keine Fußabdrücke hinterließen.

Kobas Fußsohlen waren nicht so hart wie die ihrer Eltern, und sie brannten, während sie von Büschel zu Büschel hüpfte. Es war jedes Mal, als springe man auf einen rotglühenden Igel. Manchmal schummelte sie und kühlte ihre Füße im rußigen Sand, wobei sie Abdrücke hinterließ, die unübersehbar waren.

In ihrer Brust hämmerte es – ob es an der Anstrengung lag oder an dem, was ihre Großmutter als ihr Signal bezeichnet hatte, wusste sie nicht. Und der Ruß machte ihr das Atmen schwer. Schwarze Wolken stiegen jedes Mal auf und kitzelten sie in der Kehle, wenn sie landete. Zu allem Elend fegte auch noch ein Wind um sie herum, der Funken aus der Asche hochwirbelte und schwelende Stellen zu boshaften kleinen Flammen entfachte. Schließlich blieb sie keuchend stehen.

Dann hörte sie es, ganz in der Ferne – ein Knarren. Stimmen? Echte Stimmen?, fragte sie sich. Doch ihre

Eltern hatten sie auch gehört. Tami kniete auf allen vieren und presste die Wange auf den Boden. Jetzt spürte Koba das Beben von Hufen durch ihre versengten Fußsohlen. Tiere galoppierten in ihre Richtung, verfolgt von einem Wagen mit Männern.

Die Familie rannte. Die Wasserkalebasse in Kobas Schlinge schlug schmerzhaft gegen ihr Bein. Sie blieb stehen, um sie zurechtzurücken. Tami kam zu ihr zurückgerannt, entriss ihr die Kalebasse und warf sie in den Sand. Sie platzte auf. Koba blieb wie angewurzelt stehen und starrte darauf hinab. Wasser zurücklassen?

Ihr Vater packte ihre Hand. »Lauf, sonst wirst du nie wieder Wasser brauchen.« Er zog sie so schnell voran, dass sie keine Zeit hatte, auf Büschel zu hüpfen. »Schneller«, drängte Tami.

Sie rannten ohne Pause, bis Tami die Hand hob. Mit dem Hämmern ihrer Herzen vermischte sich der Lärm von Hufen. Näher.

»Wir müssen uns verstecken«, sagte Tami.

N#aisas Worte drangen wie Vogelpiepsen aus ihrem Mund, weil ihr Brustkorb sich vom mühsamen Luftschnappen heftig hob und senkte. »Du kannst nicht wissen ... ob die Leute mit Hufen ... uns Böses wollen. Gehen wir hin ... und begrüßen sie ... in Freundschaft. Vielleicht ... Tabak.«

»NEIN!«, kreischte Koba. Jetzt hatte ihre Furcht einen Namen und ein Paar blaue Augen. »/Ton ... ich höre, ich spüre Löwentatzen. Wir müssen fliehen!« Sie rannte los wie eine gehetzte Antilope. Nun war sie es, die ihre Eltern hinter sich herzog.

»Das sind Buschmänner, ganz eindeutig Buschmänner. Wenn man diese kleinen Fußabdrücke einmal gesehen hat, vergisst man sie nie mehr.« Etienne trieb sein Pferd voran.

Deon, der auf einer Stute mit besonders dickem Hals saß, zockelte neben ihm her. Die Jagd machte ihn nüchtern. Bald würde er wieder einen Drink brauchen. »Man findet sie also immer noch so weit westlich, was?«

»Nicht oft, Mann, nur, wenn sie auf Raubzug gehen.«

Sie galoppierten nicht weit. Der Fährtenleser hatte die Spur verloren. Sie zügelten ihre Pferde und sahen zu, wie er im Zickzack den Boden absuchte wie ein Schakal, der einen Geruch aufzunehmen versuchte. Er zog den Kopf ein, als André ihn für seine Achtlosigkeit ausschimpfte. Weit hinter den Männern holperte der Karren heran.

»Machen sie euch Ärger, diese Buschmänner?«, fragte Deon und schraubte seinen Flachmann auf.

Etienne runzelte die Stirn. »Reichlich. Haben letzten Monat eine preisgekrönte Kuh aus Wiengaards Herde gestohlen, und gestern, na ja, du hast die trächtige Spießbockkuh ja selbst gesehen.«

»Marta sagt, das sei kein Diebstahl.« Deon genehmigte sich einen Schluck. »Buschmänner verstehen nicht, was Privatbesitz von Land oder Tieren ist.«

Etiennes blick wurde hart. »Sie meint wohl, wir sollten denen erlauben, sich einfach zu bedienen, was?«

Deon trank noch einen Schluck. »Ag, du kennst sie doch. Sie glaubt, die Farmer sollten die Buschmänner bei schwerer Dürre an ihre Herden lassen.« Er bot seinem Bruder den Flachmann an. »Sie töten ja nur, was sie zum Überleben brauchen.«

»Schwachsinn!« Etienne ließ sein Pferd herumwirbeln und immer engere Kreise im geschwärzten Sand ziehen, bis es einen kleinen Sandsturm aufwirbelte und er aussah, als säße er auf einem Staubteufel, nicht auf einem Pferd.

Diese Frau, dachte er. Er war noch keinem Menschen begegnet, der ihn so sehr aufregte wie Marta. Er erinnerte sich an ihre erste Begegnung, als ihre Brust ihm keuchend aus einem Männerhemd entgegenschwoll, während sie um Geld für die Missionsarbeit ihres Vaters bat. Der alte Hoffman war einer dieser wichtigtuerischen Ausländer gewesen, erinnerte Etienne sich, der nur Ärger gemacht und die Eingeborenen mit seinem Gerede über ihre Rechte aufgestachelt hatte. Trotzdem hatte Etienne sich dabei ertappt, wie er der reizvollen Tochter dieses Mannes Geld in die Hand drückte, obwohl er ihre Ansichten nicht teilte und es unverschämt fand, wie sie mit der Faust auf seinen Tisch schlug, um ihren Worten Gewicht zu verleihen. Aber dieser Mut und diese Leidenschaft nötigten ihm Respekt ab. Verflucht, kein Mensch konnte ihnen widerstehen. Sie brannte in rotglühender Hitze, diese Marta.

Er ließ die Zügel lockerer und wischte sich mit dem Unterarm über die Stirn. Tja nun, Marta war tabu – die Frau seines Bruders und so. Es war ein Schock gewesen, sie mit diesem dicken Bauch zu sehen. Wer hätte gedacht, dass der alte Deon das nach jahrelanger Sauferei noch zuwege brachte?

»Hör zu«, sagte er und erlaubte dem Pferd, sich zu entspannen, »Marta war vor fünfzig Jahren nicht hier, als ...«

»Du auch nicht, *boet*«, unterbrach Deon ihn schlau. Etienne ignorierte ihn und fuhr mit lauter Stimme fort: »Sie war nicht hier, als Piet Schoemanns Vater seine gesamte Herde mit durchtrennten Kniesehnen aufgefunden hat – lebendig, aber verkrüppelt. In größter Pein, ja! Die alten Leute reden heute noch davon. Ich frage dich, verhalten sich so Menschen, die Tiere respektieren und nur töten, um zu überleben? O nein, mein Herr.« Er schlug mit der Faust auf den Sattelknauf, so dass sein Pferd scheute. »Das ist brutal und unmenschlich!« Etienne kämpfte darum, den Hengst in den Griff zu bekommen, und brüllte über die Schulter zurück, als das Pferd sich wieder einmal im Kreis drehte: »Der Buschmann ist ein Wilder!« Er bewegte das Gebiss sägend hin und her und zwang damit das Pferd, den Kopf zu senken. »Nicht besser als ein wildes Tier!«

Deon saß entspannt im Sattel und lächelte. Als der tänzelnde Hengst nah genug herankam, bemerkte er: »Du willst dich also an den Buschmännern rächen? Dies hier ist eine Strafexpedition, eine Buschmannjagd, genau wie in alten Zeiten? Und ...« Er tippte sich an den Nasenflügel.

»Hör zu, Mann, diese Expeditionen waren nicht illegal, sie wurden nicht einmal geheim gehalten. Die Regierung selbst hat ein paar davon angeordnet. Zur Hölle, damals konnte man sogar die Lizenz kaufen, einen Buschmann abzuschießen.«

Kein Versteck in der versengten Savanne, kein Gras, keine Felsen, sogar die Baumkronen waren völlig kahl. Die Spuren der Familie hoben sich vor dem rußigen Sand deutlich in safrangelbem Relief ab.

Tami führte sie zu einem verlassenen Termitenhügel. Er stand ein wenig erhöht, hoch und spitz wie ein Zaubererhut. Ganz unten war ein Ameisenbärloch. Eine Vogelspinne krabbelte mit empört gesträubten Haaren heraus. »Nur eine Spinne. Ist schon weg. Rein da, rein da!«

»Vielleicht hat sie Junge. Dann kommt die Mutter zurück.«

Er packte Koba an den Schultern, und seine Fingerknöchel schimmerten weiß durch die gelblich braune Haut. »Und dann beißt sie dich vielleicht. Das wird wehtun, aber es wird dich nicht umbringen, Koba.« Sie hatte ihren Vater noch nie so verzweifelt gesehen – Schweiß rann ihm über die Stirn, sein Blick war wild. »Es gibt nichts anderes. Du musst dich hier verstecken.«

Koba schob sich vorsichtig rückwärts in das Loch. »Wo geht ihr hin?«

»Wir locken die Fremden fort von hier. Ich werde laufen – da entlang. Über die verbrannte Erde, so dass sie meine Fußspuren sehen.«

»Aber sie werden dich fangen!«

»*Yau*, doch nicht mit meinen Gepardenbeinen!« Er grinste beinahe. »Deine Mutter wird in die andere Richtung laufen ... wem sollen sie dann zuerst nachjagen?« Er sah, wie das Gesicht seiner Tochter sich vor Entsetzen verzerrte. »Keine Sorge, auf diese Weise haben wir auch Zeit, uns ein Loch wie dieses zu suchen. Aber versprich mir, dass du dich nicht zeigen wirst.« Er sah ihr fest in die Augen. Sie waren weit aufgerissen vor Angst. Er hielt seinen Blick ganz gelassen, um sie zu beruhigen. »Wir kommen zurück und holen dich, wenn die Fremden die Suche aufgegeben haben.«

Koba begann zu weinen. »Und wenn ihr nicht kommt?«

Er legte die Hände auf ihre bebenden Schultern und sagte hastig: »Wenn wir bis zum Dunkelwerden nicht zurück sind, folgst du dem dicken Jägerstern in Richtung Morgendämmerung, jede Nacht, bis die Sonne dreimal aufgegangen ist. Halte dich rechts von der Salzpfanne. So kommst du zu unserem Dorf. Hast du verstanden?«

Koba nickte.

»Gut. Du wirst den Weg finden, das weiß ich ...« Er umarmte sie rasch. »Duck dich, schnell-schnell, damit wir dich verbergen können.«

»Warte.« N#aisa lief herbei. »Nimm das, meine Koba, und bedecke deinen Kopf.« Sie reichte Koba ihren Fell-umhang und blies dann liebevoll in das verängstigte Gesicht ihrer Tochter. Koba schluckte ein Schluchzen herunter, das sie zu ersticken drohte, und zog sich dann tiefer in das Loch zurück, während Tami dornige Zweige vor die Öffnung zog und N#aisa einen Sandsturm aufwirbelte, der ihre Fußspuren tilgte.

Nehmt mich mit – Fliehen ist besser als Verstecken, wollte Koba schreien. Doch sie zwang sich, still liegen zu bleiben. Hatte ihre Großmutter nicht behauptet, es sei Macht, die in Geduld und Ausdauer lag? Es fühlte sich eher an wie Dummheit. Hatte Großmutter dies vorhergesehen? Aber dann hätte sie sie doch sicher gewarnt? Nun war es zu spät; die Erde bebte unter schweren Hufen.

»Geht mit dem Wind«, rief sie den fliehenden Schritten ihrer Eltern nach.

Im Wagen klammerte Mannie sich mit beiden Händen fest. Die vier Ochsen trabten mit voller Geschwindigkeit dahin und zogen den Wagen holpernd hinterdrein. André ritt nebenher und grinste über Mannies unbequeme Fahrt. Dennoch wollte Mannie mit ihm reden. »He, André«, brüllte er über das Scheppern und Poltern hinweg, »dein Pa wird die Leopardin und ihre Jungen doch nicht töten, oder?«

»Was für eine Leopardin?« André wirkte überrascht.

»Die, die wir jagen, die Welpen hat. Der Boy hat gesagt, es wären drei.« Mannie hielt die Finger hoch, wie es der Fährtensucher vorhin getan hatte. André blickte immer noch verwirrt drein. »Die Gelben, Mann. Der Fährtensucher hat ihre Spur gefunden, und ...«

Lachen explodierte aus Andrés Kehle wie ein Schuss. »Die Gelben sind Buschmänner, du Dummkopf. Wir jagen Buschmänner.« Er kam näher, senkte die Stimme ein wenig und sagte: »Und wenn wir sie finden, wirst du dein Messer brauchen, damit du deiner Ma ein Souvenir mitbringen kannst – etwas Kleines, vielleicht ein Ohr!«

Mannie fuhr zurück und wandte sich hastig nach Twi um. Der Kutscher schien nichts gehört zu haben. Mannie wurde übel, als er erkannte, dass André die Wahrheit sagte. Sie jagten Menschen, vermutlich die Leute, auf die sein Onkel so böse war, weil sie den Spießbock getötet hatten. Er zupfte nervös an der Kruste an seinem Knie herum und ignorierte seinen Cousin, der, immer noch lachend, davongaloppierte.

Okay, dachte Mannie, wenn wir die Winzfüße finden und sie wirklich die Wilderer sind, was wäre das Schlimmste, was Onkel tun könnte? Sie auspeitschen, vermutete er. André hatte einmal gesagt, dass sein Pa frechen Eingeborenen Schläge erteilte. Er fragte sich, ob Twi jemals Etiennes Peitsche zu spüren bekommen hatte. André behauptete, Twi sei schlau und verschlagen. Mannie warf ihm aus den Augenwinkeln einen Blick zu. Wie sieht verschlagen denn genau aus?, fragte er sich.

Vor sich sah er seinen Vater mit schlaffem Rücken auf seinem im Passgang dahinzuckelnden Pferd sitzen, die kleine Brandyflasche in der Hand. *Ag* nein, Pa würde doch nicht trinken, bis er vom Pferd fiel, oder? »Pa. He, Pa!« Deon drehte sich um und winkte freundlich, doch er kam nicht zum Wagen. »Kannst du mal herkommen? Ich will dich was fragen«, rief er. Aber das Pferd zuckelte weiter. »PA!«, brüllte Mannie aus voller Kehle, »BUSCH-MÄNNER?« Deon drehte sich um, winkte mit der Flasche und ließ sich von seinem Pferd weitertragen.

Mannie setzte sich wieder, schob die Hände in die Hosentaschen, kniff ein wenig Stoff mit den Fäusten zusammen und verdrehte ihn. Es würde schon gut gehen, sagte er sich. Er brauchte sich keine Sorgen zu machen. Onkel Etienne würde sich schon um Pa kümmern. Und um die Buschmänner. Sie würden sie von der Farm verjagen. Weiter nichts.

Er öffnete die Fäuste wieder.

Wenn er es recht bedachte, wäre es klasse, echte wilde Buschmänner zu sehen! Vielleicht hatten sie sogar Giftpfeile dabei und würden ihm einen davon geben.

In ihrer Höhle spürte Koba, wie der Boden im Rhythmus rasender Hufschläge vibrierte. Sie hielt den Atem an und schloss die Augen. Ein Reiter kam so dicht vorbei, dass sie ihn riechen konnte – saurer Schweiß mit falsch-frisch darüber. »/Ton bewahren ihren Geruch in einer Flasche auf«, hatte Großmutter einmal gesagt. Koba rümpfte die Nase und kniff die Augen noch fester zu. Der Gestank verflog, die Vibrationen entfernten sich.

Langsam hob Koba einen Zipfel des Umhangs an und spähte durch die Zweige. Von ihrem leicht erhöhten Standpunkt aus konnte sie einen schwarzen Mann sehen, der vor einigen blassen Reitern herumlief und den Blick über den Boden schweifen ließ, als hätte er etwas verloren. Vermutlich ihre Spuren – ein Glück, dass Mutter sie immer so gründlich fegte. Doch nun plapperte der schwarze Mann aufgeregt und zeigte auf etwas. Hatte er Mutter und Vater entdeckt? Sie schob sich ein Stück weiter aus ihrem Loch. Dort, in der Ferne, war ihr Vater, der absichtlich langsam lief, um die Jäger von ihrer Mutter fortzulocken.

»*Yau*«, sie schlug sich die Hand aufs Herz, »die /Ton haben ihn gesehen! Sie haben ihre zahmen Tiere in seine Richtung gewandt. Selbst wenn Vater fliegt, wird er ihnen jetzt nicht mehr entkommen.«

Tami blieb stehen. Er drehte sich zu den Reitern um, einen Pfeil in der Hand, aber nicht in den Bogen gespannt. Er hob die andere Hand zur traditionellen Begrüßung der Ju/'hoansi.

Etienne zügelte den Hengst in einiger Entfernung vor dem Buschmann zum Schritt. Er wandte sich Deon zu und sagte: »Ich wette, diese alte Donnerbüchse kann ihn von hier aus nicht treffen!«

»Diesen winzigen Mann? Warum willst du ihn erschießen?«

»Ich will ihn ja nicht totschießen. Der Bastard soll nur einen gehörigen Schreck bekommen. Das ist sicher einer der Wilderer. Komm schon, versuch mal, ob du eine Kugel in die Nähe seiner diebischen Füße kriegst.«

Deon fingerte an der 65 Schonhauer Mannlicher herum, die aus seiner Satteltasche ragte. Er war ein guter Schütze, aber er hatte getrunken. Am Ende würde er den Buschmann tatsächlich treffen.

»Ich wette, du schaffst es nicht«, höhnte Etienne.

»Ich bin nicht so fürs Wetten, *ouboet*. Du doch auch nicht!«

Etienne musterte ihn listig. »Manche Dinge sind ein Glücksspiel wert, was?«

Deon nickte langsam. »Manche Dinge, ja.«

Etienne warf den Kopf zurück und lachte. »Jetzt sind wir im Geschäft, Mann. Okay, ich wette um eine Kiste Brandy, dass du den Buschmann von hier aus nicht triffst.« Deon schüttelte den Kopf. »Zwei Kisten?« Deon ignorierte ihn. »Zehn? Und ich mache Cognac daraus.«

Plötzlich war Deon angewidert. Vor allem von sich selbst. »Weißt du was? Ab heute fahre ich lieber in einem von denen da.« Er wies mit dem Daumen auf den Karren. Etienne schnaubte vor Lachen. »Das würde ich gern sehen. Und deine bezaubernde Frau sicher auch.«

Deons Augen wurden schmal. Etienne trieb den Hengst vorwärts und ließ ihn um die Stute seines Bruders herumtänzeln. »Ich sag dir was, *kleinboet*, wenn du den Kaffern von hier aus triffst und mit dem Saufen aufhörst, gebe ich dir Sukses *und* Impalala.«

Deon warf ihm einen harten Blick zu. »Du willst mir Impalala geben? Und ich kann damit machen, was ich will?«

»Ja. Und Sukses.«

»*Ag, kak*«, winkte Deon lachend ab.

»Ich schwöre es«, sagte Etienne, »beim Leben meines Sohnes! Aber bei den Mengen Brandy, die du dir schon hinter die Binde gekippt hast, denke ich, dass beide Farmen in Sicherheit sein dürften.«

Deon zuckte mit den Schultern. Er hasste die Arbeit als Farmer, aber wenn Impalala ihm gehörte, wenn er nicht Etiennes Wildhüter wäre und die Farm verkaufen könnte, na, zum Teufel, dann würde er mit seiner Familie in die Stadt ziehen, nach Pretoria vermutlich, und ein Hotel eröffnen. Nur ein kleines.

Er schüttelte den Kopf und versuchte, seine Gedanken zu klären. Träume. Sein Bruder bluffte nur. Bastard. Obwohl er gern sehen würde, wie Etienne sich wand.

Deon stieg ab und zog sein Gewehr aus der Satteltasche. »Spielen wir, *ouboet*.« Den Blick auf Etienne gerichtet, legte er langsam eine Patrone ein. Etienne lächelte von dem großen Hengst auf ihn herab. Deon legte das Gewehr an und zielte, den Buschmann im Visier. Der Mann sah unwirklich aus mit diesen dünnen Armen und Beinen, wie ein Strichmännchen in einer Kinderzeichnung. Deon warf Etienne über den Lauf hinweg einen Blick zu und wartete darauf, dass dieser das Angebot zurücknahm. Er hörte den Wagen halten und die Ochsen keuchen.

»PA!«, kreischte Mannie. »Nicht ...«

Deon ließ das Gewehr sinken. »Ich stelle nur Onkel Etiennes Nerven auf die Probe.«

Ein Schuss krachte. Der Buschmann fiel. Deon ließ sein Gewehr fallen und starrte ungläubig darauf hinab. »Aber ich habe doch nicht mal ...«

»Onkel Etienne!«, heulte Mannie.

Etienne senkte seine rauchende Waffe. »Der verfluchte kleine Dreckskerl! Hast du das gesehen? Er hat seinen Bogen gespannt.«

Deon taumelte zu ihm hinüber. »Zum Teufel, bist du irre?« Er packte Etiennes Waffe. »Warum zur Hölle hast du ihn erschossen?«

Etienne riss sein Gewehr wieder an sich. »Hör zu, *boet*. Es braucht nichts weiter als einen Kratzer von der vergifteten Pfeilspitze dieses Bastards, und das war's.« Er polierte den Gewehrlauf mit dem Ärmel. »Das Zeug geht direkt in die Blutbahn. Es gibt Geschichten von Männern, die versucht haben, sich einen Arm oder ein Bein abzuhacken, damit der Schmerz aufhört. Und es gibt kein Gegenmittel dafür.«

»Pa? Onkel Etienne?«, rief Mannie mit ängstlicher Stimme vom Wagen herunter.

Etienne trabte hinüber. »Mach dir keine Sorgen, kleiner Mann. Zieh einfach den Kopf ein und schau nicht hin, und ich gehe ...«

»Mannie.« Deon erreichte mit aschfahlem Gesicht den Wagen. »Ich wollte ihn nicht erschießen, das schwöre ich dir. Ich wollte deinen Onkel nur zwingen, Farbe zu bekennen. Ich ...«

»Das wusste der Buschmann aber nicht«, unterbrach Etienne ihn ungeduldig. »Deshalb hat er seinen Bogen gespannt. Ein Glück, dass ich ihn im Visier hatte.«

Mannie weinte. »Ist er tot?«

»Nein, mein Junge, ich habe ihn nur gestreift. Twi, sorg dafür, dass der *basie* bei dir im Wagen bleibt. Ich gehe nachsehen.«

Laut-Knall. Donnerstöcke? Ich muss nachsehen, dachte Koba.

Sie schob die Zweige vor der Öffnung ihrer Höhle beiseite und sah ihren Vater auf dem Boden knien. Er war verletzt, aber die /Ton schienen es nicht eilig zu haben, ihn zu erreichen. Sie wollte nach ihm rufen, wagte es aber nicht. Sie bemerkte, dass ihr Vater das Knie benutzte, um den Bogen zu spannen. Sein Arm musste verletzt sein. Sie zitterte und fragte sich, ob die /Ton es bemerkt hatten. Jetzt rannte ein schwarzer Mann auf ihren Vater zu.

Tami ließ einen Pfeil fliegen. Er traf den Spurensucher in die Brust. Der stürzte, rollte sich im Sand herum und zerrte an dem Schaft, wobei er ängstlich vor sich hin brabbelte. Dummer Mann – so wurde es nur schwerer, die Pfeilspitze zu entfernen. Koba beobachtete, wie ein großer Mann zu ihm hinüberritt, sich von seinem Pferd herabbeugte und etwas schrie. Der andere /Ton hob seine Waffe und richtete sie auf Tami. Wieder sah sie ihren Vater mühsam den Bogen spannen. Sie konnte nicht länger zuschauen. Koba stopfte sich den Zipfel ihres Kaross in den Mund und kroch in ihre Höhle zurück.

Sie hörte das Gewehr knallen, lauschte aber nicht nach einem Schrei ihres Vaters. Es würde keinen geben. Ein Ju/'hoan ließ den Feind niemals sein Leid hören.

Mannie zitterte, als Etienne zum Wagen zurückgaloppierte.

»Ich kann nicht von diesem verdammten Pferd aus schießen, so, wie es sich heute aufführt. Hier, halt das«, sagte er und drückte Mannie die rauchende Mauser in die Hand. »Twi, irgendwo da draußen sind noch zwei. Wir müssen sie finden, ehe sich das hier zu einem verdammten Krieg auswächst!«

Twi nahm sehr, sehr langsam die Zügel auf.

»Was hast du getan? Was? Warum?«, kreischte Mannie.

»Hä?« Etienne blickte verwundert drein.

»Du hast einen Mann erschossen, ihn totgeschossen!«, schrie der Junge gellend.

»Das war Notwehr, mein Junge. Der Mann war ein Wilderer – ein Räuber, der Tierbabys aus den Bäuchen ihrer Mütter schneidet. Das ist kein Mensch.« Er wischte sich ein Flöckchen Spucke aus dem Mundwinkel. »Außerdem wollte ich ihn ja nicht töten. Er hatte es auf deinen Vater abgesehen.« Er machte Anstalten, einen Arm um Mannies Schultern zu legen, doch das Kind wich zurück. »Es tut mir leid, dass du das mit ansehen musstest, kleiner Mann. Aber es war ein Unfall, glaub mir.«

Weder Mannie noch Twi sahen ihn an. Etienne seufzte. »Na schön, setz endlich diesen Wagen in Bewegung, *outa*.« Er wandte sich wieder dem Kind zu, das kläglich neben ihm kauerte. »Ich verstehe, was in dir vorgeht. Ich habe gesehen, wie mein Vater einen schwarzen Mann zu Tode geprügelt hat, als ich noch ein Kind war. Das war auch keine Absicht gewesen. Er war betrunken.«

»Du schlägst auch Eingeborene!«, schrie Mannie.

»Ich habe noch nie im Leben einen Kaffern geschlagen. Das wäre kein fairer Kampf.«

»Doch, tust du doch«, schluchzte Mannie. »André hat's mir gesagt.«

»*Ag*, André! Dieser Junge hat ein paar seltsame Ideen. Braucht mal ein paar hinter die Ohren. Aber erst muss ich diese Sauerei in Ordnung bringen.« Er begann, vom Wagen zu klettern.

»Ich hasse dich«, sagte Mannie.

Etienne seufzte ungeduldig. »Hör mal, Söhnchen, ich habe die ganze Sache nicht angefangen, oder?« Er sah dem Jungen fest in die Augen und ließ seinen Worten Zeit, zu ihm durchzudringen. Mannie starrte ihn an. Pa! Es war Pa gewesen, der auf den Buschmann gezielt hatte. *Verflixterdronkiedopiebastard.* Was würde Ma nur sagen? Das würde sie ihm nie verzeihen. Sie würde ihn rauswerfen.

Etienne redete immer noch leise auf ihn ein. »Du hast

doch gesehen, wie der kleine Scheißkerl auf uns gezielt hat. Und wie er den Fährtensucher getroffen hat, nicht? Hast du das gesehen?« Mannie schüttelte den Kopf. »Hat ihn mit seinem Giftpfeil getroffen. Armer Philemon. Selber ein halber Buschmann. Er wird verrecken, und es wird ein verdammt schmerzhafter Tod sein. Nein, ein wilder Buschmann ist ein Tier, ein besonders gefährliches Tier, ganz egal, was für romantische Geschichten deine Ma dir auch erzählt haben mag.«

Koba hörte den Wagen davonrumpeln. Sie steckte den Kopf aus dem Loch. Sie konnte ihre Mutter in der Ferne sehen, also konnten die /Ton das auch. Ein Mann auf einem Pferd sprengte auf N#aisa zu und wirbelte eine Staubwolke auf. N#aisa schlug einen Haken und rannte in die andere Richtung weiter.

Koba erkannte, dass der Mann sie auf den Wagen zutrieb.

Der Wagen blockierte den Fluchtweg in der einen Richtung, André in der anderen, und Etienne konnte N#aisa ganz leicht greifen, als sie an ihm vorbeirennen wollte. Mühelos warf er sie sich über eine Schulter und ließ sie dann in den Wagen fallen.

Deon bot dem Fährtensucher Wasser an, dann halfen er und Twi dem Mann in den Schatten des Wagens. Als der Pfeil heraus war, sah die Wunde klein und harmlos aus. Doch der Mann ließ sich von Deons Versicherungen, er werde wieder gesund, nicht beruhigen.

»MaSarwa Gift nicht gut. Schwarze Mamba besser! Zwei Schritte ... tot. MaSarwa? Zwei Tage – *makulu* Schmerzen. Gib Gewehr, *baas*. Besser schießen.« Deon ging rasch davon und überließ es Twi, sich um den Mann zu kümmern.

Hinten im Wagen ragte Etienne über der kleinen, halb nackten Frau auf. André hielt ihr die Arme im Rücken fest. »Hier hab ich was Hübsches für dich«, rief Etienne Deon zu. »Riecht etwas streng – sie reiben sich die Haut mit Tierfett ein –, aber du kannst sie ja baden.«

»Gib mir was zu trinken, verdammt«, sagte Deon und kletterte von vorn in den Wagen.

»So sieht es also aus, wenn du nichts mehr trinkst, wie?« Etienne lachte und holte eine Flasche Brandy hervor. Deon riss den Verschluss ab und sog mit hohlen Wangen die Flüssigkeit ein.

»Was hast du mit ihr vor?«, fragte er dann und wies zitternd mit der Flasche auf N#aisa.

»Sie mit nach Hause nehmen. Die geben gute Diener ab. Fürchten sich nicht vor harter Arbeit ... schau«, sagte er und drehte sie herum. »Klein, aber stark. Fühl mal die Muskeln im Rücken.«

N#aisa wich vor seinen prüfenden Fingern zurück. Ihre Haut schimmerte vor Schweiß. Ihre Brust hob und senkte sich keuchend.

Mannie betrachtete sie nervös und sah ihren Pulsschlag am Hals flattern.

»Und hast du das schon gesehen?« Etienne hob ihre Fellschürze hoch.

Mannie sah zwei dicke, kaffeebraune Pobacken, viel zu groß im Verhältnis zu den schlanken Beinen der Frau.

»Jetzt siehst du, wo die Buschmänner ihr Wasser speichern«, sagte Etienne. André lachte.

Deon wandte den Blick ab. »Das nennt man Steatopygie«, sagte er.

»Wirf du nur mit Fremdwörtern um dich, hier ist was, das du wirklich noch nie gesehen hast. Beug sie vornüber, André.« Obwohl N#aisa sich wehrte, gelang es dem Jungen.

Mannie wandte sich nach vorn.

»Mach die Beine breit«, befahl Etienne und versuchte, sie mit dem Gewehr zu spreizen. N#aisa trat nach ihm und traf ihn am Kinn. »Scheiße! Verfluchtes Kaffernweib!« Er rieb sich den Kiefer.

Mannie sah, wie er sich mühsam beherrschte.

»Ich tu dir doch nichts, Weib – nur eine kleine Biologiestunde. André«, bellte er, »leg sie auf den Rücken!« Mit geübter Leichtigkeit trat André ihr die Beine unter dem Körper weg.

Mannie hörte sie dumpf auf dem Boden aufschlagen und schloss die Augen.

»Jetzt halt dieses Knie fest. Ich nehme das andere. So ist es richtig. Zieh es weg ... wir wollen doch einen guten Blick haben. Aber halt sie fest, verdammt – die windet sich ja wie ein verdammtes Krokodil!«

André schnappte nach Luft und kicherte dann über die offen daliegende Vagina. Seine kleinen Augen glitzerten vor Aufregung, und rote Flecken erschienen auf seinen Wangen.

Deon blickte auf und war überrascht, zwei lange Hautlappen zu sehen, die aus der Vulva der Frau hervorragten. So etwas hatte er bei einer Frau noch nie gesehen. Die Lappen waren haarlos und dunkler als die Haut um ihre Scham herum.

Mit den Daumen hielt Etienne die Schamlippen zur Seite und entblößte noch mehr von N#aisas Vagina. »Innendrin rosa, genau wie jede andere, was?«

Deon starrte sie an. Diese seltsamen Hautlappen faszinierten ihn. Sie waren wie Hautsäcke, die einen weichen, feuchten Mund verbargen. Er fühlte seinen Penis hart werden und wandte hastig den Blick ab.

Das Geräusch von raschelndem Sand ließ Mannie die Augen öffnen. Der Buschmann schlängelte sich auf dem Bauch auf den Wagen zu – der Mann, den Onkel Etienne angeschossen hatte! Sein linker Arm schleifte neben dem Körper, und er zog eine Spur dunkel gefärbten Sandes hinter sich her. Der Mann verzerrte das Gesicht vor Anstrengung und rutschte dennoch langsam, aber sicher vorwärts – in Schussweite.

Mannie blickte sich um. Hatten die Erwachsenen ihn denn nicht gesehen? Und André auch nicht? Er wagte nicht, es ihnen zu sagen. Der Himmel allein wusste, was sie dem Mann dann antun würden. Aber was war mit Twi, auf der anderen Seite? Mannie lehnte sich über den Bremshebel, um nach ihm zu schauen.

Die Bewegung erregte Tamis Aufmerksamkeit, und er richtete sich auf dem gesunden Arm auf wie eine Kobra.

Die Blicke des Buschmanns und des Jungen trafen sich überrascht. Mannie schlug die Augen nieder.

Tami kämpfte sich bis zum ersten Ochsen voran und zog sich an ihm hoch. Mit den Zähnen spannte er den Boden und ignorierte den Blutschwall, den jede Bewegung hervorrief.

Mannie spürte, wie Übelkeit in ihm aufwallte. Er wagte es nicht, sich zu rühren. Lautlos ergoss sich sein Frühstück aus seinem Mund, bis ihm nur noch Galle übers Kinn rann. Aber der Buschmann sah nicht ihn an, sondern blickte am Schaft seines Pfeils entlang. Mannie hörte ein Zischen durchschnittener Luft, und dann »Arghhhh! Was zum Teufel ...? Herr im Himmel, ich bin getroffen!«

Mannie wandte sich um und sah Etienne, aus dessen Bauch der Pfeil des Buschmanns ragte. Seine Augen quollen hervor wie die einer Zeichentrickfigur. Mit überraschtem Gesicht brach er auf Picknickkörben zusammen.

Mannie warf sich aus dem Wagen, landete schreiend im Sand und rannte los.

Währenddessen griff André sich ein Gewehr aus der Waffenkiste. Er ludt es kühl durch. Aus zwanzig Schritt Entfernung konnte er den Buschmann gar nicht verfehlen. Aber Tami sah ihn und krabbelte zwischen die Beine der Ochsen.

»Du kleiner gelber Bastard!«, kreischte André und feuerte blindlings in das Gespann. Ein Schuss traf einen Ochsen in die Flanke, der sich brüllend nach vorn warf und das ganze Gespann in heilloses Chaos stürzte. Stampfend und lärmend zogen die vier Ochsen in verschiedene Richtungen, und die Bremse kreischte protestierend. Tami duckte sich inmitten der tobenden Tiere zusammen, und André schoss erneut. Das Leittier fiel, und sein totes Gewicht ließ Joch und Geschirr splittern. Nun riss sich auch sein Nachbar los, durchtrennte sich dabei aber die Kniesehne. Das Tier schrie erbärmlich, und beinahe automatisch hob Deon das Gewehr und erlöste das Tier von seinen Qualen.

Etienne brüllte hinten aus dem Wagen. »Hört ihr Schweine endlich auf zu schießen? Wie zur Hölle glaubt ihr eigentlich, dass ihr mich nach Hause schaffen werdet, ohne Ochsen, die diesen Karren ziehen?«

»Aber Pa, er entkommt«, rief André, als Tami loslief, um Deckung zu suchen. Er schoss und traf Tami mitten in den Kopf, so dass ihm das Gesicht weggesprengt wurde.

N#aisa kreischte, sprang aus dem Wagen und rannte auf ihren Mann zu. André schoss ihr in den Rücken. Sie zuckte krampfhaft und kippte dann mit dem Gesicht nach vorn in den roten Sand. Da lag sie, einen Arm hochgereckt wie zum traditionellen Gruß.

Mannie lehnte an einem Termitenhügel. Er würgte verzweifelt, doch es kam nichts mehr aus seinem Magen. Plötzlich explodierte der untere Teil des Hügels und spie Zweige, Erde und einen äußerst entschlossenen Angreifer hervor.

Mannie spürte, wie Klauen in sein Gesicht fuhren, als er hintenüber geworfen wurde. Ein Gewicht landete auf seiner Brust, und irgendetwas drückte ihm die Luftröhre zu. Er kämpfte um sein Leben und versuchte, den fauchenden, kratzenden, ihn erdrückenden Leoparden von sich zu schieben. Dann sah er ein Auge – wild, aber menschlich –, ein Kind, nicht größer als er. Vielleicht sogar ein Mädchen. *Jissus*, konnte die kämpfen!

Koba kratzte und biss, während sie sich im Staub wälzten. Sie würde diesen /Ton-Welpen mit bloßen Händen töten, wenn es sein musste. Während sie miteinander rangen, spie sie ihm jeden Fluch und jede Obszönität entgegen, die sie kannte: Der /Ton-Junge war ein Kind der Trockenzeit, und sein Samen würde nie die Erde bevölkern; sein Penis war ein Wurm, auf den nicht einmal Aasfliegen pissen würden; sein Vater war ein Mann, der kein Fleisch essen konnte und dem N#ah-Keime aus dem Arsch sprossen; der Schoß seiner Mutter war ein verdorrter Wachskürbis. Sie hasste, hasste, hasste ihn und seinesgleichen und würde ihnen nie, niemals verzeihen.

Inzwischen war den Kindern die Puste ausgegangen. Mannie biss sich auf die Lippe und ließ das Mädchen seine Brust mit ihren kleinen Fäusten bearbeiten. Als sie aufsprang und weglief, rannte er ihr nach.

Er hatte noch nie jemanden so laufen sehen. Ihre zwei schlanken Beine wirkten eher wie vier, so vollkommen hielt sie das Gleichgewicht, während sie den steinigen Abhang hinunterflitzte und über Büsche sprang, die ihr im Weg waren. Als sie den Ort des Gemetzels erreichte, rannte sie zu einem Leichnam, der totenstill im Sand lag.

Koba warf sich auf N#aisa und legte den Kopf auf das blutbespritzte Leder, das die Brust ihrer Mutter bedeckte.

Mannie stand da wie betäubt. Um ihn herum lagen tote und verwundete Ochsen, André und Twi versuchten, die versprengten Pferde einzufangen, Etienne schleuderte den Inhalt des Karrens hinaus in den Sand, und drei Körper regten sich nicht mehr – der Fährtensucher und zwei wilde Buschmänner. Das Mädchen lag auf der Brust eines Leichnams, und ihre Schultern bebten, doch er hörte keinen Laut von ihr.

Und wo war sein Vater?

»Schlangenserum. Du musst es finden! Irgendwo hier.«

André wühlte sich durch die Körbe und Kisten, die im Sand lagen. »Wo, Pa, wo?«

»Irgendwo. Such weiter, verflucht!« Etienne lehnte sich an ein Wagenrad. Sein Gesicht war grau, sein Hemd an der Stelle, wo der Pfeil eingedrungen war, leicht rosig. Die Nachmittagssonne war sengend heiß, aber sie hatten jetzt keine Zeit, die Plane aufzuspannen, um ein wenig Schatten zu bekommen. Das Serum war seine einzige Chance, obwohl dessen Wirkung als Gegenmittel für das Buschmanngift nicht erwiesen war. Twi hatte gesagt, das Gift stamme von den Larven einer bestimmten Käferart. Die kleinen Bastarde rieben ihre Pfeilspitzen damit ein. Er hatte gehört, es dauere lange, bis eine Antilope starb, wenn das Zeug erst in ihre Blutbahn gelangt war. Wie das bei Menschen war, wusste er nicht. Wenn er ganz still hielt, das Zeug nicht allzu sehr aufrührte und sie ihn rechtzeitig zu einem Arzt brachten? Ja, sicherlich. Er war groß und stark, und er würde die Wunde sofort aufschneiden und mit Wasser und Brandy auswaschen. Das *bliksemse* Ding begann jetzt schon zu brennen.

Ein Jammer, das mit Philemon. Ein guter Bursche. Aber vielleicht war es angenehmer, ein Wagenrad rollte einem über den Hals, als dass man an dem *focken* Buschmanngift starb? Tja, er hatte nicht vor, das selbst herauszufinden.

»Hast du im Verbandskasten nachgesehen? Normalerweise packe ich da was von dem Serum rein.«

»Da habe ich schon geschaut, Pa. Zweimal, Pa.«

»War heute Morgen so eine *focken* Eile, dass ich keine Zeit hatte, das zu überprüfen. He, hast du schon in den Satteltaschen nachgesehen?«

»In allen außer Bliksems, Pa. Er ist weg.«

»Der glückliche Scheißer. Vermutlich schon daheim auf Sukses. Wo ist dein Onkel, und Twi?«

»Onkel Deon sitzt bloß da, bei den Leichen, und schaut zu, wie Twi ein Loch gräbt.«

»Der Bastard ist wohl immer noch betrunken. *Jissus*, warum habe ich nur so ein Pech? Das eine Mal, das einzige Mal, dass ich auf meine Familie angewiesen bin, lassen sie mich im Stich. Ich kann einfach nicht glauben, dass du die *focken* Ochsen erschossen hast, und das alles wegen einem diebischen kleinen *kaffir*!« André begann zu schniefen. »Hör auf zu heulen, verflucht. Hol deinen verdammten Onkel, und überlegt euch, wie ihr mich schleunigst zu einem Arzt schafft.«

André zupfte an Deons Ärmel. »*Jissus*, Onkel Deon, hilf mir, Mann«, flehte er.

Deon kämpfte sich wie aus einem tiefen, dunklen Brunnen empor. Sein Hemd klebte völlig durchnässt an ihm, als hätte ihn jemand untergetaucht. Trotzdem war es heiß, erstickend heiß, und trocken. War das Blut? Er blickte an sich hinab. Nein ... Schweiß. Er erinnerte sich gar nicht daran, dass er so geschwitzt hatte. Er erschauerte und folgte André apathisch zurück zum Karren.

Wieder stellten sie den gesamten Inhalt des Wagens auf den Kopf, kippten sämtliche Satteltaschen aus, aber das Serum war nicht zu finden. »Twi, du Bastard«, brüllte André, »hör auf, verfluchte Gräber auszuheben, und hilf uns. Siehst du denn nicht, dass dein *baas* im Sterben liegt, Mann?«

Sie durchwühlten immer hektischer Werkzeugkästen, Munitionskisten, kramten unter Planen herum. Sie kippten sogar die Milchtorte um, für die Lettie die halbe Nacht lang aufgeblieben war. Sie sahen in Schachteln, Körben, Hosen- und Jackentaschen nach. Schließlich hatten sie alles dreimal abgesucht. Es gab nichts mehr, wo sie hätten nachschauen können.

André blieb vor seinem Vater stehen und biss sich auf die Lippe. »Es ist nicht da, Pa.« Er schluckte. »Ich glaube, du hast es nicht eingepackt.«

André und Deon ertrugen den Anblick kaum, als Etienne zu lachen begann. Sein Bauch schwabbelte, und hinter den rosa Flecken auf seinem Hemd sickerte es rot durch. »Ich, der große Versorger ... vergesse, mich mit dem Einzigen zu versorgen, das mein Leben retten könnte! Ha, ha. Das muss man doch einfach komisch finden, oder?«

»Keine Sorge, *boet*, ich lasse mir etwas einfallen«, sagte Deon.

»Ja-ja, lass du dir was einfallen, wenn du erst mit deinem Drink auf meiner *stoep* auf Impalala sitzt. Weißt du«, er zeigte mit zitterndem Finger auf Deon, »dass ich vorhatte, dich zu feuern, du besoffener Bastard? Und jetzt«, er lachte noch lauter, »jetzt bekommst du deine eigene Farm, die du nach Gutdünken herunterwirtschaften kannst. Bloß gut, dass es nur Impalala ist, was? Ja, *dankie tog* warst du zu feige, diesen Buschmann abzuschießen, sonst würde dir jetzt auch alles das hier gehören, und du könntest es versaufen.« Er sank zurück, in Schweiß gebadet. André fächelte ihm mit seinem Hut Luft zu.

»Komm, wir müssen eine Trage bauen«, sagte Deon ruhig zu Twi.

Eine Stunde später hatten er und Twi Etienne auf eine provisorische Trage gelegt, die von dem einen verbliebenen Ochsen gezogen werden konnte. Inzwischen litt Etienne Schmerzen. Er biss die Zähne zusammen, wand sich aber nicht. Deon reichte ihm die Brandy-Flasche und machte sich selbst eine weitere auf.

KAPITEL 4

Koba wusste nicht genau, wie viele Sonnenaufgänge sie verschlafen hatte. Sie hatte nicht erwartet, wieder aufzuwachen.

Sie hatte wirre Erinnerungen an eine Reise mit /Ton, die nach Alkohol und Angst und Tod stanken. Und an den Körper des Jungen, des /Ton-Welpen, der an ihren gefesselt war, damit sie auf dem zahmen Tier sitzen blieb, das so langsam durch die Dunkelheit ging, fort von den Mutterhügeln, fort vom Jägerstern, dem sie folgen sollte, wie ihr Vater es ihr gesagt hatte.

Sie hatte das zahme Tier getreten, wie sie es bei den /Ton gesehen hatte, damit es mit ihr davonlief, aber der humpelnde /Ton hatte traurig den Kopf geschüttelt und ihre Fußknöchel an die des Welpen und ihre Hände an den Sitz gefesselt. Er hatte dem Welpen befohlen, sie festzuhalten, damit sie nicht hinabschlüpfte.

Koba hatte das Gefühl, dass der Kummer dieser beiden – waren sie Vater und Sohn? – sich erhob und ihrem eigenen Schmerz begegnete, wenn sich ihre Blicke trafen. Sie sagten Worte, die sie nicht verstand, doch sie spürte deren Bedeutung: Entsetzen, Trauer, Schmerz, Schuld. Als der /Ton-Junge sah, dass sie es nicht ertrug, seine Haut an ihrer zu spüren, versuchte er, so weit von

ihr abzurücken, wie der Sitz des zahmen Tiers es erlaubte.

Sie musste während der langen, dunklen Reise mit
dem Tod eingeschlafen sein. Sie wachte auf und fand
sich an den Jungen gelehnt wieder, und ein Licht schien
auf sie. Dies musste eine Welt böser Geister sein. Seltsame Gesichter in flackerndem Licht, Rufe, Weinen, gefährliche Tierlaute, Gerüche, eine Menge unnatürlicher
Gerüche, und Augen, die sie hasserfüllt anstarrten. Dann
ein Paar gütiger Hände, die sie losbanden. Sie wurde
von dem zahmen Tier gezogen und in die Dunkelheit
davongetragen. Im Licht einer brennenden Fackel sah
sie den /Ton-Jungen, der ihr nachstarrte. Seine Augen
waren so groß wie die eines Frosches. Und sie waren
nass.

Sie wurde an diesem Ort zu Boden geworfen, der nach
Tieren roch, und hässliche Gesichter hingen über ihr, die
sie verhöhnten und anspuckten. Aber vielleicht war das
nur ein Traum? War der andere Ort auch nur ein Traum?
Der Ort, an dem ihr Vater ein halbes Gesicht hatte und
ihre Mutter winkend im Sand lag?

Sie zog N#aisas Kaross fester um sich. Sie lebte, und
dies war kein Traum. Sie war allein an diesem gefährlichen Ort, und sie musste fliehen und die Mutterhügel erreichen und Zuma finden, ehe es zu spät war. Zusammen konnten sie sich auf den Weg zu ihrem *n/ore*
machen.

Sie versuchte sich aufzurichten, aber ihre Hand- und
Fußgelenke waren aneinandergefesselt und an einen dicken Pfosten gebunden. Koba kämpfte dagegen an. Sie

erstarrte, als sich Schritte näherten. Ein Fremder, ganz in Schwarz. Koba entspannte sich ein wenig, als sie eine Frau erkannte – sehr groß, aber so plump und schwerfällig wie eine trächtige Kuh.

Beim Anblick des gefesselten Kindes rannte Marta los, wobei sie sich mit einer Hand den Bauch hielt und mit der anderen den Hut von der Beerdigung auf ihr wirres Haar drückte. »Wer hat dir das angetan? Wer?« Sie stieß das Tor des Pferchs auf und machte sich sofort mit zornigen Fingern an Kobas Fesseln zu schaffen. »Es tut mir leid, *ag*, das tut mir so leid.« Sie berührte den kleinen Arm.

Koba erkannte die gütige Hand, aber dies war eine Chance. Sie biss in die fleckige Haut und versuchte zu fliehen. Die Fesseln an ihren Fußknöcheln hielten sie fest. Hastig zerrte sie an den Knoten.

Marta starrte auf die Bissspuren hinab. »Entschuldige.« Sie rieb sich die Hand. »Du hast sicher große Angst, und ich ...«

Aber Koba war frei. Sie setzte über das Tor hinweg und rannte auf das hohe grüne Gras zu, das sie in einiger Entfernung sehen konnte.

Marta störte ihre Schwägerin ungern mitten unter dem Leichenschmaus, aber sie fand, dass sie Lettie um Erlaubnis fragen sollte, ehe sie einen Suchtrupp aus Dienstboten organisierte, die sich in ihren besten Kleidern vor der Hintertür versammelt hatten.

Drinnen war aller Weihnachtsschmuck entfernt, und die Kaminsimse waren mit schwarzem Crêpe verhüllt.

In beiden Wohnzimmern drängten sich die Würdenträger – einige hier aus dem Ort, andere waren Parlamentarier, mit denen Etienne zusammengearbeitet hatte. Lettie hielt vor einem riesigen Blumenarrangement Hof, nahm mit tapferem Lächeln die mitfühlenden Worte entgegen und betupfte ihre geschwollenen Augen mit einem hübschen Taschentuch.

Marta glaubte, Lettie würde sie gleich mit einer Kuchengabel erstechen, als sie ihr erklärte, was sie brauchte. Sie spürte, wie jemand sie beim Ellbogen nahm und energisch wegführte. Deon, blass und zittrig, aber nüchtern. Marta schüttelte seine Hand ab. Sie wollte nichts mit ihm zu tun haben nach seinem Verhalten draußen bei den Mutterhügeln, da mochte er sich noch so sehr auf diese Bluffgeschichte herausreden. Ja, er hatte einen Minderwertigkeitskomplex, was seinen Bruder anging – welcher Mann hätte den nicht? –, aber sie hatte ihn geheiratet, weil sie so etwas wie eine grundsätzliche Anständigkeit an ihm gespürt hatte. Seine Trinkerei schien all das aus seinem Charakter gespült zu haben.

Zerknirscht ging Deon nach draußen. Ein leises Wort, ein paar Schillinge wurden verteilt, und die Männer schlüpften aus unbequemen Schuhen, reichten ihren Frauen ihre Hüte und machten sich auf die Suche nach dem Kind.

Sie brauchten nicht lange, um Koba zu finden. Sie hatte eine Spur niedergetrampelter Maisstängel hinterlassen. Grinsend setzten sie das um sich schlagende Mädchen in einem Lagerraum ab, den Marta für sie hergerichtet hatte.

Koba krabbelte in eine Ecke ihres neuen Gefängnisses und kauerte sich dort zusammen, mit dem Rücken zu ihren Häschern. Die Männer lachten. »Raus«, sagte Marta und schlug ihnen die Tür vor den neugierigen Gesichtern zu.

Sie näherte sich dem Mädchen vorsichtig mit einer Schüssel warmem Wasser mit etwas Desinfektionsmittel darin. Sachte stellte sie die Schüssel auf den Steinboden. Das Kind zuckte bei dem leisen Klappern zusammen. »Ich will dich nur saubermachen, Kleines. Nun komm schon, ich tue dir nicht weh.« Behutsam berührte sie die winzige Schulter.

Diesmal biss das Kind sie nicht, aber es schlotterte dermaßen vor Angst, dass Marta entschied, es sei gnädiger, die Kleine schmutzig zu lassen. »Ich hole jemanden, der mit dir sprechen kann«, sagte sie. Sie zog die Decke von dem Feldbett, legte sie dem Kind um die Schultern und schloss die Tür ab, als sie ging.

Sie fand Twi allein vor seiner Hütte im Dienstbotenlager. Er trug einen Anzug, der Etienne in seinen schlankeren Tagen gehört hatte. Dennoch wirkte er an dem kleinen, zarten Mann sechs Nummern zu groß. Twis runzliger Kopf ragte aus dem Jackett hervor wie der einer Schildkröte aus ihrem Panzer. Er hatte die Hosenbeine zu dicken Wülsten umgeschlagen und war, wie immer, barfuß. Marta lächelte. Sie hatte gesehen, wie der Pastor die Stirn gerunzelt hatte, als er Twi unter den schwarzen Trauergästen ganz hinten in der großen weißen Kirche bemerkt hatte.

»Entschuldige die Störung«, sagte Marta, »aber dieses Khoisan – MaSarwa –, das Kind, das ihr mitgebracht habt – ich brauche ein wenig Hilfe bei ihr.« Twi blieb sitzen und starrte auf seine Füße hinab. »Du musst dem Kind sagen, dass wir ihr nichts Böses wollen«, erklärte Marta.

Twis Schnauben erstaunte sie. Eine so grobe Unhöflichkeit hatte sie noch von keinem Dienstboten erfahren. Aber er war nicht ihr Dienstbote, sagte Marta sich, und er hatte draußen bei den Mutterhügeln einiges durchgemacht. Das war seiner ausgezehrten Miene deutlich anzusehen.

»Bitte«, sagte sie und trat vor. Der Mann blickte auf und dann durch sie hindurch. Twi starrte auf den Hühnerstall in einiger Entfernung vom Lager. Er dachte an Etienne.

Twi war eines Nachts im August auf Etiennes frisch erworbene Farm gekommen, um Hühner zu stehlen. Etienne hatte das aufgeregte Gegacker gehört und war mit einem Gewehr aus dem Haus gestürmt. Dann sah er, dass er es bei dem betrunkenen kleinen Mann, der vor ihm im Hühnerstall kauerte, nicht brauchen würde. Stattdessen packte er ihn beim Kragen seines zerlumpten Hemdes und verprügelte ihn, indem er ihm den Griff des Gewehrs auf Rücken und Hintern schlug. Danach hockte der Mann in einer Ecke, wurde rasch nüchtern und brabbelte etwas, das sich wie reumütige Entschuldigungen anhörte, und Etienne hatte das Gefühl, dass er es dem Idioten zumindest schuldig war, ihn anzuhören. Es war würdelos, einem erwachsenen Mann den Hintern zu versohlen, aber was hätte er sonst tun können, um dem Bastard eine Lehre zu erteilen? Der große Bure lehnte sich an die Maschendrahttür und hörte dem Mann zu.

»Dass ich, ein Mann, der jeden Vogel im Busch mit seinen Fallen fangen konnte, jetzt so klein bin, dass ich aus dem Käfig eines anderen Mannes stehlen muss … *huwaah*!«, lamentierte Twi.

»Warum hast du es dann getan, Mann?«

»Viel-viel Hunger, *baas*.«

Etienne stampfte mit einem seiner mächtigen braunen Stiefel auf. »Dann komm und klopf an meine Tür, verdammt noch mal. So müsste ich nicht mitten in der Nacht hier herauskommen. *Jissus, kaffir*.« Er schmetterte die Faust gegen den Maschendrahtzaun und rief damit neuerliche Panik unter den Hennen hervor. »Ich habe noch nie einen hungrigen Mann abgewiesen. Wir überlegen uns etwas. Wenn ich dir zu essen gebe und du irgendeine Arbeit für mich erledigst, dann braucht sich keiner von uns größer oder kleiner vorzukommen, als richtig ist.«

Es war so dunkel, dass Etienne das schlaue Interesse in Twis Augen nicht sehen konnte. Der Ju/'hoan musterte den großen blonden Mann, und mit jedem schmerzhaften Pochen in seinem Hintern wurde sein Kopf klarer. Twi versuchte, über seine natürlichen Vorurteile gegenüber den Weißen hinwegzusehen. Ja, dieser hier war ein echtes Tier, aber gar nicht so gefährlich. Er hatte sich dafür entschieden, sein Gewehr nicht zu gebrauchen. Jedenfalls nicht, um damit zu schießen.

Aber der Groß-Penis besaß genug Arroganz, um einen erwachsenen Mann wie ein ungehorsames Kind zu behandeln. Sein Rücken tat weh. Und seine Pobacken – sie brannten, als hätte er sich auf einen Bienenschwarm gesetzt. *Huw*, wenn er einen Giftpfeil zur Hand gehabt hätte, dann hätte er den Bastard damit erstochen, ganz gleich, was das für Folgen gehabt hätte.

Aber es war lange her, dass er mit Pfeilen und Bögen zu tun gehabt hatte. Jagen war ein schwer-schwerer Weg, sich den Bauch zu füllen, und im Busch gab es kein Bier, das einen Durst wie seinen hätte stillen können. Vielleicht konnte er dem Löwen auf der anderen Seite des Hühnerkäfigs die Krallen ziehen und ihn überreden, seine vielen Vorräte mit dem kleinen Twi zu teilen?

Als der Ju/'hoan sah, wie Etienne sich vorbeugte, um ihn genauer zu mustern, beschloss er, auf Ehrlichkeit zu setzen. Mit leichter Theatralik rieb Twi sich den schmerzenden Hintern und ließ dann das Kinn auf die Brust sinken. »Ich hungere nicht nach Essen, *baas*«, nuschelte er, »mein Hunger will Bier. Seit ich mein *n/ore* verlassen habe und in den Ort gegangen bin, hat sich der Bier-Hunger in mir festgekrallt. Schau, meine Hände.« Er streckte seine tatsächlich zitternden Hände aus, mit Knochen so klein wie die eines Kindes. »Diese Hände konnten eine Bogensehne aufziehen oder eine Giraffe häuten. Jetzt zitter-zitter-zittern sie und können nicht einmal einen Spaten halten.« Er schüttelte den Kopf und versuchte, unter gesenkten Lidern hervorzusehen, welche Wirkung er damit erzielt hatte. »Ich bin krank.«

Etienne schnaubte so heftig, dass Twi sicher war, der

Staub müsse sich gehorsam erheben, wie es diese gewaltigen Nasenlöcher befohlen hatten. Sein riesiger Wächter richtete sich auf, konnte sich aber nicht ganz strecken, denn sonst wäre sein Kopf an die Decke gestoßen.

»Ja-ja-ja, das hab ich alles schon gehört«, sagte Etienne. »Zu krank zum Arbeiten, aber nicht zum Stehlen, was? Jetzt hör zu, ich gebe dir eine Chance, und nur eine. Hier ist dein Huhn.« Er griff nach einer der Hennen, die immer noch aufgeregt durcheinanderflatterten. Er drehte ihr den Hals um, ohne den Blick von dem kleinen, dunklen Mann abzuwenden, und reichte ihm den schlaffen Vogel. »Wenn du morgen früh noch hier bist und alle Vögel am Leben sind bis auf diesen hier, dann kannst du für mich arbeiten.«

Twi lockerte die schmerzenden Schultern und ließ den Blick über den langen Mann gleiten, der sich über ihn beugte. Zweifellos hatte der Löwe sein Geflügel gezählt und würde von seinem Haus aus Wache halten, die Waffe schussbereit. Aber er hatte Wort gehalten und gab ihm Essen. Twi begann, das Hühnchen zu rupfen.

Etienne lachte. »*Ja-jong*, *kaffir*, nur keine Sorge. Bleib und arbeite für mich, und du wirst so beschäftigt sein, dass du gar keine Zeit hast, in der der Bierhunger dich wieder einholen könnte. Und wir werden sehen, ob wir nicht ein bisschen Fleisch auf deine dürren Knochen kriegen, was? *Jissus*, Mann, du bist so dünn wie ein Maisstängel.« Damit klatschte Etienne ihm kameradschaftlich eine Hand auf den brennenden Rücken und ging.

Twi wurde Etiennes bester Arbeiter und ein hervorragender Langfinger. Werkzeuge, Kleidung, Tabak, Saatgut, Zaunmaterial, Dünger. Während die Arbeiterschaft auf Sukses ständig weiter wuchs, lernten alle Neuankömmlinge rasch, dass sie in Twis Hütte alles, was sie brauchten, kaufen oder eintauschen konnten. Aber keinen Alkohol. Das Auge, das Etienne bei alledem zukniff, öffnete sich sofort wieder, wenn Twi auf der Farm Alkohol trank.

»Ich habe genug Kummer mit meinem Bruder. Ich will mich nicht auch noch mit einem betrunkenen Boss Boy herumschlagen«, hatte er gesagt.

Also trieb Twis Durst ihn in eine Spelunke im Ort. Manchmal war er zu betrunken, um rechtzeitig zur Arbeit wieder zu Hause zu sein. Dann bat Etienne seine Freunde bei der Polizei, ihn aufzustöbern. Twi begriff, was er dafür zu tun hatte – er durfte niemandem verraten, dass der *baas* eine gewisse Mrs. van Tonder immer dann besuchte, wenn deren Mann auf Geschäftsreise war.

Und jetzt war der Groß-Penis weg. Getötet durch einen Pfeil von Twis eigenen Harmlosen Leuten. Twi schüttelte den Kopf. Wer hätte gedacht, dass er den Bastard-/Ton vermissen würde. Aber das würde er, das würde er. Etienne war sein Vater gewesen – wie auch der Vater aller anderen Arbeiter auf der Farm. Ein strenger Vater, aber ein gerechter. Er kümmerte sich um seine Leute. Gab ihnen Essen, Medizin, wenn sie krank waren, und half ihnen, ihre Toten zu begraben. Twis Gesicht verzog sich wie eine Rosine, und Tränen rannen ihm über die gelben Wangen.

Im Lagerraum ging Twi sacht auf Koba zu. Sie wich vor ihm zurück und drückte sich wieder in eine Ecke. Er berührte sie und sprach leise mit ihr. Für Marta hörte sich das an wie das rasche Klackern einer Schreibmaschine. Koba hielt ihnen beiden den Rücken zugewandt.

Twi zuckte mit den Schultern. »Ihre Kehle ist geschlossen. Muss sein, weil sie sich vor Dingen fürchtet.«

»Wovor denn?«

»/Ton – weiße Leute«, spie er aus, »gefährliche Dinge.«

»Aber ich bin nicht gefährlich.«

Twis Blick war unerbittlich.

Marta senkte den Kopf. »Ich warte draußen.« An der Tür drehte sie sich noch einmal um. »Bitte – mach ihr begreiflich, dass sie hier nicht eingesperrt wird. Ich schließe die Tür ab, aber nur vorerst, zu ihrer eigenen Sicherheit.«

Twi sah sie interessiert an. Marta strich sich Haare aus den Augen, die gar nicht da waren. »Ach, ich weiß nicht, ich habe nur so ein Gefühl.« Sie zuckte mit den Schultern. »Jedenfalls werde ich sie nach Hause zurückbringen, das verspreche ich. Sag ihr das.« Sie verließ das Zimmer.

Twi hockte sich vor Koba hin und übersetzte ihr langsam Martas Botschaft.

Koba konnte das Zittern an ihrem Rücken, das Beben ihrer Beine nicht aufhalten. Die *muti*, die Leopardenfrau in diesem Raum hinterlassen hatte, roch stark – wie Gift. Würde es sie langsam töten oder nur den Wind aus ihren Beinen nehmen? Sie wollte den Onkel fragen, aber ihre Stimme kam nicht. Noch mehr /Ton-Zauberei? Was taten sie ihr an?

Tränen rannen ihr über die Wangen wie silbrige Schlangen im Schmutz. Sie fühlte ihr Schluchzen, hörte es in ihrem Kopf, doch sie wusste, dass kein Laut aus ihrem Mund drang.

Der Mann redete. Er redete-redete-redete, aber sie fand ihn schwer zu verstehen. Er hat mein Gesicht, aber nur meine halbe Zunge, dachte sie. Und ich habe gar keine Zunge mehr. Die /Ton haben sie mir geraubt. Sie deutete auf ihre Kehle, schüttelte den Kopf und weinte noch heftiger.

Twi starrte sie hilflos an. Schließlich sagte er: »*Yau*, vielleicht bist du wirklich sprachlos.«

Er ließ sich auf die Fersen zurücksinken und musterte sie. Vielleicht war dieses Kind auch taub. Deshalb antwortete sie nicht auf seine Fragen. Besser, sie wäre blind, dachte er. Und er selbst auch. Er wünschte, er hätte die schlimmen Dinge draußen bei den Mutterhügeln nicht gesehen. Aber er hatte sie nicht gemacht, und sie gingen ihn nichts an, vor allem, wenn er unter seinem neuen, mörderischen Boss seine Stellung behalten wollte. Er konnte diesem Stammes-Kind guten Rat geben, weiter nichts.

Er versuchte, sehr klar zu sprechen, jedes Wort deutlich zu bilden. »Die Frau, die hier war, die mit den Flecken, wird dir nichts tun. Sie bittet mich, dir zu sagen, dass dies kein Gefängnis ist. Sie schließt dich ein, um dich zu schützen. Sie sagt, sie wird dich nach Hause schicken.«

Koba blickte verständnislos drein. Twi zuckte mit den Schultern und stand auf. »Mein Herz tut weh für dich, kleine Verschlossene-Kehle, aber was kann ich tun? Ich kann dir hier nicht helfen. Der neue *baas* mag uns nicht. Aber du wirst mit der großen, gefleckten Frau gehen. Mein *baas* hat sie gemocht – sehr-sehr gemocht. Sie ist weich. Sie wird dir helfen. Jetzt hör auf, so zu zitter-zittern. Trink von dem Wasser. Die Frau wird dir helfen. Du bist nicht im Gefängnis.«

Koba hatte nur ein Wort verstanden, das der Mann gesagt hatte: »Gefängnis.« Dieses Wort hatte Großmutter auf den Mutterhügeln benutzt, dies war das Wort, das Koba solche Angst eingeflößt hatte. Nun erinnerte sie sich an Zumas Erklärung: »Manchmal töten die /Ton die Zaunsteiger nicht. Manchmal begraben sie sie auch lebendig. /Ton fesseln dir die Hände und setzen dich hinter hohen Mauern gefangen. Du kannst nicht entkommen. Männer mit Donnerstöcken bewachen dich. Du bist gefangen, fester als ein Flughuhn in der Schlinge. Schlimm-schlimmer ist« – Koba sah den knochigen Finger ihrer Großmutter hin und her wackeln –, »dass sie dich nicht töten. Du kannst nicht zu deinen Ahnen ziehen. Nein«, hatte sie schaudernd gesagt, »sie geben deinem Körper zu essen, aber innen drinnen verdorrt dein Geist vor Hunger. Uh-uh-uhnn. Das ist es, was ich weiß. Das ist es, was ich gehört habe. Gefängnis, so nennen sie es.«

Koba schob die Wasserschüssel von sich und verschüttete das Waschwasser. Sie ließ sich auf das Bett fallen, starr vor Angst. Ein winziges Fenster war hoch oben in der Wand, aber es war versperrt. Während sie noch hin-aufschaute, bewegten sich die Wände und schienen zu-sammenzurücken. Die Decke senkte sich herab. Der Himmel in dem Fenster war weit, weit weg. Koba spürte eine Enge in der Brust. Das Atmen machte ihr Mühe. Sie begann zu japsen. Der Raum schrumpfte; bald würde sie keine Luft mehr bekommen. Keuchend spürte sie, wie sich ihr der Kopf drehte. Sie durfte nicht ohnmächtig werden. Sie musste zu Zuma.

KAPITEL 5

Am Tag nach der Beerdigung hörte Mannie seine Mutter in sein Zimmer kommen.

»Bist du wach, *Liebschen*?«

Er lag angespannt da, mit geschlossenen Augen. War die Polizei da? Wollte Ma ihn rufen, damit sie ihn befragen konnten? Wenn er so tat, als sei er krank, würden sie dann weggehen und ihn in Ruhe lassen? Er wollte nicht über die Schüsse reden müssen, und dass er den Buschmann gesehen hatte, als er auf den Wagen zukroch. Er wollte nicht sagen müssen, was die Erwachsenen hinten im Wagen mit der Buschfrau gemacht hatten. Selbst jetzt noch brannten seine Wangen beim Gedanken daran, und ihm war schlecht.

Die Beerdigung war schrecklich gewesen, aber nicht so schlimm wie vorher, als Onkel Etienne in einem offenen Sarg gelegen und er mit Ma und Pa und Tante Lettie dagestanden und so getan hatte, als sei alles ein tragischer Unfall gewesen.

Er hatte Ma nicht erklärt, was er in jener Nacht gesagt hatte, als sie von dem Jagdausflug zurückgekehrt waren – als sie sich um ihn gekümmert hatte, statt Onkel Etienne zu helfen. Ma schien vergessen zu haben, dass er ihr schluchzend gestanden hatte, es sei seine Schuld, dass Etienne tot war. Aber es war wirklich seine Schuld, das wusste Mannie, und er würde dieses schreckliche Geheimnis auf ewig für sich behalten müssen.

Er konnte also nicht hinausgehen, er konnte nicht aufstehen, und er hatte es nur mit Mühe geschafft, bei der Trauerfeier *koeksisters* herumzureichen. Jedes Mal, wenn André den Raum betreten hatte, in dem er gerade war, hatte er weggehen müssen, weil die Kuchenplatte so furchtbar gewackelt hatte, dass die *koeksisters* fast auf den Boden gefallen wären.

Jetzt zog er sich die Decke über den Kopf, obwohl es erstickend heiß hier drin war. Er hörte seine Mutter ans Fenster treten. Ein kratzendes, gleitendes Geräusch war zu hören, als sie die Vorhänge aufzog. Er nahm das intensive Tageslicht selbst durch die Bettdecke hindurch wahr. Ma kam zu ihm. Er kniff die Augen zu. Sie zog die Decke zurück und legte die Hand an seine Wange.

»*Magies*, bist du heiß. Hast du Fieber? Mannie«, sie schüttelte ihn, »Mannie, wach auf.«

»*Ag*, lass mich, Ma«, brummte er.

»Ich hole das Thermometer. Wenn du Fieber hast, muss ich dir einen Tee aufbrühen.« Marta ging im Geiste die Apotheke durch, die ihr draußen im Veld zur Verfügung stand. Sie wusste viel über die Heilwirkung von Pflanzen – dieses Wissen hatte sie auf Impalala von den Tsonga-Frauen erworben. Wie ihr, so würde es auch ihnen nicht im Traum einfallen, sich im Handelsposten Tabletten und Tränke zu holen. Aber würde sie hier etwas gegen Fieber finden, in dieser Vegetation, die ihr fremd geworden war? Wieder befühlte sie den Kopf ihres

Sohnes. Seine Stirn kam ihr ein wenig kühler vor. Wenn er vielleicht unter den warmen Decken hervorkam? »Komm, komm. Es ist zu heiß, um im Bett zu liegen. Setz dich auf, damit ich dir das Oberteil ausziehen kann. Du schwitzt ja darin. Nun komm.«

Mannie setzte sich mit finsterer Miene auf. Seine Mutter trug ein schwarzes Kleid, das er noch nie an ihr gesehen hatte. Sie sah zu blass darin aus. Sogar ihre Sommersprossen sahen so hell aus wie Sesamkörner.

»Du hast das Frühstück verschlafen, aber es ist schon fast Zeit fürs Mittagessen. Wasch dich und zieh dich an, und dann komm essen.«

»Will kein Mittagessen.«

»Mannie«, sie griff nach seiner Hand. »Du musst etwas essen.«

Er schüttelte sie ab. »Keinen Hunger.«

Sie beugte sich zu ihm vor. »Das muss aufhören. Du kannst dich nicht immer nur in diesem Zimmer verstecken, Mannie. Wovor hast du solche Angst?«

Sie hatte es nicht vergessen!

Er saß da und versuchte, das Zittern seiner Hände zu verbergen, indem er an dem zerwühlten Laken herumzupfte und die Fäuste um den Stoff ballte. Marta beobachtete ihn und ließ das Schweigen sich ausdehnen. Sie hörten das Klappern von Geschirr, als das Mädchen ein Tablett mit dem Mittagessen zum Zimmer der Herrin trug. Lettie hatte sich für die Beerdigung zusammengenommen, doch seither war sie untröstlich und musste mit Medikamenten ruhiggestellt werden. Marta sagte, sie sollten länger hier bleiben, um auf sie aufzupassen.

Dann würden sie ein sehr stilles Weihnachten haben, gar nicht festlich, und sie würden auch nicht ans Meer fahren können. Mannie stellte fest, dass ihm das gleichgültig war.

Sobald die Schritte verklungen waren, war das Ticken von Etiennes Standuhr draußen im Flur das einzige Geräusch. Tick, tock, immerzu, wie ein Herz, dachte Mannie. Gab es nicht ein Lied über eine Uhr, die stehen blieb, als der Herr starb?

Er sehnte sich danach, wie es früher gewesen war: Traktoren, die von den Feldern hereinkamen; Arbeiter, die sich platschend an der Pumpe wuschen; die Köchin, die mit einem Löffel gegen den riesigen, rußgeschwärzten Topf schlug, um sie zu ihrem Mittagessen aus Brei und gekochtem Fleisch herbeizurufen. Und Onkel Etienne, der mit einem Stiefel gegen den anderen trat, um den Staub abzuklopfen, ehe er Tante Letties polierte Böden betrat.

Jetzt war es so still, dass er hören konnte, wie sich die Vorhänge im Wind bewegten. Und Ma sagte immer noch nichts.

»War die Polizei schon da?«, fragte er leise.

»Ja.«

»Und sie wollten nicht mit mir sprechen?« Er lockerte die Fäuste ein wenig. Seine Mutter wirkte ernst und ließ sich schwer neben ihm nieder.

»Nein, mein Junge. Mit mir auch nicht. Sie haben sich nur für den Tod des parlamentarischen Vertreters von Onderwater interessiert. Schlangenbiss, das wurde auf dem Totenschein als Todesursache eingetragen.«

»Aber Ma ...« Er wusste, dass sein Stimme jung klang, genau wie letzte Woche, bevor all das passiert war. »Mama, was ist mit den toten Buschmännern? Wissen sie von denen?«

»Ich habe ihnen davon erzählt, aber ich bezweifle, dass sie überhaupt dort hinausfahren werden, um die Leichen zu bergen.« Martas Kopf war gesenkt. Er konnte rote Flecken an ihrem Hals sehen. Die bekam sie immer, wenn sie sich aufregte. »Das Problem ist, dass die Buschmänner – Khoisan – nicht weiß sind. Oder auch nur schwarz. Und sie haben Landfriedensbruch begangen, und André ist der Sohn des Abgeordneten, also ...« Sie schluckte schwer, und als sie den Blick wieder hob, standen ihre Augen voller Tränen. »Ich habe mit ihnen gestritten und gesagt, ich würde an den Minister schreiben, und ich wäre bereit, dich in den Zeugenstand zu bringen, damit du berichtest, was passiert ist, aber ...«

Mannie schnappte nach Luft und begann dann vor Angst zu schluchzen. »Ich kann nicht, ich kann nicht. Mama, bitte zwing mich nicht.«

»*Ag*, Baby.« Sie zog ihn an sich und drückte seinen zitternden Körper an ihre Brust. »Schon gut. Es wird keine Gerichtsverhandlung geben. Es ist schon vorbei. Aber, mein Sohn«, sagte sie und hielt ihn ein Stück von sich ab, »ich muss mich vergewissern, ob dir klar ist, dass das, was dort passiert ist, falsch war, ganz falsch. Mannie?« Er nickte energisch. »Gut.« Dann begann Marta zu weinen, Tränen liefen ihr ungehindert über die Wangen.

Mannie schlang die Arme um sie und wiegte sie, so gut er konnte. Er tätschelte seiner Mutter den Rücken. Irgendwie war es tröstlich, dass jemand anders sich ebenso traurig und hilflos fühlte wie er selbst. Nach einer Weile spürte er, wie sie tief seufzte und sich sacht von ihm löste. »*Ag*, es tut mir leid. Ich weiß auch nicht, was mit mir los ist, dass ich alle fünf Minuten weinen muss. Und ich war noch nicht einmal an *oupa* Manfreds Grab. Wie soll ich das jetzt noch unterbringen?« Sie wischte sich mit dem Rocksaum die Wangen und sah Mannie mit rot geweinten Augen an. »Also, ich bin sicher, dass du sehr lieb zu der Kleinen sein wirst, wenn wir sie mit nach Hause nehmen.«

Überrascht wich er zurück. Bedauern darüber, wie schlimm Erwachsene sich verhalten hatten, war eine Sache, aber dieses Mädchen jeden Tag sehen zu müssen, in dem Wissen, was seine Familie der ihren angetan hatte, war etwas ganz anderes. »Ich will nicht, dass sie mit nach Impalala kommt«, sagte er.

»Manfred, du überraschst mich. Diese Familie ist jetzt für das Mädchen verantwortlich. Wir haben die Kleine zur Waise gemacht, schon vergessen? Das ist eine Schuld, die wir für den Rest unseres Leben werden tragen müssen.«

»Aber Pa hat gar niemanden erschossen. Das waren Onkel Etienne und André!«

»Ich weiß, ich weiß. Aber André will mir nur versprechen, dass Twi sie dorthin zurückbringen darf, wo ihr sie gefunden habt.« Sie zwirbelte frustriert eine lose Haarsträhne um den Finger. »Das wird ihr aber nicht helfen, den Rest ihres Stammes zu finden, nicht wahr? Sie kommt offensichtlich aus der Kalahari – das ist viele,

viele Tage Fußmarsch entfernt. Womöglich würde sie nicht überleben, ganz allein da draußen, während sie auf der Suche nach ihren Leuten umherirrt, die inzwischen vermutlich weitergezogen sind.«

»Warum kann Twi sie nicht mit dem Jeep rausbringen?«

Marta strich die Strähne hinter ihr sommersprossiges Ohr. »Tja, das wäre das Beste – wenn Twi oder sonst jemand eine richtige Expedition daraus machen und mit genug Vorräten und so reisen würde. Wenn sie das von vornherein so gemacht hätten, statt wie ein paar Pfadfinder loszuziehen und Großer Treck zu spielen, dann wäre Etienne vielleicht noch bei uns. Wie auch immer, für so eine Expedition braucht man Zeit, Geld und Männer.« Marta runzelte die Stirn. Sie hielt ihren Tonfall so neutral wie möglich und fuhr fort: »André will sich jetzt nicht darauf einlassen, weil es auf der Farm so viel anderes gibt, worum er sich kümmern muss.«

»Können wir sie denn nicht nach Hause bringen?«

Marta strich ihm mit dem Handrücken über die Wange. »*Ag, Liebschen*, ich wünschte, das könnten wir, aber Pa...« Sie verstummte und blickte aus dem Fenster auf den Horizont jenseits der Getreidefelder. Die Vorstellung, Deon könnte da draußen allein zurechtkommen, war lächerlich. Er hatte überhaupt keinen Sinn für den Busch. Er verlief sich sogar auf ihrer eigenen Farm. Und draußen in der Kalahari-Wüste gab es keine Orientierung, keine Hinweiszeichen für jene, die nicht im sengenden Sand lesen konnten. Dort gab es nur Hitze und Durst und schimmernde Trugbilder, die unvorsichtige

Fahrer und ihre Fahrzeuge in rostige Gräber in den endlosen Salzpfannen lockten.

»Aber wenn dieses Baby groß genug ist« – Marta berührte ihren dicken Bauch – »und ich genug Geld gespart habe, verspreche ich dir, dass ich das Mädchen selbst nach Hause in die Kalahari bringen werde. Du und ich, wir werden sie hinbringen. Das wird ein tolles Abenteuer, was?«

Mannie ließ sich nicht einwickeln. Es konnte Monate, ja sogar Jahre dauern, bis Marta genug in ihrem Marmeladeglas gesammelt hatte – selbst wenn sie ein Versteck dafür finden könnten, auf das Pa nicht kam. »Aber du sagst doch immer, wie traurig es ist, dass die Buschmänner ihre Sitten und das Leben im Busch verlieren. Das wird doch auch mit ihr geschehen, wenn sie ein Hausmädchen auf Impalala wird.«

»Khoisan, Mannie. Du musst wirklich anfangen, die richtige Bezeichnung zu verwenden. Und mach dir keine Sorgen. Ich habe einen Plan für die Kleine, wie sie ein echter Buschmann bleiben wird. Äh, Khoisan.« Sie lachte auf. »Und jetzt komm. Zieh dich an. Und ich möchte, dass du mit mir kommst und dem Mädchen Hallo sagst. Sie hat Angst, genau wie du. Alles ist so fremd für sie. Aber dein Gesicht wird sie zumindest wiedererkennen.«

Mannie hielt den Kopf gesenkt. Die Stille begann sich erneut auszudehnen. Marta stand mühsam auf.

»Nun, mein Junge, ich werde dich zu nichts zwingen. Aber du weißt, dass es nur richtig und freundlich wäre, sie zu besuchen.«

O ja, dachte er, nachdem sich die Tür geschlossen hatte, stell dir nur vor, woran das Buschmädchen denken wird, wenn sie mich sieht! Woran sie sich erinnern wird.

KAPITEL 6

Da Lettie auf ihrem Zimmer blieb und Mannie und Deon ihr aus dem Weg gingen, verbrachte Marta immer
mehr Zeit in dem Lagerraum. Die Kleine faszinierte sie.
Sie war so zart, mit ihren winzigen Knochen und anmutigen Gliedern. Marta hätte sie am liebsten gezeichnet,
um ihre außergewöhnlichen Gesichtzüge einzufangen –
den scharfen Winkel zwischen Wangenknochen und
Kiefer, die hohe, glatte Stirn –, aber die stille Würde dieser kleinen Person schien das zu verbieten.

Sie hatte die Pubertät noch nicht erreicht, schloss
Marta. Sie musste in Mannies Alter sein, höchstens ein
paar Jahre älter. Vielleicht zwölf?

Koba versuchte währenddessen die Person einzuschätzen, die sie für sich Leopardenfrau genannt hatte. Wenn
sie den felllosen Ju/'hoan-Mann richtig verstand, war diese /Ton ihr Weg hinaus aus dem Gefängnis, ihr Pfad zum
Überleben. Und Koba wollte leben. Jedes Atom in ihr war
an das Überleben unter den schwierigsten äußeren Umständen angepasst. Aber ohne Menschen zu leben, ohne
jemanden, an den sie sich in der Nacht anschmiegen, dem
sie etwas zurufen konnte, während sie im Veld Essen sam-
melten, ohne jemanden, der ihr Geschichten von den Frühen Leuten erzählte oder Muster in ihr Haar flocht, ohne

jemanden, der ihr sagte, dass sie für ihn kostbarer war als Wasser? Diese Leere erfüllte sie mit Angst, einer Angst, die ihr innerlich Schmerzen bereitete, wie die Finger eines Wintermorgens, die ihr Inneres packten und taub vor Kälte machten. Vor Angst musste sie um Atem ringen, wie in jener ersten Nacht in dem Zimmer.

Großmutter hatte gesagt, es sei am besten, sich das, was man fürchtete, zum Freund zu machen. Sie würde lernen, ihr Alleinsein zu mögen. Sie würde sich selbst Geschichten erzählen, über all die Dinge aus ihrem *n/ore*, an die sie sich erinnern konnte. Sie würde sich die Namen ihrer Spielkameraden vorsagen, sich daran erinnern, wer gut im Fangen-Klatschen war, wer die besten Vogelstimmen machte, wer am schnellsten in die Krone eines Baobabs klettern konnte. Sie würde all die vielen Dinge über ihre Mutter, ihren Vater, ihre Großmutter und alle anderen Verwandten aufzählen – und wenn sie dann nach Hause kam, würde sie sie alle noch gut kennen, und sie würden Koba als eine der Ihren erkennen.

Sie würde das Klopfen in ihrer Brust nicht fürchten. Sie würde ihm zuhören und lernen, es zu verstehen; es als Fühler benutzen, wie Grashüpfer es taten, um sich vor Gefahren zu schützen.

Koba seufzte. Es war seltsam, wie sich das Leben eines Menschen von einem Sonnenaufgang zum nächsten verändern konnte. Auf den Mutterhügeln hatte sie sich wie ein Kind gefühlt, und jetzt, an diesem neuen Ort, nur den Bruchteil eines Mondes später, war sie älter und musste viele Dinge selbst einschätzen lernen. Wie diese /Ton-Frau.

Koba stählte sich dafür, nicht zu schaudern, wenn die Frau sie mit ihren blassen, fleckigen Klauen berührte. Sie versuchte, die scheußliche Nahrung zu essen, die Leopardenfrau ihr brachte – dicke weiße Paste, zu heiß für ihren Mund, wenn sie sie gleich aß, aber so fest, dass sie würgen musste und die Paste nicht schlucken konnte, wenn sie sie abkühlen ließ.

Marta verstand ihre Abneigung gegen den Haferbrei falsch, brachte etwas Honig mit und träufelte ihn auf das Frühstück der Kleinen. Sie rieb sich den Bauch und leckte sich die Lippen und schob dem Mädchen dann die Schüssel hin.

Koba kostete vorsichtig davon und würgte auf der Stelle. Wie konnte sie dieser /Ton-Frau, auf die sie angewiesen war, erklären, dass sie Honig verabscheute? Sie sehnte sich nach Salz. Das machte die meisten Dinge genießbar.

Weihnachten kam und ging, und Marta wurde immer besorgter, weil das Kind immer noch eingesperrt war. Aber sie konnte es nicht riskieren, dass die Kleine einen weiteren Fluchtversuch unternahm, bei dem sie höchstwahrscheinlich umkommen würde. Sie würde wohl noch eine Woche lang auf Sukses bleiben müssen, um Lettie zu helfen, und dann konnte sie das Kind mit nach Impalala nehmen und ihren Plan in die Tat umsetzen.

Vorerst begann sie, ein wenig vom Busch in den Lagerraum zu bringen, vorgeblich, um die Sachen zu zeichnen, während sie dasaß und auf das Mädchen einredete. Aber sie ließ sie liegen, wenn sie ging, und bemerkte, wie begierig das Kind nach einem Krotonstrauchzweig griff, die silbrigen Blätter unter der Nase zerrieb und den lavendelähnlichen Duft einsog. Sie hatte gehört, dass die Khoisan-Frauen die Blätter trockneten und zu Pulver zerrieben, um Parfüm daraus zu machen.

Koba beobachtete Marta aufmerksam, während diese zeichnete. Sie sah, dass die Frau wegen ihrer Schwangerschaft Schmerzen hatte, und wie sich ein Pfeil zwischen ihren Augenbrauen bildete, wenn der Schmerz sie angriff. Sie bemerkte Martas glattes Haar und bewunderte sogar dessen Farbe – wie rotes Gras. Sie fragte sich, wie es sich wohl anfühlen mochte.

Die Zeichnungen von Leopardenfrau erregten ihre Neugier. Sie reckte den Hals und versuchte, quer durchs Zimmer auf ihren Schoß zu schauen. Machte Leopardenfrau ein Blatt? Konnte sie auch Leute, Tiere machen? Gestalten wie jene auf dem riesigen Gemälde?

Eines Tages brachte Marta einen leeren Schildkrötenpanzer mit, legte ihn hin und begann zu zeichnen. Koba konnte nicht länger widerstehen. Sie stand auf, ging zu Martas Stuhl hinüber und betrachtete die Zeichnung. Sie sah eine flache Schildkröte, ohne Bewegung.

»Schildkröte«, sagte Marta und deutete auf das Reptil. Instinktiv versuchte Koba, den Laut nachzuahmen. Es kam nichts. Rasch drehte sie das Gesicht der Wand zu.

Marta redete weiter. Sie legte die Hand auf die Brust und sagte ihren Namen. Sie deutete auf den Teller, »Haferbrei«, und auf diese ekelhaft süße Substanz, »Honig«.

Koba schmollte. Sie wollte diese fremden Worte, dieses grässliche Essen nicht. Sie wollte wieder zu Hause bei ihren Leuten sein und Mongongo-Nüsse, Affenorangen und Fleisch essen. Sie wollte nicht älter sein. Sie wollte ihren Vater und ihre Mutter und die Zeit vor den Mutterhügeln. Sie zog sich den Kaross ihrer Mutter über den Kopf und saß darunter wie in einem Zelt. Sie hörte, wie Leopardenfrau ihre Sachen zusammenpackte. Koba bemerkte einen dünnen Lichtstrahl, der durch einen Riss des Umhangs fiel. Sie schob den Finger hindurch und wackelte damit herum. Dann zog sie ihn hastig wieder heraus. Sie durfte ihn nicht weiter aufreißen; sie hatte keine Möglichkeit, den Riss zu flicken. Sie hörte Leopardenfrau den Raum verlassen.

Zehn Minuten später kam Marta mit Nadeln und Faden zurück. Sie zeigte sie Koba und sah so etwas wie Erkenntnis über das Gesicht des kleinen Mädchens huschen, als es die Nadel annahm und sie in den Fellumhang bohrte. Die Kleine stach sich in den Finger, zuckte aber nicht mit der Wimper. Sanft bedeutete Marta ihr, dass sie den Riss für sie flicken würde. Koba zögerte und reichte ihr dann den Kaross.

Marta war überrascht, wie weich das Stück Fell war. Es roch nach Pflanzen. Vermutlich war darin schon eine Menge Essbares aus dem Veld transportiert worden – Beeren, Wurzeln, Rinde. Khoisan-Frauen benutzten ihren Kaross auch als Trageschlinge für ihre Babys. War das Buschmädchen von seiner Mutter darin herumgetragen worden? War dies für sie so etwas wie eine heiß geliebte Kuscheldecke?

Marta breitete den Umhang nervös über ihre Knie und stach die Nadel hinein. Sie brach. Marta fädelte eine weitere Nadel auf und brach auch diese ab. Dies war eine Aufgabe für eine erfahrene Nähexpertin wie Lettie, aber sie konnte sie nicht um Hilfe bitten, nicht jetzt. Marta fühlte den ernsten Blick des Kindes an ihrer Seite. Sie gab sich noch mehr Mühe.

Ihre erste Flicknaht war grob, die Stiche saßen zu weit auseinander. Sie trennte sie wieder auf und war sich der intensiven Konzentration des Mädchens die ganze Zeit über bewusst.

Eine halbe Stunde und eine weitere Nadel später hatte Marta es geschafft. Der Riss war mit säuberlichen, gleichmäßigen Stichen geflickt. Sie gab dem Kind den Umhang zurück.

Koba nahm ihn wortlos an, doch zum allerersten Mal begegnete sie Martas Blick.

KAPITEL 7

Die lange Reise von Südwestafrika nach Nelspruit im Norden des benachbarten Südafrika war ein Albtraum für Marta. Nicht wegen der Länge der Reise, obwohl der Zug erst nach Süden, dann nach Osten quer über den afrikanischen Subkontinent, und schließlich wieder nach Norden fuhr. Es war auch nicht schwierig gewesen, das vor Ehrfurcht erstarrte Buschmädchen in den Zug zu bekommen. Das Problem war der Schaffner, ein kleiner Mann mit vor Brillantine glänzendem Haar, der in Windhoek ihre Fahrkarten prüfte und dem Mädchen nicht erlauben wollte, in ihrem reservierten Abteil zu bleiben.

»Dritte Klasse«, sagte er und deutete auf die Waggons direkt hinter dem rauchenden Schornstein. Marta hatte mit diesem Problem gerechnet. Sie antwortete mit ihrem hochnäsigsten, kultiviertesten Akzent.

»Sie werden feststellen, dass wir alle Fahrkarten für dieses Abteil haben, guter Mann.«

»Ja, aber, diese ...«, stammelte der Mann und fand keine passende Kategorie für Koba. »Die müssen dritter Klasse fahren.«

»Dies ist ein Khoisan-Kind – ein Buschmann – aus der Wüste, und es ist noch nie mit dem Zug gefahren, deshalb wäre ich Ihnen sehr verbunden, wenn Sie mir den Gefallen täten, es bei uns im Abteil zu belassen. Ansonsten könnte es sich ängstigen.«

»Tut mir leid, Lady. Wir können keine Ausnahmen machen, sonst haben wir überall Kaffern sitzen. Die werden heutzutage ganz schön weiß, wollen Plätze ganz vorn in den Bussen und was weiß ich noch alles.«

Marta ließ die aristokratische Maske fallen. Der Mann ließ sich davon offensichtlich nicht beeindrucken. »Aber wenn wir doch den Preis für eine Fahrkarte erster Klasse bezahlt haben ...«

»Hören Sie, Lady, ich hab mir die Vorschriften nicht ausgedacht. Ich tue hier nur meine Arbeit.« Doch als er merkte, dass Marta sich die Hand ins Kreuz drückte, um ihre Schmerzen zu lindern, wurde er weich. »Ich sag Ihnen was, bringen Sie sie dahin, wo sie hingehört, und ich erstatte Ihnen die Differenz zurück. Dazu bin ich autorisiert.«

»Ich lasse dieses Kind nicht allein, nicht auf einer dreitätigen Reise.«

»*Ag*, keine Sorge. Ich sag einem der Kaffernmädchen, dass es das Kind im Auge behalten soll. Die können sehr mütterlich sein, wissen Sie?«

»Herrgott!« Marta wandte sich Deon zu. »Dieser Kerl ist doch nicht zu fassen!«, sagte sie auf Englisch.

Deon hob den Kopf von seiner Zeitung und zwinkerte seiner Frau zu. »Mach keinen Aufstand, Martjie; dieser Bure wird es schon richten.«

»Wie denn?«

»Wenn der Zug losfährt, suche ich den Schaffner, stecke ihm einen Zehner zu, und ... alles ist geritzt!«

»Du meinst, du willst diesen verabscheuungswürdigen Diener des Apartheidsystems bestechen? Du willst mit ihm konspirieren, so dass er von diesem unmoralischen Gesetz in jeder Hinsicht profitiert? Das wirst du nicht tun, nicht um meinetwillen. Und ganz sicher nicht mit meinem Geld, besten Dank.« Sie setzte sich mit flammend rotem Hals wieder hin und funkelte den offensichtlich faszinierten Schaffner an. Sie konnte das nicht auf sich beruhen lassen. Sie beugte sich zu Deon hinüber und zischte: »Allein dank seiner Hautfarbe hat dieser unqualifizierte, unfähige Weiße da drüben vermutlich die Arbeitsstelle, die einmal ein besser qualifizierter Schwarzer hatte, vor dem neuen Arbeitsgesetz, und jetzt willst du ...«

Deon warf dem Schaffner einen raschen Blick zu. Dessen verständnisloser Miene nach hatte Marta zu schnell gesprochen, als dass der Mann ihr auf Englisch hätte folgen können. Dennoch spürte Deon, wie er rot anlief. »Musst du unbedingt jetzt auf deine Prinzipien pochen, Marta? Du kanntest das Gesetz, als du darauf bestanden hast, die Fahrkarte für sie zu kaufen. Wenn du dich weiter so aufführst, werde ich dir nicht helfen können, und er wird sich nie bereit erklären, ein Auge zuzudrücken – nicht mal für einen Zwanziger.«

Marta begann, ihre Habseligkeiten einzusammeln. »Gut«, sagte sie, »denn ich will mit Männern, die anscheinend nicht mehr wissen, was richtig ist, nichts zu tun haben.« Sie stand auf und sprach den Schaffner auf Afrikaans an. »Ich bin für dieses Kind verantwortlich. Wenn es also nicht hier bei mir bleiben kann« – sie stemmte sich mühsam von ihrem Sitz hoch –, »dann gehe ich mit ihm in die dritte Klasse.«

Der Schaffner wirkte entsetzt. »Das können Sie nicht!«

»Warum nicht?« erwiderte sie. »Gibt es auch dazu irgendwelche Vorschriften?«

»*Ag*, nein. Es ist nur ... na ja, das wird sehr unbequem für Sie, Lady. Die Sitze sind aus Holz, und die Waggons sind zu voll, nicht? Alles stinkt nach denen!«

Marta trat auf den Mann zu und blieb so dicht vor ihm stehen, dass er gezwungen war, zu ihr aufzublicken. »Ich nehme an, Sie sind noch nie auf den Gedanken gekommen, *die* könnten finden, dass *Sie* stinken.«

Der Schaffner stotterte empört herum, tätschelte den Fahrkartenapparat an seinem Gürtel, zog seinen Bleistiftstummel hinter einem Ohr hervor und rückte seine Uniformjacke gerade. Dann wandte er sich an Deon. »Mister, Sie kriegen Ihre Frau besser in den Griff, Mann. Die Bahngesellschaft behält sich das Recht vor, Reisende des Zuges zu verweisen, wenn sie Ärger machen.«

Deon lachte. »Viel Glück, Mann.«

Der Schaffner ignorierte ihn und starrte Koba finster an. »*Pasop-jong*, lass dich ja nicht hier von mir erwischen, wenn ich wiederkomme, klar?« Mit einem lauten Türenknallen verließ er ihr Abteil.

Marta nahm das Mädchen bei der Hand und drehte sich nach Mannie um. »Kommst du?«

Mannie wand sich auf dem grünen Ledersitz. Er sollte mit Ma gehen, das wusste er, aber verflixt noch mal, nein! Er fand auch, dass das Buschmädchen nicht hier bei ihnen sein sollte – nicht in diesem Abteil, nicht in diesem Zug, nicht in ihrem Leben. Wenn er sie nur ansah, wie sie dastand, eine Hand in Mas, hätte er sie am liebsten geschlagen.

Er wusste, dass das unfair war. Sie wollte ebenso wenig hier sein, wie er sie hier haben wollte – wenn Marta sie am Bahnhof nicht so gut festgehalten hätte, wäre sie wahrscheinlich davongelaufen.

Aber auf keinen Fall wollte er in einem schmutzigen Waggon sitzen; er wollte hier sein, wo er genug Platz hatte, sich auszustrecken, mit seinem eigenen Handwaschbecken mit goldenem Wasserhahn in einer Ecke. Heute Abend würde ein Steward kommen und die Betten herunterklappen und sie mit frisch gestärkter weißer Bettwäsche für sie zurechtmachen. Pa hatte gesagt, sie würden in den Speisewagen gehen, da sie ja nun das Geld gespart hatten, das für das Hotel in der Walfischbucht vorgesehen gewesen war.

Also sagte Mannie nichts. Er beantwortete die Frage seiner Mutter mit einem Kopfschütteln, ohne sie anzusehen. Dann drehte er sich zum Fenster um. Die Welt draußen war noch dunkel, also spiegelten sich seine Mutter und das Buschmädchen deutlich im Fensterglas. Sie standen so dicht nebeneinander, dass ihre Körper sich beinahe berührten, und dann glitten sie außer Sicht, genau wie die dunklen Umrisse, die am Zugfenster vorbeiflogen, als sie Fahrt aufnahmen.

Marta war schlecht, während sie mit dem Mädchen den schwankenden Gang entlangtaumelte. Das Baby schien

Purzelbäume zu schlagen. Marta hielt sich den Bauch, als ein Band aus Schmerz sich darum zusammenzog. Ich muss ruhig bleiben, ermahnte sie sich. Sie wusste, dass sie sich diese Situation selbst eingebrockt hatte.

Als sie den spärlich erleuchteten Durchgang zur dritten Klasse erreichten, konnte Marta den Lärm hören. Sie lehnte sich an die Verbindungstür zwischen den Waggons, drückte ihre Tasche an sich, und ihre weit aufgerissenen Augen wirkten gespenstisch weiß in einem Gesicht, das bereits jetzt vom Ruß verfärbt war.

»Ich muss mich einen Moment hinsetzen«, sagte sie zu Koba und ließ sich auf den dreckigen Boden sinken.

Warum, ach, warum brachte sie sich immer wieder in solche Situationen? Natürlich wäre es besser für sie und Koba gewesen, in dem Zugteil nur für Weiße zu bleiben. Das Letzte, was sie wollte, war, drei Tage in einem schmutzstarrenden, überfüllten Waggon zu verbringen, wenn es dort wirklich so schlimm war, wie dieser abscheuliche kleine Schaffner behauptet hatte. Und jetzt hatte sie es Deon unmöglich gemacht, sie zu retten. Sie barg das Gesicht in den Händen.

Koba stand in dem kurzen Durchgang zwischen den Waggons und hätte schreien mögen vor Panik. Sie war im Panzer eines metallenen Ungeheuers gefangen, und sie schwebte in großer Gefahr. Da waren Lücken im Körper des gewaltigen Wesens, und durch diese Lücken konnte sie den Boden sehen, der dunkel unter ihr vorüberflog, während das Ungeheuer dahinraste. Es stieß schwarzen Rauch aus und fraß das unter ihr dahinfließende Metall mit klappernden Zähnen. Sie wollte fort, wenigstens zurück in den Raum, den sie gerade verlassen hatten, auch wenn dort Hyänen-/Ton und sein Welpe saßen. Leopardenfrau musste sie dorthin führen. Sie musste die Frau in Bewegung bringen.

Koba zog an Martas Hand.

Marta blickte mit tränennassem, fleckigem Gesicht auf. »Na schön. Wie man sich bettet, so liegt man. Gehen wir.« Sie rappelte sich hoch, wischte sich das Gesicht ab, holte tief Luft und drückte den schmierigen Türgriff der dritten Klasse herunter.

Der Lärm war ohrenbetäubend, sobald sich die Waggontür öffnete – mehrere Sprachen wurden durcheinandergesprochen, mit einer Lautstärke wie auf einem offenen Marktplatz. Babys weinten, Kartenspieler jubelten, Transistorradios plärrten Kwela-Musik.

Links von ihr feilschte eine Hausfrau mit einem fliegenden Händler um den Preis für das lebende Huhn, das er vor ihr hin und her baumeln ließ. Sie befühlte es, war offenbar zufrieden und griff in ihren Büstenhalter, aus dem sie ein paar Münzen hervorholte. Als der Händler sie annahm, machte er eine schmutzige Bemerkung über deren Wärme.

»Das liegt daran, dass sie sich an mich schmiegen durften«, erwiderte die Hausfrau kokett.

»Ich würde gern mal ihren Platz einnehmen«, sagte er mit anzüglichem Grinsen.

Sie musterte ihn von oben bis unten. »Hältst dich wohl für den Hahn im Korb, weil du deine Hühner zählst. Aber du bist nicht königlich genug dafür.« Sie tippte auf ihren vollen Busen.

»Königlich?« Er schob sich die staubige Filzkappe zurück und kratzte sich an der Schläfe. »Was soll das heißen, Mama?«

Die Frauen um sie herum gackerten. Eine von ihnen öffnete ihre Bluse und zeigte ihm ihr überfließendes Dekolleté. Er starrte auf das Fleisch, in das sich Münzen pressten. Sie schälte einen Penny von ihrer Haut und zeigte ihm den Abdruck – eine perfekte Büste von Königin Elizabeth II. Unter dem Gejohle der Frauen zog er sich zurück.

Das Lachen verstummte plötzlich. Gefeilsche brach ab, Babys wurden zum Schweigen gebracht, und verblüffte Blicke aus Dutzenden dunkler Augenpaare begegneten Martas nervösem Lächeln.

Sie zügelte ihre Panik und versuchte, einen Blick aufzufangen. Irgendjemandes Blick. Alle schauten weg.

In der Nähe der Tür husteten ein paar Männer, vermutlich Minenarbeiter, über ihrem Würfelspiel. Es hatte keinen Sinn, die um einen Sitzplatz zu bitten. Weiter hinten sah sie zwei junge Männer mit glänzendem Haar und messerscharfen Koteletten, die auf einem leeren Sitzplatz herumtrommelten. Zweifarbige Schuhe blitzten unter ihren weiten Hosen hervor. Eine Herero-Matrone in vollem viktorianischem Ornat stürzte auf sie zu und verlangte, dass man ihr Platz machte. Marta zog Koba mit sich und folgte ihr, wobei sie über die Bündel und Kartons hinwegsteigen musste, die den Gang blockierten. Sie entging haarscharf der energisch geschwungenen Rückhand einer Mutter mit onyxfarbenen Wangen, die die Arme zurückriss, um die Decke aufzuknoten, in der ihr weinendes Baby auf ihrem Rücken ruhte. Mit geübtem Griff schwang sie das Kind nach vorn und schob ihm ihre dunkle Brustwarze in den Mund.

Marta hielt sich im Kielwasser der Matrone und sah zu, wie der weite Reifrock der Frau Hüte und sogar ein Transistorradio von den Sitzbänken fegte. Schließlich ließ sich die Frau auf den freien Platz fallen, breitete ihre Röcke aus und nickte ihren Sitznachbarn entschuldigend zu. Ihr Turban sah aus wie ein bunt gepolsterter Amboss.

Marta blieb neben ihr stehen, sprach sie förmlich an und flüsterte dann: »Wenn Sie ein Stück rutschen könnten, nur ein bisschen, dann könnten wir uns noch auf die Bank quetschen.« Die Frau und alle anderen in dem Abteil sahen sie in ungläubigem Erstaunen an.

»Die Madam will hier sitzen?« Marta nickte. Ärger verdrängte das Staunen aus dem Gesicht der Frau. »Warum setzen Sie sich nicht zu den Weißen?«, fragte sie mit lauter Stimme. Marta zuckte mit den Schultern. Die Frau beugte sich mit großem Aufhebens vor und spähte um sie herum zu Koba. Sie schnaubte. Ihre Missbilligung lief wie eine Woge durch die Reihen der Bänke. »MaSarwa, MaSarwa«, erscholl es von überall her.

Marta wandte sich ab. Deon würde sie auslachen, wenn er sie jetzt sehen könnte, dachte sie. Dann tippte ihr jemand auf die Schulter. Ein älterer Mann, einer der Passagiere, dessen Hut die Herero-Frau vom Sitz gefegt hatte, war aufgestanden.

»Setzen Sie sich hierhin«, sagte er auf Englisch mit einem starken ländlichen Akzent.

»Oh, ich kann Ihnen aber doch nicht den Platz weg-nehmen«, entgegnete Marta.

»Ich habe Sie im Auge behalten«, sagte er. »Ich habe Ihre Auseinandersetzung mit dem Schaffner gehört. Ich auch.« Er zog eine Erste-Klasse-Fahrkarte aus seiner Westentasche.

»Ich nehme an, man hat Ihnen keine Erstattung ange-boten, ehe man Sie hierher verjagt hat?«

Das Lachen des Mannes klang angespannt. »Ich weiß es ja besser. Ich tue das nur aus Prinzip ...« Marta nickte begeistert. »Ich bin Anwalt, aber für die« – er wies mit dem Daumen in Richtung der ersten Klasse – »bin ich ein Pavian in einem Anzug.« Marta wollte protestieren, doch der Mann winkte ab und bedeutete ihr ungedul-dig, sich zu setzen.

»Danke. Ich danke Ihnen sehr. Ich kann Ihnen gar nicht sagen, wie froh ich bin, dass Sie überhaupt mit mir sprechen.«

Der Mann berührte seinen Hut und verbeugte sich. »Ich wünsche Ihnen eine angenehme Reise.«

Marta zog Koba mit sich auf die Bank und sank an die harte Rückenlehne.

Kobas Fingerknöchel schimmerten wie die Unterseite von Kaurimuscheln, so fest klammerte sie sich an die Kante der Bank. Nun hatte sie die Gelenke dieses metal-lenen Ungeheuers gesehen, und sie wollte nicht darin sein. Nicht einmal in einem großen Raum wie diesem. Die Leute hier hassten sie. Und die /Ton-Frau hassten sie auch. Was würde mit ihr geschehen? Würde sie an einem Hass-Ort kleben bleiben? Hass klebte, wie Honig. Sie konnte Honig nicht leiden.

Das hatte ihren Vater sehr verwundert, der auf Affenbrotbäume kletterte und sich dem Zorn der Bienen aussetzte, um ihre Nester auszurauben. Koba bevorzugte die köstliche Schärfe von Salz. Sie blieb oft neben Felsen stehen, wenn der Regen verdunstet war, und suchte in Höhlen und Löchern nach Salzablagerungen.

»Salz erzählt keine Lügen«, hatte sie ihrer Großmutter erklärt. »Sein Geschmack versteckt nichts, er macht nur Saures schärfer und Fleisch stärker.« Zuma hatte nicht gelacht, und ein paar Tage später hatte sie Koba eine mit Perlen bestickte Hülle für ihre winzige Salzkalebasse geschenkt.

Koba spürte, wie der Schmerz ihres Verlustes sie zu verschlingen begann. Sie war zu müde, um sich noch darum zu sorgen, was aus ihr werden sollte und ob sie ihr Baum-Wasser je wiedersehen würde. Sie lockerte ihren Griff und erlaubte ihrem Rücken, sich zu entspannen. Ihr Körper schwankte leicht mit den Bewegungen des Zuges mit. Während ihr Kopf leerer wurde, konzentrierte sie sich auf den Rhythmus der Räder und der schnaufenden Kolben und fand Musik darin – sa-ka-pa-ka, sa-ka-pa-ka, klack, klack, klack. Sa-ka-pa-ka, sa-ka-pa-ka, klack, klack, klack. Das erinnerte sie an den Takt eines Trancetanzes. Wenn es ein Problem im Lager gab, schichteten die Leute ein hohes Feuer auf und versammelten sich darum. Oft war es Zuma, die mit dem Klatschen begann. Andere Frauen fielen ein und begannen zu singen. Dann standen einige auf und stapften mit flatternden

Fellröcken im Kreis herum. Männer schlangen sich Tanz-rasseln um die Fußknöchel und stampften ebenfalls im Kreis um das Feuer, immer rundherum, so dass sie einen Pfad in den Sand gruben und Staub aufwirbelten, der im Feuerschein wie ein kupferroter Flor schimmerte. Und sie selbst ruhte schlaff an ihre Mutter gelehnt, oder an eine Tante, oder sie legte den Kopf an Zumas knochige Brust, um die Überzeugung der alten Frau, dass Heilung auf dem Weg zu ihnen war, besser fühlen zu können.

Sie spürte dieselbe friedvolle Vorfreude auch jetzt und wusste, dass sie die Verantwortung für ihr Überleben eine Zeitlang abgeben konnte. Der Geruch von Leopar-denfrau fühlte sich in ihrer Nase immer angenehmer an – er war salzig. Sie erlaubte ihren schweren Lidern, sich zu schließen. Bald war sie an Martas Schulter einge-schlafen.

KAPITEL 8

Bushveld, Südafrika

Impalala war nach südafrikanischen Maßstäben keine große Farm, und sie hatte im Gegensatz zu Sukses keinen Zugang zu unterirdischen Wasservorräten. Aber sie grenzte direkt an den Kruger-Nationalpark, das größte Wildschutzgebiet im südlichen Afrika. Kleinere Tiere wie Warzenschweine, Steinböckchen und Ducker bewegten sich frei zwischen der Farm und dem Naturreservat hin und her, während neugierige Giraffen über den hohen Zaun spähten, wenn sie in den Baumkronen an der Grenze fraßen. Ausbrüche von größeren Tieren wie Elefanten, Löwen, Büffeln und Nashörnern kamen selten vor, aber hin und wieder doch. Ein Spaziergang im Busch war mit Vorsicht zu genießen. Die Farm selbst war vor allem mit Impalas bestückt, zierlichen hellbraunen Antilopen mit elegant geschwungenen Hörnern. Die Leopardenpopulation, und in der Vergangenheit Etienne und seine Gäste, wenn sie zu Besuch kamen, hielten den Bestand in Grenzen.

Nun, dank Etiennes überraschendem Vermächtnis, schmiedete Deon Pläne, wie er Impalala zu einer Safarifarm für die wachsende Anzahl der Krugerpark-Touristen umgestalten konnte – Leute, die nur mit ihren Kameras auf die Tiere anlegen wollten. Im Lauf der nächsten Wochen beschäftigte Deon sich damit, einen Komplex von Rondavels zu entwerfen, mit Gästezimmern, Wäscherei, Grillplätzen, einem Speisesaal und einem kleinen Laden für das Nötigste.

Marta saß schweigend in der Küche von Impalala und sah zu, wie er vor Enthusiasmus sprühte. Die Küche war klein und schäbig, mit Wellblechwänden und einem so alten Herd, dass ein Museum sich darum gerissen hätte. Deon hatte ihr immer ein besseres Haus mit einer modernen Küche versprochen, aber nie etwas unternommen. Marta machte die Küche nichts aus; sie kochte nicht gern, und das Hausmädchen Selina erledigte alle Küchenarbeiten. Aber ein Haus mit richtigen Wänden aus Stein wäre schön gewesen. Das Wellblech zog sich bei Kälte zusammen, so dass das Metall ob der großen Temperaturunterschiede zwischen Tag und Nacht so nah am Wendekreis des Steinbocks oft ungläubig kreischte. Marta, die ohnehin keinen besonders festen Schlaf hatte, fand das verstörend.

Nun zog sie eine Augenbraue hoch, als Deon erwähnte, er wolle ein Freiluftkino für das bauen, was er bereits als »die Safarigäste« bezeichnete. Sie war skeptisch, was Deons Fähigkeit anging, ein Projekt zu vollenden, und das mit gutem Grund, dachte sie und erinnerte sich an die Siebe und Sortierer, die in einem der baufälligen Nebengebäude gestapelt lagen – die Hinterlassenschaften von Deons Interesse an Waschgold. Er hatte Wochen oben bei Pilgrim's Rest verbracht und versucht, im Fluss Gold zu waschen, aber das Interesse verloren, als er nichts als Katzengold gefunden hatte. Als Nächstes war er auf die Idee gekommen, sie könnten ihr Einkommen doch mit dem Verkauf von *biltong* aufbessern. Er baute riesige Trockenkästen, schlachtete ein paar Impalas und würzte das Fleisch ganz köstlich, wie sie fand. Aber jeder Farmer in der Gegend machte sein eigenes *biltong*, also gab es keinerlei Markt dafür. Er versuchte sich als Imker, und die Bienenstöcke standen nun wie eine Bienengeisterstadt in einem Kameldornwäldchen in der Nähe der Hügelchen. Dann hatte er daran gedacht, handgefertigte *velskoens* anzubieten.

Marta seufzte. Hinter dem Haus lag ein halb fertiges Wasserbecken, wo Deon begonnen hatte, einen Swimmingpool für Mannie zu bauen, aber sie beschloss, nichts davon zu erwähnen. Sie war zu müde, um sich zu streiten, und vielleicht, nur vielleicht, würde aus diesem Projekt ja etwas werden. Deon war ein sehr guter Hotelmanager gewesen – nüchtern jedenfalls.

Koba erschien das Bushveld erstaunlich üppig und fruchtbar. So viele Bäume mit großen Kronen und breiten Blättern – manche hatten lange, weiche Zweige, die bis auf den Boden hingen, andere auffällige, fiebrig gelbe Stämme, eine Art war mit hellroten Blüten geschmückt, und mehrere hatten furchterregend aussehende knorrige Höcker auf den grauen Stämmen. Und das Gras war so hoch, es gab so viele Vögel, und ein Geruch nach Nässe durchzog die Luft. Hier hing Nahrung von den Bäumen, statt sich unter der Erde zu verstecken. Ein Jammer, dass sie nicht lange bleiben würde.

Der Hügel, zu dem sie nun gebracht wurde, sah seltsam aus, wie er so aus der ansonsten flachen Landschaft herausragte. Später würde sie erfahren, dass man ihn Pasopkop nannte – Pass-auf-Hügel – und dass er die /Ton, die auf der anderen Seite des Meeres wohnten, an etwas namens Burg erinnerte. Sie sagten, die Hügelkuppe sehe aus wie mit Zinnen bewehrt. Schließlich würde sie auch lernen, dass die ansässigen Tsonga schauderten, wenn sie den Namen Pasopkop hörten. Sie schworen, dass der Hügel ein gewaltiges Maul verbarg, Fangzähne in den Himmel bleckte und fähig war, Menschen zu fressen.

Als Koba ihn zum ersten Mal sah, dachte sie nur »Ei«. Wo die glatten Rundungen der Schale zu einer Kuppel hätten zusammenlaufen sollen, sah sie angenagte Kanten. Ein Maul oder Schnabel hatte sich am Leben darin gelabt. Nichts konnte dort oben leben. Sie ganz gewiss nicht. Sie würde weglaufen, sobald sie konnte.

Neben ihr plagte Marta sich den steilen Abhang hinauf. »Zuhause«, keuchte sie und wies mit einer ausholenden Armbewegung auf das Bushveld. Das Land war mit blond gebleichtem Gras bedeckt, hoch genug, um Elefanten zu verbergen. Dornige Bäume ragten daraus hervor und öffneten sich der Sonne wie dunkle Regenschirme.

»Also, du musst verstehen, dass ich dich zu deinem eigenen Besten hier draußen unterbringe. Es ist nicht so, dass du unten im Haus nicht willkommen wärst – das bist du, jederzeit. Aber ich will nicht, dass du deine Buschmannlebensweise völlig vergisst, bis ich dich zu deinem Volk zurückbringen kann«, sagte sie.

»Ag, Ma, spar dir den Atem. Sie versteht dich doch nicht.« Mannie war besorgt darüber, wie erschöpft seine Mutter aussah. »Bleib du hier, Ma. Ich bringe sie hoch.«

Marta nickte dankbar. Ihre Gebärmutter fühlte sich an wie ein totes Gewicht, das an den Muskeln in ihrem unteren Rücken zerrte. Sie reichte Mannie eine Taschenlampe und eine Schachtel Streichhölzer und bedeutete dem Mädchen, ihrem Sohn zu folgen.

Koba schmollte. Sie wollte mit diesem /Ton-Jungen nichts zu tun haben. Sie kehrte ihm den Rücken zu und fuhr fort, im Geiste die fremde Umgebung zu protokollieren. Der Junge hüpfte um sie herum, machte komische Gesten und rollte die Augen. Offenbar konnte er sie hervorquellen lassen wie die eines Froschs. Beinahe hätte sie gelacht. Sie sah zu, wie er ihr in Zeichensprache erklärte, dass es oben auf dem Hügel für sie einen Platz zum Schlafen gab. Würde es dort auch Essen geben?, fragte sie sich. Sie war sehr hungrig.

Während sie weiter hinaufstiegen, bemerkte sie mehrere Pflanzen, die vielversprechend aussahen, aber als Erstes würde sie sich einen Lagerplatz suchen müssen, der sicherer war. Hier gab es Leopardenspuren.

Sie brauchten viel länger, als nötig gewesen wäre, um die Hügelkuppe zu erreichen. Koba wich immer wieder vom Weg ab, um Pflanzen zu untersuchen, Blätter abzuzupfen und sie zwischen Daumen und Zeigefinger zu zerreiben, um dann daran zu riechen oder sie vorsichtig zu kosten. Sie hob getrockneten Antilopendung auf, erkundete Suhlen und folgte sogar einer Eidechse, die über einen glühend heißen Felsen flitzte. Mannie wurde in der sengenden Hitze allmählich müde.

Endlich erreichten sie den Gipfel, und er bedeutete Koba, in eine felsige Rinne hinabzusteigen – eine von mehreren, die dem Gipfel scheinbar Zinnen verliehen. Koba folgte widerstrebend seiner Anweisung und fand zu ihrer Überraschung eine flache Wanne voll üppiger Vegetation dort unten, Büsche aller Formen und Größen und einen wild verformten Feigenbaum, der sich zwischen die Felsen gebohrt hatte. Und es hingen Früchte daran. Sie eilte hinüber und pflückte eine verschrumpelt aussehende Feige. Weiße Milch blutete daraus auf ihre Finger, bitter auf der Zunge, aber das Herz der Frucht war süß, als sie fest hineinbiss – zu süß für sie. Sie warf die Frucht weg und sah sich um. In welcher Richtung lagen die Mutterhügel? Sie schob sich an einem Felsvorsprung entlang, der ein guter Aussichtsplatz zu sein schien.

»Mädchen«, rief Mannie ungeduldig, »komm zur Höhle.«

Koba drehte sich nach der Stimme um. Kein Froschjunge. Sie blinzelte. Er war da gewesen, nicht weit hinter ihr, aber wo war er jetzt? Neugierig näherte sie sich der zerzausten Reihe Büsche, wo er eben noch gestanden hatte. *Yau*, ein Spalt im Felsboden.

Von unten sah Mannie sie in den Riss spähen, und ihr Körper schob sich vor die Sonne. »Komm schon. Was meine Mutter dir zeigen will, ist hier.«

Koba ließ sich wie eine Katze in die Höhle fallen. Mannie schwenkte den Strahl der Taschenlampe durch den

Raum und hielt ihn dann auf die hintere Wand gerichtet. Er hörte, wie das Mädchen nach Luft schnappte und in die Hände klatschte, als es die Zeichnung entdeckte. Dann stand es neben ihm und klickte wie verrückt vor sich hin, während sie mit den Händen über die Strichmännchen und Tiere fuhr. Er war nicht erfreut, als sie ihm die Taschenlampe aus der Hand riss, aber dann sah er, dass ihr Tränen über die Wangen liefen, und überließ sie ihr. Er fragte sich, ob sie wusste, warum die Männer in dem Bild Antilopenohren und Hufe hatten. Und was wohl der Rotz bedeutete, der ihnen aus den Nasen lief, und die Stäbe, die das Ende ihrer Pimmel durchbohrten?

Mannie holte eine Schachtel Streichhölzer aus seiner Tasche und zündete eines an, damit er das Mädchen besser sehen konnte. Sie kniete vor der Zeichnung, von der seine Mutter gesagt hatte, das sei Buschmannkunst, Felsmalerei. Das war es wohl, wenn man sah, wie aufgeregt das Buschmädchen war; seine Zunge klickerte und klackerte wie Stricknadeln. Aber er hatte das Gefühl, dass sie nicht mit ihm sprach, sondern mit der Zeichnung.

Verrückt. Sie berührte immer wieder ihre Kehle und blies auf die Felszeichnung wie jemand in einer Kirche. Er entzündete ein weiteres Streichholz und danach noch drei, damit er sie beobachten konnte. Ma würde einen ausführlichen Bericht hören wollen.

Schließlich blieb das Mädchen still vor dem Gemälde sitzen.

»Tja, ich sollte jetzt gehen – Ma wartet sicher.« Mannie nahm ihr die Taschenlampe ab. »Tut mir leid, aber

Ma hat gesagt, ich soll dir nur die hierlassen.« Er legte die Streichholzschachtel auf den Höhlenboden. »Eine Taschenlampe ist zu westlich, oder so.«

Als er gegangen war, drückte Koba die Stirn an die Felszeichnung. Wie sie erwartet hatte, fühlte sie sich nicht hart oder rau an, wie Stein. Sie war weich und schlaff, wie die Haut an der Wange ihrer Großmutter. Zuma war hier, irgendwo. Jetzt konnte sie nicht fortgehen.

KAPITEL 9

Dieses Land ist gefährlich, dachte Koba am nächsten Morgen, als sie am Rand der Hügelkuppe stand und sich in der Sonne wärmte. Man konnte Gefahr in dem Gras spüren, das dieses Land bedeckte. Es hatte dieselbe Farbe wie Löwenfell.

War es richtig, nun doch nicht davonzulaufen?, fragte sie sich. Sie konnte schon heute Nacht gehen, der Gefahr durch Löwen trotzen und dem Jägerstern folgen. Wie lange würde sie brauchen, um nach Hause zu kommen? Bei der Metallreise hatte sie die Orientierung verloren. Sie hatte versucht, sich die Anzahl der Sonnenaufgänge zu merken, und in welche Richtung sie reisten, aber die stickige Luft, der schwankende Sitz und die Musik der Räder hatten sie die meiste Zeit über zu schläfrig gemacht.

Jetzt kniff sie die Augen zusammen und versuchte, über das stoppelige Gestrüpp am Horizont hinauszuschauen. Kein Anzeichen von irgendetwas, das den Mutterhügeln ähnelte. Sie konnte laufen und laufen und laufen, aber wenn sie nicht an Hunger oder Durst starb, würde Zuma noch am Leben sein, wenn sie den Felsvorsprung erreichte?

Sie kannte die Antwort. Zuma war tot. Wie sonst hätte sie sie gestern Nacht im Fels fühlen können? Sie musste warten, bis der Geist ihrer Großmutter ihr eine Nachricht sandte.

Bis dahin musste sie zuerst einmal etwas essen. Das flache weiße Essen, das Leopardenfrau ihr gegeben hatte, war aufgegessen.

Unterhalb des Hügels konnte sie einen Kreis aus Hütten mit kegelförmigen Strohdächern sehen. Vor einigen dieser Hütten brannte ein Kochfeuer, und schwarze Gestalten bewegten sich innerhalb eines Zauns wie aus Schilfrohr. Zwischen dem Lager und dem Hügel war kein Pfad in den Busch getrampelt, also nahm sie an, dass die Leute hier diesen Ort mieden. Würden sie auch Koba meiden? Der Feindseligkeit der schwarzen Leute auf ihrer Reise nach zu schließen, vermutlich ja.

Sie entdeckte einen grauen Pfad, der von den Hütten zum /Ton-Haus in der Ferne führte. Von der Hügelkuppe aus wirkte er wie eine lange Narbe im Fell des Löwen. Es war besser, auch da nicht entlangzugehen. Sie musste ihren eigenen Weg finden, während sie auf Großmutter *n!a'an* wartete.

Stück für Stück richtete Koba sich in ihrem neuen Zuhause ein. Zum Schlafen räumte sie eine flache Stelle auf dem Höhlenboden frei und fegte den Fledermauskot mit ihrem Grasbüschelbesen in die hinterste Ecke. Dann breitete sie den Kaross ihrer Mutter als Schlafmatte aus. Daneben legte sie zwei leere Schildkrötenpanzer als Schüsseln für ihr Essen. Auf diese Panzer war sie sehr stolz. Sie ihren lebendigen Besitzern abzuringen war nicht einfach gewesen. Die große Leopardenschildkröte hatte sie ertränken müssen, weil die verhornten Schuppen an ihren Beinen Kobas Spieß widerstanden hatten. Und dann war es ein echter Kampf gewesen, den Kadaver zu entfernen, ohne den Panzer zu beschädigen. Die kleine Schildkröte hatte sie einfach in ihrem Feuer erstickt. Sie hatte versucht, davonzukrabbeln, bis Koba sie mit heißer Asche und Kohlen bedeckt hatte. Bald war die Schildkröte köstlich gebraten gewesen.

Nur Wasser erwies sich als Problem. Wenn es regnete, konnte sie das Wasser aus vielen Vertiefungen in den Felsen des Hügels sammeln, aber in Trockenperioden musste sie sich ihren Vorrat aus dem Fluss holen. Das war ein weiter Weg.

Kobas kostbarste Besitztümer waren eines Morgens auf geheimnisvolle Weise am Eingang ihrer Höhle erschienen. Das eine war ein zerbeulter Zinkeimer, der es ihr ersparte, viele Male zum Fluss und zurück zu laufen. Das andere war ein Taschenmesser. Koba staunte über die ausklappbare Klinge und den kleinen Haken, der so praktisch war, um Nüsse zu öffnen. Wenn nur Vater diese Werkzeuge hätte sehen können, dachte sie.

Während sie die Klinge an ihrem Lendenschurz polierte, dachte sie über das Geschenk nach. Es konnte kein *hxaro* sein, sonst hätte sich der Schenkende zu erkennen gegeben, damit sie seine Gabe erwidern konnte. Also ein Geschenk ohne Verpflichtung. Musste von einer Person mit vielen Besitztümern kommen. Musste von einem /Ton kommen. Von welchem?

Nicht von Leopardenfrau; die gab nichts als Worte, wenn sie sich im Veld begegneten – seltsame Worte, die sie so oft wiederholte, dass sie schon in Kobas Träumen auftauchten. Vielleicht Froschjunge? Er mied sie – sie hatten seit ihrem ersten Tag hier keinen Kontakt mehr gehabt, doch sie merkte, dass er sie aus der Ferne beobachtete und glaubte, sie würde ihn nicht sehen. Ha, die /Ton. So laut im Busch wie Regentropfen auf getrockneten Blättern. Dann blieb nur der stille /Ton als ihr Wohltäter übrig – der, der ein Bein nachzog. Hyänen-/Ton. Wenn er hier oben gewesen war, dann hatte er jedenfalls sorgsam darauf geachtet, nicht auf den Sand zu treten; sie hatte nach seinen Fußspuren gesucht.

Kobas Tage waren ausgefüllt. Sie musste sich mit neuen Pflanzen und Tieren, Vögeln und Insekten vertraut machen und beobachtete deren Verhalten und Lebensraum mit dem Blick einer geborenen Naturforscherin. Die Tiere in der Nähe des Flusses fand sie am interessantesten. Sie hatte von Krokodilen gehört, von Ju/'hoansi, die nach Norden bis zum großen Okavango gereist waren, aber sie hatte noch nie eines gesehen. Jetzt saß sie stundenlang da und wartete darauf, dass sie das Wasser verließen, in dem sie wie Baumstämme trieben und nur Augen und Schnauzenspitze herausragen ließen. Ihre kurzen, krummen Beine ließen sie an Land tollpatschig wirken, aber das blitzschnelle Zuschnappen ihrer Kiefer überzeugte Koba davon, dass sie sogar noch gefährlicher waren als Löwen. Flusspferde belustigten sie mit ihren lächerlich winzigen Ohren und fetten Körpern wie die mancher zahmer Tiere. Sie stellte sich vor, dass sie sehr gut schmecken würden, aber wie an ihren riesigen, schnappenden Mäulern vorbeikommen? Da war es viel leichter, das zappelnde silberne Essen zu fangen, wie sie es bei den Tsonga-Jungen gesehen hatte, die es aus dem braunen Wasser zogen. Aber sie würde dazu Werkzeuge wie die ihren brauchen.

Eines Tages wagte sie sich mutig an den Rand des Lagers, in dem die Tsonga lebten. Ihr Abfallhaufen war eine wahre Fundgrube – Schnur und ein Stückchen Fischernetz; groß genug, dass sie davon lernen konnte, wie man es knüpfte. Jetzt konnte auch sie das silbrig glänzende Essen aus dem Fluss ziehen und es auf ein Feuer werfen, bis es schwarz wurde und einem das Wasser im Munde zusammenlief.

Koba achtete sehr darauf, sich nie von den Tsonga sehen zu lassen. Sie fürchtete sich vor diesen Leuten mit der schwarz-schwarzen Haut, den lauten Stimmen und den mächtigen Magiern.

An den Lagerfeuern der Ju/'hoansi wurde eine Geschichte über den Cousin des Onkels ihres Vaters erzählt, der von einem schwarzen Hexer, einem Medizinmann, betrogen worden war. Kobas Verwandter hatte von dem Medizinmann faire Bezahlung für die Kobrahaut verlangt, die er ihm gebracht hatte, aber der schwarze Mann hatte sich geweigert, zu bezahlen. Schließlich war der Anführer des Stammes hinzugezogen worden, und der Medizinmann hatte widerstrebend bezahlt. Aber er hatte die Münzen verflucht, und in dem Augenblick, da der Verwandte das Geld berührte, begann seine Hand zu brennen. Heiß-heißer Schmerz. Seine Hand war bald gelähmt, und obwohl man viele Trancetänze für ihn tanzte, vergiftete die Hand schließlich seinen ganzen Körper, und er starb. Nein, sie wollte nicht in die Nähe der Tsonga kommen. Oben auf ihrem Hügel war es sicherer.

Die Nächte waren am schlimmsten für Koba. Sie sah zu, wie ihr Feuer lange, bedrohliche Schatten an die Höhlenwände warf und spürte, wie ihr ungeschützter Rücken kribbelte. Sie wagte es nicht, sich tiefen Schlaf zu erlauben. Sonst würde sie nicht hören, wenn Schleichende Pranken kamen.

In den Nächten, in denen sie das leise Husten eines umherstreifenden Leoparden hörte, warf sie Äste in ihr Feuer, so viele, dass die Flammen bis zum Höhleneingang im Dach hochschlugen. Davon wurde die Höhle furchtbar rauchig, aber das war besser, als zur Beute Schleichender Pranken zu werden.

In besonders schlimmen Nächten versteckte sie sich unter N#aisas Kaross und roch den Duft ihrer Mutter darin. Aber sie gestattete sich nicht zu weinen. Tränen-Zeit war vorbei.

Jetzt muss ich nur leben und leben, sagte sie sich.

Eines Nachts im Traum spürte Koba einen knochigen Rücken an ihrem. Sie sah ihr Traum-Ich aus der Höhle springen und den Hügel hinabbrennen und hörte sich rufen: »Ich muss lauf-lauf-laufen, bis ich den Metallpfad finde, und dem dann bis zu den Mutterhügeln folgen.«

»Es wäre leichter, eine Träne in einem Teich zu finden«, sagte eine stillere Koba, die über ihr schwebte. Die Traum-Koba ignorierte sie und flog über den silbrigen, mondbeschienenen Sand, bis sie den verbotenen Teich fand. Darüber, auf dem Felsvorsprung, sah sie Knochen, ein ordentliches Häufchen; die Wirbelsäule war intakt und gekrümmt wie die einer sehr alten Frau.

Da heulte Koba auf und weckte sich selbst mit Schreien, die den schleichenden Leoparden verscheuchten und kleine Tsongas weckten, die in ihren Hütten schliefen. Nun wussten die verängstigten Kinder, dass die Geschichten vom Tokoloshe wahr waren. »Er wohnt auf dem Pasopkop, Mamma, zusammen mit der Gelben. Maaa, er kommt!«

Oben in ihrer Höhle war Koba nun wieder ganz wach und überzeugt davon, dass ihre Großmutter tot war. Aber Zuma war nicht fort. Koba konnte sie spüren, so deutlich, als schmiege sie sich an ihren knochigen Rücken. Der Tod hatte ihr ihre Großmutter zurückgebracht. Ihr war leichter ums Herz, und sie setzte sich auf.

»Ich grüße dich, Geist von Großmutter *n!a'an*«, sagte sie in die nun weniger einsame Dunkelheit hinein.

»Koba, Koba!«, hörte Mannie seine Mutter rufen. Er half ihr gerade, verschiedene Frühlingsblumen für eine Zeichnung zu sammeln, die sie plante, als sie Koba in einiger Entfernung entdeckten.

»Was ist denn ›Koba‹?«, fragte er.

»Ihr Name«, antwortete Marta. »Zumindest glaube ich das. Sie tippt sich auf die Brust und macht diesen ›Koba‹-Laut, jedes Mal, wenn ich sage ›Ich heiße Marta‹.« Sie ging mit schwingendem Korb voran. »›Mata‹ nennt sie mich – kann das ›r‹ nicht aussprechen, weiß der Himmel, warum. Es muss doch einfacher sein als ihre komplizierten Klicklaute.«

Mannie beeilte sich, seine Mutter einzuholen. »Hat sie sonst noch etwas gesagt?«

Marta blieb stehen und wandte sich ihm mit trauriger Miene zu. »Ja. Sie will nach Hause. Sie hat so gedeutet, ›Zuhause‹.«

Mannie hätte vor Erleichterung beinahe laut gejubelt. »Und wann kann sie gehen, Ma?«

»Sobald wir das Geld erübrigen können, mein Sohn.«

»Ich dachte, wir hätten Geld. Von Onkel Etienne?«

»Er hat Pa die Farm hinterlassen, aber kein Geld. Pa

muss sich schon Geld von der Bank borgen, um die Gästehäuser zu bauen. Selbst wenn er bei diesem Projekt durchhält, könnte es Jahre dauern, bis wir den Kredit zurückgezahlt und ein bisschen Geld übrig haben.« Sie seufzte. »Nein. Wir stehen jetzt nicht besser da als vorher, fürchte ich.«

Koba stieß zu ihnen. Sie schien einen grauen Schal mit blauen Flecken und Federn daran zu tragen. Als sie näher kamen, erkannten sie, dass sie zwei Perlhühner über die Schultern gelegt hatte.

»Wie ich sehe, hast du dir bereits dein Abendessen besorgt. Gut gemacht, Koba.« Das Mädchen sah Marta ernst an. »Äh ... ich sammle diese, schau ...« Sie zeigte ihr den Inhalt des Korbs. »Diese rote Blume nennen wir ›Gerbera‹; die Blüte einer Wildbirne hast du vielleicht schon einmal gesehen ...«

Koba nickte, denn sie entnahm Martas Verhalten, dass Leopardenfrau heute entspannt war, ohne den Schmerz, der einen Pfeil zwischen ihre Augenbrauen zeichnete. Also ein guter Zeitpunkt, um ihre Allianz zu stärken. Sie blickte sich nach einer Gabe für den Korb um. Sie zupfte einen kleinen Zweig von einem Dornbaum und deutete auf die rosa und gelb gefärbten Blütenkätzchen, die daran hingen.

Marta strahlte sie an. »Ja! Ja, Kalahari-Weihnachtsbaum, Dichrostachys cinerea – dichrostachys heißt er wegen seiner zweifarbigen Blüten.« Sie sah die Grimasse ihres Sohnes, ignorierte sie aber – sie würde später ein Wörtchen mit ihm reden. »Die Tsonga nennen diese Pflanze ›Quasten für den Hut des Häuptlings‹ ...«

»*Muti*«, sagte Koba und richtete den Unterarm mit gewölbter Hand auf wie eine drohende Kobra.

»Oh, gegen Schlangenbisse. Ja, ja, ich verstehe.« Zu ihrem Sohn sagte Marta: »Sie kennt sicher alle möglichen Heilpflanzen. Und ich wette, sie könnte dir auch beibringen, Perlhühner mit einer Schlinge zu fangen.«

Als bräuchte ich irgendein verflixtes Mädchen, das mir etwas beibringt, dachte Mannie. Marta bemerkte sein finsteres Gesicht. »*Ag*, meine Füße. Ich muss mich hinsetzen. Suchen wir uns einen Platz am Fluss.«

Sie brauchten nicht weit zu gehen. Sobald Marta das Blätterdach eines Mahagonibaums abgesucht und sich vergewissert hatte, dass es frei von Leoparden war, ließen sie sich in seinem Schatten nieder. Mannie spielte verdrießlich mit einer dicken hölzernen Hülse herum, die er gefunden hatte. Er brach sie entzwei und legte kleine Kammern für acht scharlachrote Samen mit schwarzen Spitzen frei.

Seine Mutter stupste ihn sacht mit der großen Zehe an. »Zeig sie ihr«, sagte sie.

Widerstrebend reichte er Koba einen Samen. Marta stupste ihn erneut an. »Korallenbaum«, nuschelte er.

Koba drehte den Samen auf ihrer gelben Handfläche herum. Das war ein hübsches Ding, das sich an einer Halskette gut machen würde. Sie ignorierte den mürrischen Jungen und begann, diese Hülsen selbst für sich zu sammeln.

Marta ließ die beiden einander ignorieren. Sie würden schon noch Freundschaft schließen. Grüne Schösslinge spitzten aus der Erde hervor, der Rote Flammenwein ergoss sich üppig zum Flussufer hinab, und die Wangen ihres Sohnes hatten einen rosigen Schimmer. Zum ersten Mal seit diesem Jagdausflug sieht er wieder gesund aus, dachte sie. Und Koba ebenfalls – schimmernde Haut, klare Augen, keine kahlen Stellen in ihrem Schopf wolliger Haare. Offenbar konnte sie sich gut ernähren, Gott sei Dank. Es fiel Marta schwer, dem Drang zu widerstehen und sie aus ihrer Küche zu versorgen, vor allem, da Deon diese Entscheidung immer wieder in Frage stellte.

Sie hatten am Küchentisch gesessen, und die Atmosphäre zwischen ihnen war immer noch angespannt gewesen. Selina, ihr Hausmädchen, räumte den Tisch ab. Sie hatte angemerkt, dass die Tsonga auf der Farm nicht glücklich damit waren, die »Gelbe« in ihrer Nähe zu haben, aber Marta sagte nichts dazu.

»Sie haben recht«, erklärte Deon. »Ein wildes Kind, mit Fellstücken bekleidet, das sich sein eigenes Essen jagt, ist heutzutage wirklich sehr merkwürdig. Was hast du dir nur dabei gedacht, sie hierher zu bringen? Ich meine, am Ende wird sie noch zur Touristenattraktion.«

Marta errötete vor Zorn. »Glaubst du ernsthaft, dass ich das zulassen würde? Begreifst du denn nicht, dass ich nur versuche, das Richtige für dieses kleine Mädchen zu tun?« Sie sah Deon an, und ihre grünen Augen blitzten wie Smaragde im Schaft eines gezückten Dolchs. Selina huschte so rasch hinaus, wie es ihre gewaltige Leibesfülle zuließ, und Deon starrte mit blassem, schmalem Gesicht auf die Tischplatte hinab. Marta versuchte, ihre Wut zu zügeln; Aufregung konnte nicht gut für das Baby sein. »Ich glaube, es ist das Beste für Koba, wenn wir dafür sorgen, dass sie ihre Khoisan-Lebensweise nicht verliert, bis wir sie nach Hause bringen können.«

Deon schob seinen Stuhl zurück. »Nach Hause bringen, so? Und mit was sollen wir die Zugfahrkarte bezahlen? Die Bauarbeiten verschlingen jeden Penny, den wir haben ... und dazu noch viele, die wir nicht haben.«

Martas Lippen waren schmal vor Anstrengung, ruhig zu bleiben, als sie erwiderte: »Aber irgendwann ...«

»Irgendwann wird sie ein elender, zahmer Buschmann werden, genau wie die auf Sukses.« Deon stand auf. »Sieh es ein, Marta. Du kannst ihr ebenso gut ein *doek* aufsetzen und sie bei den Tsonga unterbringen. Zumindest könnte sie ein bisschen mitarbeiten.«

Marta stand ihm am Tisch gegenüber. »Nein! Sie ist kein Dienstbote. Es wird uns keinen Penny kosten, sie hierzubehalten; sie wird sich vollständig selbst versorgen, du wirst schon sehen. Ihr Volk lebt schon seit langer Zeit in einer Landschaft, die wesentlich weniger Nahrung und Wasser bietet, als wir hier haben. Und sie haben überlebt. Seit Tausenden von Jahren. Sie wird sich anpassen. Sie ist ein Buschmann.«

»Sie ist ein Kind.«

Das brachte Martas Entschlossenheit ins Wanken. Aber sie musste stark bleiben, um des Mädchens willen. »Überlass du ihr Wohlergehen ruhig mir. Ich werde mir etwas überlegen, sobald das Baby geboren ist.«

Am selben Nachmittag setzte sie sich hin und schrieb an einen Verlag, der Bücher über die Flora Südafrikas herausbrachte. Sie schickte den Leuten einige ihrer Zeichnungen mit und erkundigte sich, ob sie vielleicht Aufträge für sie hätten. Wenn sie Arbeit bekäme, könnte sie mit dem Geld Kobas Heimfahrt bezahlen. Sie wusste, dass Deon beisteuern würde, so viel er konnte, wenn sich die Gemüter wieder beruhigt hatten. Er bellte wesentlich heftiger, als er jemals beißen würde. Und selbst das Gebell war leichter zu ertragen, gestand sie sich ein, weil er so mit seinem Bauprojekt beschäftigt war.

Nun, da sie am Flussufer saß, überlegte Marta, ob sie noch einmal an den Verlag schreiben sollte. Es waren zwei Wochen vergangen, seit sie ihre Zeichnungen eingesandt hatte. Vielleicht waren sie in der Post verloren gegangen? Ja, sie musste sich darum kümmern, ehe das Baby kam.

Sie holte zwei Orangen aus ihrer Tasche und schälte sie. Dann reichte sie jedem Kind eine.

Koba schnupperte an ihrer Frucht. *Yau*, köstlicher Geruch! Ohne sie erst in Stücke zu zerlegen, biss sie in die orangerote Kugel. *Yau-yau-yau!* Das war wie Affenorangen, aber viel, viel besser. Saftig, sauer und fleischig, alles auf einmal. Sie ließ sich den Saft über die Hände und Unterarme rinnen und schob sich die Frucht mit beiden Händen auf einmal in den Mund. Ihre Wangen blähten sich, und ihre Augen tränten von der Anstrengung, einen so großen Bissen zu kauen und zu schlucken.

Mannie begann zu lachen.

»Manfred«, knurrte Marta und sagte dann freundlich zu Koba: »Iss noch eine Orange.«

Koba schälte sie, kochend vor Wut. Froschjunge hatte sie ausgelacht. Wie konnte er es wagen, der er viel-viel und eine Familie hatte. Sie zielte sorgfältig, bog einen Orangenschnitz zwischen Daumen und Zeigefinger und drückte darauf. Wie sie erwartet hatte, funktionierte es bei dieser /Ton-Orange noch besser als bei Affenorangen. Froschjunge verzog das Gesicht und rieb sich das Auge. Gut, dachte Koba. Dann brannte es nur umso mehr.

»Koba«, sagte Marta und schnappte nach Luft, »das hast du mit Absicht gemacht!« Koba lachte und gab damit den Blick auf unzerkautes Orangenfruchtfleisch in ihrem Mund frei.

Mannie beugte sich vor und versetzte dem gemeinen Buschmädchen mit beiden Händen einen Stoß gegen die Brust.

Koba hatte nicht jahrelang mit anderen Jungen und Mädchen in ihrem Lager gerungen, ohne dabei etwas zu lernen. Sie packte seine Hände, rollte sich rückwärts ab und riss ihn damit aus dem Gleichgewicht.

»Hört auf, ihr beiden!« Doch der Kampf war nun in vollem Gange. Die beiden rauften miteinander, Mannie knurrte, Koba fauchte, sie wälzten sich im Staub, kullerten dann das steile Ufer hinab und landeten mit zwei lauten Platschern in einer kleinen Bucht.

»Krokodile!«, kreischte Marta und kletterte ihnen hinterher. Aber sie sah gleich, dass das Wasser zu flach war, um ein großes Reptil zu verbergen.

Die Kinder blickten betreten drein, als sie sie schalt. Dann wechselten sie aus den Augenwinkeln einen Blick und grinsten.

Marta entging nicht, wie sie nun dasaßen, so dass sich ihre Arme beinahe berührten – vor lauter Matsch war gelbliches Braun nicht mehr von Weiß zu unterscheiden.

Marta verzog das Gesicht. Eine starke Wehe, falls es denn eine war. Sie musste das Baby doch gewiss noch ein paar Wochen austragen? Sie spielte mit dem leeren Blatt Papier vor sich herum und entschied, dass sie zeichnen sollte. Die Blumen welkten schon. Aber ihre Hände waren geschwollen – sie würde einen Bleistift oder Pinsel nur ungeschickt führen können. Ihr Magen fühlte sich hohl an, als hätte sie großen Hunger, aber sie konnte noch nicht einmal den Gedanken an Essen ertragen. Ihr war zu übel dafür. Sie stand auf, beugte sich vor, um ihrem schmerzenden Rücken Erleichterung zu verschaffen, und setzte sich wieder, aber sie fand keine Ruhe.

Wie eine trächtige Hündin, die einen Platz zum Werfen sucht, dachte sie. Vielleicht habe ich mich doch verrechnet?

Dann bemerkte sie Nässe zwischen ihren Oberschenkeln. War die Fruchtblase geplatzt? Sie schnappte sich ein Geschirrtuch, schob es unter ihren Rock und tupfte sich die Schenkel trocken. Ein leicht rosiger Fleck war auf dem Tuch zu sehen. Es geht los, dachte sie in wachsender Aufregung. Nicht mehr lange, und sie würde sie kennenlernen; es war eine sie, das wusste sie einfach.

Qualvolle Stunden und zahlreiche Wehen später sah Marta zu ihrem Schrecken, dass das frische Laken, das sie aufgezogen hatte, mit einem grünlich-schwarzen Schleim bedeckt war. Mekonium? Ihre Wehen lagen immer noch mehr als zehn Minuten auseinander. Das Baby war in Gefahr.

Sie wankte zur Schlafzimmertür und rief nach Mannie, der im Flur Murmeln spielte. »Bitte, bitte, hol deinen Pa. Schnell, mein Junge.«

Eine Woche später sah Koba Mannie neben einem kleinen, frisch ausgehobenen Grab stehen. Er schwankte wie ein Schössling in einer steifen Brise. Aha, Leopardenfraus Baby, dachte Koba. Sie schlich sich davon. Er stand an einem schlechten Platz, windabwärts von den Gräbern. Der tote Geist würde ihn anwehen und ihn krank machen. Vielleicht war Froschjunge schon krank? Er sah dünn aus und hatte ängstliche Augen.

Aber wo war Leopardenfrau? Koba hatte sie nicht draußen gesehen. Nur Hyänen-/Ton, und der pfiff nicht mehr, während er mit den Männern Hütten baute. Koba begann sich zu sorgen, »Mata« könnte krank irgendwo liegen, und bald würde ein weiteres, größeres Grab erscheinen. Wie sollte sie dann je wieder nach Hause kommen?

Das Mädchen kletterte auf den Ebenholzbaum. Von hier aus hatte sie eine gute Aussicht auf den kleinen Friedhof. Sie beobachtete den Jungen. Seine Haut war blass, als sei er nicht mehr viel draußen in der Sonne gewesen. Pflegte er seine kranke Mutter? Koba spürte Gewissensbisse. Sie hatte gewusst, dass Leopardenfrau mit dem Baby kein Glück haben würde. Sie hatte sogar Zuma von ihren Sorgen erzählt. Ihre Großmutter hatte ihr erklärt, dass sie in dieser Sache nichts tun konnte. Das Mädchen-Baby war zu schwach für die Welt.

Als Koba den Jungen so verloren dastehen sah, kam sie zu dem Schluss, dass man als /Ton sehr einsam sein musste. Sie lebten in so kleinen Gruppen und blieben viel zu viel unter sich. Nach allem, was sie bisher hatte beobachten können, hatte ein /Ton-Kind nur eine Mutter und einen Vater. Ju/'hoansi-Kinder hatten einen ganzen Stamm voll. Wenn die Frauen und Kinder zum Sammeln ausgezogen waren, hatte sie es als Kleinkind in der Schlinge einer Tante oder Cousine ebenso behaglich gehabt wie in der ihrer eigenen Mutter. Wenn sie müde oder verletzt oder einfach traurig war, konnte sie bei jedem Erwachsenen und jedem älteren Kind in ihrem *n!ore* Trost suchen – sogar als sie schon viel zu groß war, um getragen zu werden. Und da Großmutter nie weit weg war, hatte sie N#aisa kaum gebraucht.

Eine Bronzeflecktaube rief über das Veld, eine traurige, kurze Melodie, von der Kobas Großmutter gesagt hatte, das sei ein Klagelied für tote Kinder. Das Mädchen riss sich aus seinen Gedanken. Die /Ton waren Schuld daran, dass sie keine Mutter mehr hatte und an diesem hässlichen Ort sogar noch einsamer war als sie. Warum vergeudete sie ihr Mitleid an diese Leute?

Sie kletterte so schnell von dem Baum, dass sie sich das Schienbein aufschabte. Als sie sich quer über das Veld auf den Weg machte, hörte sie die Taube wieder klagen. Diesmal war sie sicher, dass der Vogel ihr zurief, Froschjunge sei nicht Schuld am Tod ihrer Eltern.

Koba zuckte mit den Schultern. Sie mochte ihn immer

noch nicht, aber es würde nicht schaden, ihn nah an ihren Augen zu behalten.

Das war nicht schwierig. Am nächsten Morgen begann Mannie ihr zu folgen, als sie sammeln ging. Sie hielt inne und kniete sich langsam nieder, um an einem Felsen zu lecken, damit er sie einholen konnte. Sein Schatten fiel über sie.

»Was machst du da?«, fragte er.

Sie glaubte zu verstehen. Sie versuchte es mit einem Mata-Wort, »schmecken«. Dabei zeigte sie auf die weißen Ablagerungen auf dem grauen Stein.

»Was ist das?«

Sie kratzte mit dem Fingernagel ein bisschen davon ab. »*Ihn*«, sagte sie und bot ihm das Salz an. Er tupfte ein wenig auf seine Zungenspitze und spuckte es hastig wieder aus. Koba lachte. Mannie runzelte finster die Stirn.

»Du brauchst das nicht von Felsen zu lecken, weißt du? Ganz in der Nähe gibt es ein Salzwerk. Die Tsonga bauen es dort schon seit ewigen Zeiten ab.« Er brach ab. Das Mädchen hatte wenig von dem verstanden, was er gesagt hatte. »Hör zu«, versuchte er es noch einmal, »du mögen?« Er zeigte auf die Ablagerung. Koba nickte heftig. »Wenn ich dir Salz bringe, gibst du mir dann Honig?«

Koba verstand das /Ton-Wort »Honig«. Den zu bekommen, war auf Impalala im Gegensatz zur Kalahari kein Problem. Dort waren ungeplünderte Nester schwer zu finden. Hier landete oft ein Honiganzeiger vor ihr auf einem Zweig und gab seinen ratternden »Schnell-schnell,

Honig-schnell«-Ruf von sich. Dann flatterte er herum, um ihre Aufmerksamkeit zu erregen, flog tief davon und versuchte, sie in die Richtung eines Bienennestes zu führen. Manchmal folgte sie einem und räucherte die Bienen aus, nur, um dem Vogel einen Gefallen zu tun. Das war eine lange Aufgabe, die man am besten ganz früh am Morgen unternahm, wenn die Bienen wegen der Kälte noch unbeweglich waren; trotzdem waren ein paar Stiche unvermeidlich.

Sie mochte zwar keinen Honig, kaute aber trotzdem manchmal auf einem Klumpen Bienenwachs herum und erinnerte sich, wie sehr ihr Vater Honig geliebt hatte. Tami wäre stolz auf sie, wenn er sehen könnte, wie gut es ihr inzwischen gelang, ein Nest auszuräumen, und dass sie nicht vergaß, den Vogel zu belohnen. Der mochte die Bienenlarven im Wachs, also warf sie die Wachsklumpen hinterher immer dem Honiganzeiger hin.

Tami hatte ihr die Geschichte vom alten Dàbè erzählt, einem gierigen Mann, der alles Bienenwachs aufaß und dem Vogel nur ein wenig flüssigen Honig hinterließ. Auf dem Heimweg war Dàbè auf eine Puffotter getreten. Er hatte nie wieder auf einen Baum klettern können, um Honig zu stehlen.

Koba neigte den Kopf zur Seite und überdachte Mannies Vorschlag. Salz im Überfluss war ein paar Stiche von den Summenden wert.

Ein paar Tage später überreichte sie ihm einen Schildkrötenpanzer voller Honig. Sie sah zu, wie Mannie zwei Finger hineinstippte, die tropfende Flüssigkeit rasch mit dem Mund auffing und sich dann mit geschlossenen Augen die Finger ableckte. Rasch schlug er die Augen wieder auf. »Entschuldigung.« Er hielt ihr den Panzer hin. »Möchtest du?«

Sie schüttelte den Kopf.

Bald tauschten die Kinder nicht nur Salz gegen Honig, sondern alles, was Mannie aus dem Haus stibitzen konnte – eine Decke gegen ein paar Krokodileier, in denen die winzigen lebendigen Reptilien quiekten, eine Schachtel Streichhölzer gegen eine Puffotternhaut, einen kleinen Becher gegen einen Abend an Kobas Feuer. Jeder gab dem anderen Dinge, die für ihn selbst nicht viel wert waren, ohne zu ahnen, wie kostbar dem jeweils anderen dieses Geschenk war.

»Ma ist aus dem Krankenhaus zurück. Aber sie will ihr Zimmer nicht verlassen. Würdest du sie besuchen? Pa sagt, du könntest sie vielleicht aufmuntern.«

Koba verstand grob, worum Mannie sie bat, aber noch interessanter für sie war, was es ihn kostete, ihr diese Bitte vorzutragen. Er konnte ihr nicht in die Augen sehen, und seine Finger zwirbelten an einem Zipfel seines sandfarbenen Hemdes. Sie wusste, dass es ihm nie gefallen hatte, wenn seine Mutter Zeit mit ihr verbrachte. Oft hatte er sich zwischen sie und Mata gedrängt und gezwitschert wie ein Honiganzeiger, um die /Ton-Frau abzulenken, wenn sie mit ihr sprach. Jetzt bettelte er darum, dass sie die Frau besuchen ging.

»Wenn du kommst, gebe ich dir Wassermelone – die-

167

ses rosarote Essen.« Koba verzog das Gesicht. Sie hatte das Essen probiert – viel zu süß für sie.

»Ich weiß was«, sagte Mannie, und seine Miene hellte sich auf, »ich gebe dir eine Avocado. Wir haben einen Baum hinter dem Haus. Ich suche dir eine reife. Avos schmecken sehr lecker mit Salz. Du wirst sie mögen. Aber du musst mit mir ins Haus kommen.«

Koba zögerte vor der Tür zum Farmhaus. War es sicher, diesen /Ton-Ort zu betreten? Er war dunkel wie eine Höhle, aber er stank. Ein stechender, wachsiger Geruch, aber nicht von richtigen Bienen. Und da war die dicke, schwarze Frau, die sie immer böse anstarrte; sie hockte auf Händen und Knien da und rieb den Boden. *Yau*, sie war es, die diesen scheußlichen Gestank verbreitete, mit dieser Paste aus ihrem Topf. War das Avocado? Sie würde das nicht essen.

»Komm schon«, rief Froschjunge aus der Düsternis.

Koba trat ein, ohne die dicke, schwarze Frau anzusehen.

Selina hörte auf, den Boden zu wienern, lehnte sich in die Hocke zurück und starrte das Buschmädchen an. Vielleicht war die Gelbe so verrückt, wie im *kraal* getuschelt wurde? Die Ahnen allein wussten, was ihr Mann Gideon sagen würde, wenn er aus den Minen zurückkam. Er hatte immer eine Menge über die MaSarwa zu erzählen, Geschichten aus den alten Zeiten, als MaSarwa-Giftpfeile Tsonga getötet hatten. *Huw*, die weißen Leute waren verrückt, diese gefährliche Person in ihr Haus einzulassen. Sie schüttelte den Kopf und polierte weiter.

Deon erschien aus der Schlafzimmertür. »Ist schon gut. Keine Angst«, sagte er, nahm Koba bei der Hand und führte sie in Martas Zimmer.

Koba war überrascht vom Anblick der /Ton-Frau, die einen dicken Hals und ein angeschwollenes Gesicht hatte, als wäre sie von einem ganzen Schwarm Bienen gestochen worden. Sie drückte sich ein winziges rosafarbenes Kleidungsstück an die Brust.

Sie ist so-so weiß, sogar ihre Flecken sind verblasst, dachte Koba. Und das Licht ist aus ihrem Haar verschwunden. Das ist nicht Leopardenfrau.

Marta starrte Koba an, als könne sie sich nicht daran erinnern, wer sie war. Koba nutzte die Gelegenheit, um sich in dem Zimmer umzuschauen; sie sah Zebrastreifen, wo sich Sonnenlicht durch die Fensterläden schlich, sah ein Dach himmelhoch über ihrem Kopf, sah einen Schlafplatz mit vier Klauenfüßen, die ihr sicher Albträume bereiten würden. Der Raum roch nach Schweiß, Erbrochenem und Traurigkeit. Sie zuckte zusammen, als Deon zur Tür ging, und der Dielenboden protestierte.

»Mach es dir gemütlich«, sagte er und deutete auf einen Stuhl, der das Fell eines zahmen Tieres trug. Dann verließ er das Zimmer.

Koba hörte das Bett stöhnen, als Marta sich darin umdrehte.

»Er gibt mir die Schuld, weißt du? Er hat es nicht laut gesagt, aber ich merke es an der Art, wie er mich ansieht.« Sie stemmte sich auf einen Ellbogen hoch und starrte unter Strähnen verwelkt aussehenden Haares hervor. »Er braucht mir nicht auch noch Schuldgefühle zu machen. Ich bin ohnehin schon krank vor Schuld.« Sie ließ sich zurückfallen und starrte an die Decke.

Koba fragte sich, was sie tun sollte. Die meisten von Martas Worten waren ihr ein Rätsel – zu fremd, zu schnell, als beherrschten böse Geister die Zunge der /Ton-Frau. Man sollte einen Medizintanz für sie abhalten. Ein *n/omkxaosi* sollte in Trance gehen und den Schmerz austreiben.

»Ich war leichtsinnig.« Martas Stimme war leise. »Es gab Anzeichen – ich habe sie ignoriert.« Gereizt verschob sie ihre Beine unter der Decke. »Tja, ich bin keine Hebamme, und es war so viel los: Etiennes Unfall« – sie richtete sich auf und lächelte beinahe – »und du warst da, und wir mussten dich hier ansiedeln. Was waren da schon ein paar Kopfschmerzen und geschwollene Füße? Der Arzt hat jedenfalls gesagt, dass es nicht meine Schuld war. Sie wäre ohnehin gestorben. Aber das hilft mir nicht ...« Marta legte sich langsam wieder hin. Nach einer Stille, während der das lauteste Geräusch von einer Schmeißfliege kam, die zwischen dem Insektengitter und dem Fenster gefangen war, begann sie zu weinen.

Koba setzte sich auf den Boden. Mit Trauer kannte sie sich aus; die brauchte Begleitung. Sie stimmte ein wehklagendes »Ihay-oh« an, wie einen Kontrapunkt zu Martas Schluchzen, doch sie sah die Frau nicht an. Ihre Rolle bestand nicht darin, zu sehen. Jetzt war es wichtig, der Frau zu helfen, eine Last zu tragen.

Zeit verging. Koba wiegte sich und setzte ihr hypnotisches Summen unaufhörlich fort, ohne je Geschwindigkeit oder Lautstärke zu variieren, bis Marta sich beruhigte.

Schließlich setzte Marta sich auf, strich sich das Haar aus dem Gesicht und sah Koba mit klarem Blick an. »Das Baby, Ingrid, wäre gut für Deon und mich gewesen. Jetzt weiß ich nicht, was geschehen wird ...« Ein langer, bebender Seufzer. »Ich wollte dieses Baby so sehr, dass ich mir sogar das Stricken beigebracht habe!«

Marta griff nach dem rosa Jäckchen und lachte unnatürlich schrill. »Ich habe zwei linke Hände, wenn es um Hausfrauenangelegenheiten geht, weißt du? Selina erledigt das Kochen. Das Flicken ...« Sie zuckte mit den Schultern und lächelte traurig. »Na, du hast ja gesehen, welche Mühe ich mit deinem Kaross hatte. Ich bin ohne eine Mutter aufgewachsen, die mir all das hätte zeigen können, weißt du? Aber ich wusste, dass das Baby ein Mädchen wird, also habe ich mir ein Strickmuster und rosa Wolle gekauft ...« Sie hielt das winzige Jäckchen hoch. »Zu ehrgeizig für eine Anfängerin, dieses Zopfmuster, aber ich dachte, ich würde das schon irgendwie hinbekommen. Selina hat mir die Grundlagen beigebracht, eine Masche rechts, eine links, aber sie hatte noch nie ein solches Muster gesehen.

Ich hätte zu der Frau im Wollgeschäft gehen und sie um Hilfe bitten können. Aber ich habe mich nicht getraut. Sie ist von der Sorte ›Frauenvereinigung‹ – du weißt schon, sehr traditionell. Na ja, es war mir peinlich, zuzugeben, dass ich nicht stricken konnte. Alle Frauen hier können das. Sie nähen auch immer noch die Hemden für ihre Männer und backen für das Kirchenpicknick.«

Koba verlagerte ihr Gewicht von der linken auf die rechte Pobacke. Ihr Blick wanderte über die mit Blumen gemusterte Wand hinter Martas Kopf.

»Es tut mir leid.« Marta drückte sich die Finger auf die blutlosen Lippen. Sie redete zu viel, und sie redete obendrein auf eine Person ein, von der sie nicht erwarten konnte, dass diese sie verstand.

Natürlich hatte sie daran gedacht, mit Deon zu sprechen, aber das war ihr unmöglich, obwohl er sie so umsorgte – er schüttelte ständig ihre Kissen auf, flößte ihr löffelweise Brühe ein, stellte frische Blumen auf die Frisierkommode – und die ganze Zeit über brach auch ihm das Herz. Sie war einfach nicht stark genug, auch seine Trauer mitzutragen. Sie spürte, wie ihre Unterlippe zitterte, und wusste, dass sie gleich aus Selbstmitleid weinen würde.

Koba kam ans Bett und griff nach dem Jäckchen. »Gut«, sagte sie ernst.

Marta blinzelte. Ein Wort, ein Afrikaans-Wort. Sie schluckte, putzte sich die Nase und trocknete ihre Tränen. Automatisch begann sie ihr wirres Haar zu flechten und an all die Dinge zu denken, die sie Koba jetzt beibringen konnte.

Das Mädchen sah fasziniert zu. Zögernd streckte es die Hand aus und berührte den Zopf. Marta hielt ihn der Kleinen hin. Koba befühlte die seidige Spitze. Das Haar war weicher, als sie erwartet hatte. Überhaupt nicht wie Gras. Und sie konnte silbrige Strähnen sehen, wo vorher Gold gewesen war. Sie ließ den Zopf fallen, trat zurück und lächelte Marta traurig an.

Als sie das Haus verließ, drückte Mannie ihr eine Avocado in die Hand und etwas Salz in einem Papiertütchen.

Nach diesem Tag ging Koba oft in das Haus und setzte sich zu Marta. Sie wanderte im Zimmer umher, während Marta sprach, betrachtete Dinge und berührte sie auch, als sie mutiger wurde – die weiche Matratze, auf der sie zu gern liegen würde, die Bettwäsche, die sich so fein anfühlte. Martas Schildpattbürste amüsierte sie, aber das Wundersamste war der Spiegel auf dem Frisiertisch. Sie starrte stundenlang hinein, schnitt Grimassen und betrachtete sich von allen Seiten in den Spiegelflügeln links und rechts.

Marta machte es nichts aus, mit Kobas Hinterkopf zu reden. Es lag eine gewisse Freiheit darin, von jemandem gehört zu werden, der einen nicht verstand und sich nicht genug für das interessierte, was man sagte, um es auch nur zu versuchen. Also entspannte sie sich und ließ Koba an ihren widersprüchlichsten, unlogischsten und sogar kleinlichsten Gedanken teilhaben. Davon fühlte sie sich besser. Langsam verebbte die wahnsinnige Trauer. Sie war nicht mehr ganz so mit sich selbst beschäftigt und begann, Fragen zu stellen, die Koba verstehen konnte – über Essen, Wetter und Tiere des Velds. Ein holpriger Dialog begann.

Später, als es Marta wieder so gut ging, dass sie Koba in der Küche empfangen konnte, hatte das Mädchen die größte Freude daran, den Wasserhahn auf- und zuzudrehen. *Yau*, die Macht zu haben, mit einer leichten Drehung der Hand Wasser herbeizurufen, dachte sie. Sie schob ihren ganzen Kopf unter den üppigen Strahl, schlabberte ekstatisch das kühle Wasser und kam mit einer Krone flüssiger Diamanten wieder darunter hervor.

Marta berührte die elastischen Spitzen der »Krone« und lachte, selbst überrascht darüber, dass es noch Dinge gab, an denen sie sich freuen konnte.

Der Sommer war schon fast vorüber, als Marta sich gut genug fühlte, um draußen zu sitzen. Deon stellte einen Korbstuhl in den tiefen Schatten des alten Avocado-baums und half ihr dorthin. Sie lehnte sich behaglich an ihn. Seltsam, wie ihre Schwäche ihm Kraft zu geben schien, dachte sie. Es war, als hätte Ingrids Tod ihn nüchtern gemacht, und zwar auf Dauer.

Er machte es ihr in dem Stuhl bequem und ging. Während sie beobachtete, wie er vom Schatten in die helle Sonne trat, wurde ihr klar, dass die Veränderung vermutlich mit Etiennes Tod begonnen hatte; sie war nur zu abgelenkt gewesen, um sie zu bemerken.

Sie blickte in das Blätterdach des alten Avocadobaums. Er war älter als das Haus, höher als das Windrad und beherbergte eine Kolonie Webervögel mit Hunderten von birnenförmigen Nestern.

Marta hatte an diesem Nachmittag an Lettie schreiben wollen. Sie hatte einen der seltenen Briefe von ihrer Schwägerin erhalten – war sie überhaupt noch ihre Schwägerin?, fragte sich Marta –, in dem sie Marta ihr Beileid ausdrückte. Der Brief endete mit einem Postskriptum, in dem Lettie sie ermahnte, daran zu denken, dass Trauer einen rascher altern ließ.

Marta kicherte. Aber wie sollte sie diesen Brief takt-voll erwidern, vor allem, da Lettie sich offensichtlich Sorgen um ihren Sohn machte und Marta das Gefühl hatte, ein paar aufmunternde Worte wären hoch will-kommen? Das Problem war nur: Sie glaubte nicht, dass André je aus dem herauswachsen würde, was seine Mut-ter als »Wildheit« bezeichnete. Der Junge war ein Roh-ling, und das konnte nur noch schlimmer werden, da er nun auch noch Macht besaß.

Sie seufzte. Sie fühlte sich der Aufgabe, diplomatisch zu sein, noch nicht gewachsen. Es war ihr lieber, einfach herumzusitzen und nachzudenken, meistens über Koba.

Vielleicht hatte Deon recht? Vielleicht sollte sie Koba nicht von allen absondern? Aber ihre Wildheit war et-was Besonderes. Marta glaubte, dass sie dem Kind eine tiefe Einsicht in die Natur gewährte, die andere längst verloren hatten.

Gereizt schlug sie nach einer Fliege, die ihr um den Kopf schwirrte. Deon hatte ihr vorgeworfen, sie behandle Koba wie etwas aus einem *Tarzan*-Film – eine edle Wilde. Das war natürlich Unsinn. Wenn überhaupt, dann be-handelte sie Koba vermutlich mehr wie ein Familienmit-glied, wie eine Tochter vielleicht.

Hatte Mannie deshalb so verärgert reagiert, als sie gestern beim Abendessen erwähnt hatte, dass sie begon-nen hatte, Koba das Lesen beizubringen?

»Ich dachte, du wolltest sie nicht verzärteln«, hatte Mannie sie angefahren.

Da sie sich zu zerbrechlich für jede Konfrontation fühlte, hatte sie ihm die Frechheit durchgehen lassen.

»Na ja, ich habe mir gedacht, dass Koba vielleicht aus einem bestimmten Grund zu uns geschickt wurde. Vielleicht soll ich ihr Bildung vermitteln und ihr unsere westliche Art zu leben zeigen. Wenn ich sie dann zu ihren Leuten zurückschicke, wird sie in der Lage sein, ihnen zu helfen.« Sie lächelte die beiden Männer schmeichelnd an. »Versteht ihr, ich glaube allmählich, dass Pa recht hat und die Khoisan nicht ewig von der Zivilisation unberührt bleiben können, selbst weit draußen in der Wüste. Aaalso«, sagte sie und wickelte sich eine Haarsträhne um den Finger, »wäre es nicht besser, wenn jemand aus ihrem Volk sich mit der westlichen Welt vertraut macht und dann nach Hause geht, um den anderen zu helfen ...?«

Marta ertappte Deon und Mannie dabei, dass sie einen Blick wechselten und die Augen verdrehten.

Sie stellte fest, dass sie eifersüchtig auf die neu gefundene Nähe der beiden war. Sie hatte gesehen, wie Mannie als Erstes zu Deon ging, wenn er von der Schule nach Hause kam. Sie beobachtete, wie die beiden gemeinsam auf der Baustelle herumliefen und redeten und lachten. Mannie erzählte ihr nie, worüber sie sprachen. Für sie hob Mannie sich die Geschichten aus seinem Schulalltag auf: welches Buch sie gerade lasen, was die gehässige kleine Katrina Botha von der Nachbarsfarm diesmal im Schulbus angestellt hatte.

Marta erkannte, dass sie am entspanntesten war, wenn sie Zeit mit Koba verbrachte, dem Mädchen aus einem von Mannies Märchenbüchern vorlas oder sich Ju/'hoansi-Mythen in Kobas weicher Muttersprache anhörte. Die außerordentliche Vielfalt an Klicklauten, die das Mädchen benutzte, faszinierte Marta beinahe ebenso sehr wie ihre geschickte Imitation der Tiere, die ihre Geschichten bevölkerten.

Deon kam in Sicht. Er erteilte den Arbeitern Anweisungen. Sie versammelten sich fröhlich und bereitwillig um ihn. Selbst die Männer schienen diesen neuen Deon zu respektieren, dachte Marta. Er war freundlich, aber bestimmt. Trotz seines verkrüppelten Beins hatte sie beobachtet, wie er Backstein um Backstein mit ihnen mithielt, als sie die Mauern eines Gästehauses hochgezogen hatten. Drei Rundhütten waren schon bis auf Dachhöhe fertig. Bald würden die Tsonga-Frauen das Gras schneiden und beginnen, die Dächer zu decken.

Marta spürte, wie etwas leicht auf ihre Schulter fiel – ein langer Strohhalm. Zweifellos hatte ihn einer der gefiederten Bauarbeiter fallen gelassen, die in der Nähe fleißig arbeiteten. Sie beobachtete ein hübsches Männchen, leuchtend gelb bis auf die schwarze Maske, das pingelig an seinem dicht geflochtenen Nest herumzupfte.

Genau wie Deon. Sie lächelte.

Dann hatte sie eine Idee. Wie wäre es, wenn sie Koba anbot, ihr das Haar zu einer der prächtigen Frisuren zu flechten, die sie auf den Köpfen der Tsonga-Frauen gesehen hatte, wenn einmal ein *doek* verrutschte?

Nun, da sie darüber nachdachte, wurde ihr klar, dass Koba vermutlich sogar ein Problem mit ihrem Haar hatte. Das Kind trug in letzter Zeit immer eine alte Wollmütze, die es nur auf irgendeinem Abfallhaufen gefunden haben konnte. Das Ding war voller Löcher und schmuddelig gelb. Marta hatte es schon in den Fingern gejuckt, es Koba vom hübschen Köpfchen zu ziehen. Damit sah sie so arm aus und – Marta suchte nach dem passenden Wort – vernachlässigt.

Ja, das war es! Seit die Kleine sich angewöhnt hatte, diese Mütze und eine von Mannies alten kurzen Hosen zu tragen – wo hatte sie *die* bloß her? –, sah sie richtig schäbig aus. Und wie ein Junge, trotz der winzigen knospenden Brüste.

Sie rutschte unbehaglich auf ihrem Stuhl herum. Die Sache war nur die – würde Koba ihr Haar überhaupt geflochten haben wollen?

Marta konnte sich nicht erinnern, je eine Khoisan-Frau mit einer kunstvoll geflochtenen Frisur gesehen zu haben, aber sie wusste, dass sie auch nicht dazu neigten, den Kopf zu bedecken wie andere afrikanische Frauen; sie trugen das Haar immer kurz geschoren, was ihre wunderschön geformten Köpfe zur Geltung brachte. Bedeckte Koba womöglich ihren Kopf, weil ihr Haar zu lang gewachsen war und sie keine Möglichkeit hatte, es zu schneiden?

O Gott. Marta schlug sich die Hände vors Gesicht. Sie war ja so dumm gewesen. So blind. Ja, das Kind war ein Khoisan – die Ju/'hoansi waren ihr Stamm, wie Marta inzwischen erfahren hatte –, aber Koba war auch ein Mädchen, ein Mädchen im Teenageralter, dem sein Aussehen sehr wichtig war und das sich nicht zu stark von anderen unterscheiden wollte. Sie brauchte eine Schere, einen Spiegel und ein Bad!

Wie konnte ich nur so dumm sein?, fragte sich Marta.

Und was sollte sie tun, um das bei Koba wiedergutzu-machen? Sie stand auf und begann, auf und ab zu gehen. Sie konnte Kobatjie ein paar Kleider kaufen. Einen Rock und einige Blusen. Ja, aber war das praktisch für jeman-den, der ständig draußen herumlief? Moment. Warum musste Koba eigentlich im Busch leben? Warum sollte sie nicht in das zusätzliche Schlafzimmer einziehen?

Marta eilte so schnell sie konnte ins Haus, um das Zimmer herzurichten.

Während sie arbeitete, erinnerte sie sich an eine erbitter-te Auseinandersetzung mit Deon an Kobas allererstem Tag auf der Farm. »Ich dachte, der Pasopkop wäre genau der richtige Ort für sie«, hatte sie gesagt, während Deon und Mannie ihre Reisetaschen abluden.

»Du meinst, du willst sie in einer Höhle hausen las-sen?«

»Da ist die Felszeichnung!«

»Na, dann ist es ja gut. Eine kleine Höhlenmalerei wird es ihr sicher sehr gemütlich machen.«

»Tja, was schlägst du denn dann vor?«, fragte Marta mit zusammengebissenen Zähnen.

»Bring sie zu Selina und den anderen in den Kraal.«

»Weißt du, ihr Buren erstaunt mich immer wieder. Ihr lebt in einem Land, von dem ihr glaubt, ihr gehörtet hierher, wisst aber nicht das Geringste darüber. Ich will es in Worten ausdrücken, die sogar du verstehen wirst: Kaffern mögen keine Buschmänner; Buschmänner ha-ben Angst vor Kaffern. Buschmänner *und* Kaffern mö-gen keine Buren ...«

Deon schleuderte einen Koffer aus dem Pritschenwagen. Er landete mit einem lauten Knall und wirbelte roten Staub auf. »Dann steck sie in die verflixte Küche«, brüllte er.

»Damit sie wie ein Hund vor dem Herd schläft?«, gab Marta zurück.

Er sprang ungeschickt von der Pritsche. »Nicht wie ein Hund«, knurrte er. Er nahm Marta beim Arm und zog sie von den Zuschauern weg, die sich vor dem Lager der Dienstboten versammelt hatten. »Ich dachte, wir hätten sie hierher mitgenommen, um ihre Situation zu verbessern. Sie braucht Essen, Kleider, eine Schulbildung – einen Namen, nur für den Anfang.«

»Etwas hübsch Christliches, nehme ich an?«

»*Jissus*, Weib! Es ist mir gleich, wie du sie nennst. Gib ihr irgendeinen Namen, tu irgendwas, damit sie menschlicher erscheint, normaler – damit sie dazugehören kann.«

Marta entriss ihm ihren Arm. »Bist du schon mal auf den Gedanken gekommen, dass sie möglicherweise schon einen Namen hat – einen ganz normalen Khoisan-Namen?«

»Den hat sie sicher, aber wie zur Hölle willst du herausfinden, wie der lautet?«

Sobald das Zimmer fertig war, machte Marta sich auf die Suche nach Koba. Das Mädchen saß im Ebenholzbaum, auf einem Ast mehrere Meter über dem Boden. Sie trug Mannies abgelegte Hose und ihre Wollmütze. »Sei vorsichtig, Kind«, sagte Marta, während sie zusah, wie Koba unbekümmert herunterkletterte und eine Handvoll gelblich-violetter Früchte mitbrachte. »Kann man die essen?«

Koba zuckte mit den Schultern und ließ sie in ihren Kaross fallen, den sie wie eine Schlinge über der Schulter trug. Er war ausgebeult von Rindenstücken und Wurzeln, die sie bereits gesammelt hatte. Außerdem lag ein angeschlagener Emaillebecher darin; Marta erkannte ihn, sie hatte ihn kürzlich weggeworfen. Beschämt wandte sie den Blick ab.

Koba wartete. Da war etwas in Martas Herzen, das merkte sie. Sie hoffte, das Zuhören würde nicht allzu lange dauern. Sie wollte noch ein paar Mantelpflaumen pflücken, ehe es dunkel wurde. Sie spielte an ihrer Schlinge herum, wartete noch ein paar Augenblicke ab und sagte dann: »Ich gehen.«

»Warte.« Marta kniete sich so abrupt vor sie hin, dass Koba erschrak. »Möchtest du bei uns einziehen? Ich meine, ins Haus? Wir könnten dir ein paar hübsche Kleider besorgen, und ich würde dir die Haare machen.« Sie zog die Mütze von Kobas Kopf. Ein dickes Büschel Haare kam darunter zum Vorschein, staubig und verfilzt. Sanft berührte sie es.

Koba schnappte sofort nach der Mütze und zog sie sich wieder über den Kopf. Was glaubte Mata eigentlich, was sie da tat?

»Koba, ich glaube, es war falsch von mir, dass ich bisher versucht habe, dich wie eine Ju/'hoan leben zu lassen. Komm und lebe in unserem *n/ore*.«

Nun begriff Koba. Mata wollte, dass sie die Höhle verließ, und dann wollte sie irgendetwas mit ihrem Haar tun. Sie berührte verlegen ihren Kopf. Ihr Haar musste geschoren werden, aber ohne eine Klinge und jemanden, der ihr half ... um solche Dinge wollte sie Froschjunge nicht bitten; sie wusste selbst nicht recht, warum.

Aber plötzlich war ihr klar, dass sie die Hilfe dieser Frau nicht wollte. Die Höhle war ihr Platz, den sie sich zu eigen gemacht hatte – mit viel Mühe. Ihr Haar gehörte auch ihr allein. Dabei hätte sie gern Hilfe gehabt, aber nicht von /Ton. Sie hatten ihr ihre Mutter weggenommen, ihren Vater, ihr *n/ore*, und nun wollte Mata auch noch ihre Ju/'hoansi-Haut. Leopardenfrau wollte sie aufessen, sie in ihre eigene Höhle locken.

NEIN! Nein-nein-nein! Sie hatten ihr genug weggenommen. Sie hasste sie. Wie hatte sie das vergessen können? Jetzt musste sie ihnen ein für alle Mal zeigen, wie sehr sie sie verabscheute. Sie kehrte Marta den Rücken zu, zog die kurze Hose herunter und hielt ihr den nackten Hintern vors Gesicht. Dann zog sie die Hose hoch, schnappte sich ihre Schlinge und stürmte über das Veld davon.

KAPITEL 12

Als Koba ein Jahr später versuchte, sich an Einzelheiten der Landschaft aus ihrer Wüstenheimat zu erinnern, kam es ihr vor, als spähte sie durch den silbrigen Schimmer wabernder Hitze. Sogar gewaltige Affenbrotbäume, unter denen sie stundenlang gesessen und Zumas Geschichten gelauscht hatte, waren für sie nur noch Gespenster. Alles, woran sie sich erinnerte, war sengender, blasser Himmel und die gelbe Sonne, die sich weiß verfärbte, während die Wüste buk und brannte. Ihre Erinnerungen an die Kalahari wurden von Tag zu Tag trüber, aber sie konnte sich immer noch kleine schwarze Gestalten vorstellen, die über die Sanddünen zogen.

Das Problem war nur, je länger sie hinschaute, umso schneller schienen sie zu verdunsten. Wie lange würden sie noch bei ihr sein?, fragte sie sich.

Irgendwo, weit draußen im Veld, klagte eine Bronzeflecktaube.

Weine nicht; du kannst fortfliegen, dachte Koba. Sie beobachtete einen Drongo, der auf einer nahen Karroo-Akazie landete; sein gespaltener Schwanz wippte auf und ab, um das Gleichgewicht zu halten, während der Vogel es vermied, sich selbst auf den weißen, langen Dornen aufzuspießen. Das, wusste sie, war es, was sie tun musste.

»Ich muss unter gefährlichen Dingen leben und leben, bis es leicht wird«, sagte sie in jener Nacht in der Höhle zu Zuma. Sie starrte das Wandgemälde an. Bald würden die Gestalten in dem Leben tanzen, das sie sich vom Feuer liehen. In seinem Flackern würden Giraffen über die Wand ziehen, Tänzer würden in den Schatten verschwinden, um gleich darauf von den Zungen des Feuers wieder ins Leben geleckt zu werden. Dies war ein wunderschönes Bild – noch besser als das am Verbotenen Teich. Sie liebte die Muster, die in den Fels geritzt waren – Linien, die sich wie bei einem Fischernetz überkreuzten oder Sechsecke formten wie Honigwaben. Sie erinnerten sie an die Bilder, die sie hinter ihren Augenlidern gesehen hatte, als ihre Großmutter ihr *gwa* gegeben hatte.

Es war bitter, und sie musste davon würgen, aber ihre Großmutter sagte, dass sie die Wurzel essen musste. Sie würde ihr in die Trance helfen. Koba war nicht in eine richtige Trance gefallen – dazu würde sie eine längere Ausbildung und einen Trommeltanz brauchen –, aber sie hatte gezittert und geschwitzt und die Muster gesehen. Sie fand den Gedanken tröstlich, dass Menschen in Trance dieselben Muster gesehen hatten, seit den Zeiten der Frühen Leute. Wenn Zuma doch nur mehr Zeit gehabt hätte, ihre Tranceausbildung fortzusetzen. Wer sollte sie jetzt unterweisen?

Sie ließ ein Stück Tierfett auf den glatten Stein in der Mitte des Feuers fallen. Es zischte, ehe sie es mit dem klammen, kalten Fisch bedeckte, den sie gefangen hatte. Sie roch, wie der Fisch zu schmoren begann. Diesmal konnte der Duft sie nicht erfreuen. Sie hungerte nach

richtigem Fleisch. Alles, was sie auf der Farm essen konnte, war weißes Fleisch: Hasen, Schildkröten, Fische. Ihr
Magen gierte nach der Befriedigung, mit dem roten
Fleisch eines Huftiers vollgestopft zu werden. Wie die
schnellen Antilopen, auf die sie manchmal einen Blick erhaschte, aber meistens hinter dem hohen Zaun am Rand
der Farm. Sie hatte solche Antilopen schon in der Kalahari gesehen, aber nicht genau dieselben. Die aus ihrem
n/ore hatten ein schwarzes Gesicht. Die Leute sagten, ihr
Fleisch sei sehr gut. Sie würde gern so eine Antilope fangen – Impala nannte Mannie sie –, aber wie? Mit den
kleinen Schlingen, die sie auslegen konnte, würde sie so
ein Tier nicht fangen.

Nein, dachte sie, das Impala muss mit einem Giftpfeil
getroffen und dann verfolgt werden, bis es umfällt. Sie
hatte keine Pfeile, und außerdem war es Frauen und
Kindern verboten, Jagdwerkzeug anzurühren.

Während Koba das Fischfleisch von den Knochen
löste, dachte sie über Metall nach. Daraus konnte man
Pfeilspitzen formen. Sie warf das Fischskelett in die
Flammen und wischte sich die Finger an den nackten
Oberschenkeln ab. Koba begann zu planen, wie sie sich
eine Waffe machen würde. Wenn sie ein Stück Metall
von einem Zaun abschneiden konnte – wenn sie ein
Schneidwerkzeug fand, das stark genug dazu war –,
dann konnte sie es schmelzen und zu Pfeilspitzen formen. Sie hatte gesehen, wie ihr Vater das gemacht hatte.
Und was sollte so schwierig daran sein, einen Bogen
herzustellen? Sie wusste schon, wo ein Baum mit genau
den richtigen Ruten stand. Sie würde sich eine abschnei-

den, sie zurechtschnitzen und glätten und sie dann im heißen Sand erhitzen, damit sie sich leichter über die Knie biegen ließ. Sie würde ihren Bogen auch schmücken. Er musste schön werden.

Sie schnappte sich ihr Messer und begann, die Klinge an ihrer harten Fußsohle zu schärfen. Das einzige Problem, überlegte sie, war das Tabu. Würden Schmerzen sie durchbohren, wenn sie eine Pfeilspitze herstellte? Würde sie tot umfallen? Frauen konnten Pfeile machen, Zuma war sogar sehr geschickt darin gewesen, aber sie und die Kinder sollten Pfeilspitzen nicht einmal berühren. Darin steckte eine Magie, die nur für Männer war, hatte ihr Vater gesagt.

Dann erinnerte sie sich daran, wie ihre Mutter einmal ehrfurchtsvoll von einer Frau gesprochen hatte, die jagte. Diese Frau lebte N#aisa zufolge in der Nähe der Makgadikgadi-Salzpfannen. Sie hatte einen faulen Mann, aber ihre Gier nach Fleisch war stark, so dass sie sich selbst das Jagen beibrachte.

»Sie wurde dick und stark«, hatte N#aisa gesagt, »und ihr Mann auch!«

Koba erinnerte sich daran, wie ihre Mutter darüber gelacht und gesagt hatte, dass der jagenden Frau nichts Schlimmes passiert sei.

Lag das vielleicht daran, dass die Frau nicht an die Tabumagie glaubte?, überlegte Koba.

»Ich auch nicht!«, rief sie plötzlich laut.

Dann überkam sie eine sehr deutliche Erinnerung an die schwindelerregende Aufregung, mit der jeder empfangen wurde, der mit einer Antilope über der Schulter ins Lager kam. Zusammen mit den anderen Kindern war sie vor dem Helden herumgerannt, hatte vor Erregung geschrien, war hochgesprungen, um an dem Kadaver zu schnuppern, und hatte mit ihren Spielkameraden gequietscht und gerangelt wie ein hungriger Welpe. Die alten Leute kamen aus ihren Hütten herbeigehumpelt und erhoben nörgelnd die Stimmen, um den Jäger an einen geschuldeten Gefallen zu erinnern. Die Leute standen herum und spekulierten darüber, wie das tropfende rote Fleisch aufgeteilt werden sollte, während ihnen das Wasser im Mund zusammenlief. Und wenn die Bäuche voll waren, setzten sich die Leute mit fettverschmierten Gesichtern ans Feuer des Jägers und flehten ihn an, von der Jagd zu erzählen.

Es wäre großartig, so bewundert zu werden, dachte sie, aber wem sollte ich meine Jagdgeschichten erzählen?

Im Winter wurde das Veld blass, aber nicht kahl, dank Deons Buschfeuerwachen. Der Fluss führte jetzt nur wenig Wasser, und sogar die Dornbäume sahen kahl aus, bis auf die eine oder andere hartnäckige Samenhülse.

Die Weihnachtsferien kamen, und Mannie konnte ganze Tage mit Koba verbringen. Sie war froh – immerhin Gesellschaft. Sie schwatzte wie eine Meerkatze und erteilte ihm in seiner eigenen Sprache Anweisungen, während er ihr half, aus Metallstücken, die sie mit einer geliehenen Drahtschere aus dem Zaun geschnitten hatte, Pfeilspitzen zu hämmern. Sie erzählte von einem Käfer aus der Kalahari, dessen Larven das Gift enthielten, das sie für die Pfeilspitzen brauchte.

»Ja, aber wo sollen wir hier eine finden?«

»Hier keine, Pfeil muss allein töten«, sagte sie und nahm sein großes Interesse befriedigt zur Kenntnis.

Sie brachten viele Stunden damit zu, das Anschleichen und Schießen zu üben, und Mannie war begierig, von ihr zu lernen.

Zuma, die an diesem Abend in der Höhle besonders viel murrte, war das einzige Hindernis. »Du musst die Traditionen der Ju/'hoansi beibehalten«, hörte Koba sie drängen.

»Aber wenn Frauen Pfeile machen können, warum sollen sie dann nicht jagen, Großmutter n!a'an?«

»Sie machen aber keine Pfeilspitzen, wie du es tust. Es ist Frauen und Kindern verboten, in die Nähe eines Fleischbringers mit Giftspitze zu kommen.«

»Mein Fleischbringer hat kein Gift!«, krähte Koba triumphierend.

»Wie willst du dann das Tier bitten, für dich zu sterben?«

»Schnell. Mein scharf-scharfer Pfeil wird direkt in sein Herz fahren.«

»Uhn-uhn. Immer noch rennst du wie ein Eland mit gesenktem Kopf. Du wirst stürzen, Koba. Hör auf mich: So sicher wie Kein-Regen wirst du in unser n/ore zurückkehren. Wenn du deine Haut vergessen hast, werden die Leute dich abweisen.«

Koba schärfte weiter ihre Pfeilspitze. Sie brauchte keinen geflüsterten Worten zu lauschen.

Eines Nachmittags entschied Koba, dass sie und Froschjunge nun so weit waren, eine Antilope zu jagen. Sie machten sich auf den Weg, Koba mit einem Köcher voller Pfeile, Mannie mit einem langen, angespitzten Stock. Kobas blasse Fußsohlen wirbelten Staub auf, während sie vor ihm herlief. Mannie hustete.

»Leise«, zischte Koba. »Laufe wie ein Jäger, oder du wirst niemals einen vollen Bauch haben wie einer.«

»Kkek-kek-kek-krr«, erklang es plötzlich – der Alarmruf der Perlhühner. Die Vögel flogen in einer blaugrauen Wolke auf und verkündeten die Anwesenheit von Eindringlingen.

Nachdem sie eine Stunde lang keine Impalas entdeckt hatten, schlug Koba vor, sie sollten durch den Zaun schleichen und es im Kruger-Park versuchen.

»Da darf man nicht jagen. Die Tiere sind geschützt. Außerdem verstößt das gegen das Gesetz. Wenn sie uns erwischen, kommen wir als Wilderer ins Gefängnis«, erwiderte Mannie.

»Gefängnis! G//aoan hat Tiere als Essen für Menschen gegeben.«

»Die Tiere im Wildreservat sind nicht zum Essen da.«

»Hhn! Glaubt der /Ton dieses großen Zauns, alle Tiere da drin gehören ihm?«

»Nein, sie gehören allen. Aber sie sind nur zum Anschauen da – damit die Leute sehen, wie schön sie sind.«

Koba stemmte die Hände in die schlanken Hüften. »Weiß ich nicht schon, wie schön sie sind?« Dann dachte sie an die flaumigen weißen Unterseiten von Impala-Schwänzen, die sie an Dornbaumblüten erinnerten, und daran, wie anmutig die Hörner der Böcke geschwungen waren. Dass sie das in der /Ton-Sprache nicht ausdrücken konnte, bedeutete noch lange nicht, dass sie diese Schönheit nicht zu schätzen wusste. Zornig schlug sie mit dem Pfeil nach den Ähren der Gräser um sie herum. »Meine Leute lieben immer-immer die Tiere, die wir jagen«, sagte sie aufbrausend.

»Ich weiß, ich verstehe schon, okay?«

»Was muss ich essen, wenn mein Herz rotes Fleisch braucht?«

Mannie zuckte mit den Schultern. »Hör mal, wir können alles jagen, was wir auf dieser Farm finden, aber ich kann nicht da reingehen, klar? Wenn du gehst, erzähl mir lieber nichts davon.«

Koba schüttelte den Kopf. /Ton waren wirklich seltsam. Glaubten sie im Ernst, dass etwas, das ihre Augen nicht sahen, ihr Herz nicht verletzen würde? Tja, wenn der verrückte Froschjunge auf der Farm jagen wollte, dann würde sie ihn auf einen Pfad führen, von dem er sich wünschen würde, er hätte ihn nie betreten.

Koba rannte auf das dichteste Dornengestrüpp zu, das sie sehen konnte. »Da drin finden wir eine Spur«, rief sie. Als sie ankamen, setzte sie sich, lehnte den Rücken an einen verlassenen Termitenhügel und schickte ihn ins Gebüsch. »Ruf wenn du gefunden.«

Zu Kobas Überraschung fand er tatsächlich etwas in dem Dickicht. Oder vielmehr es fand ihn. Eine Warzenschweinsau, die sich von Mannies Knacken und Fluchen gestört fühlte, stürmte aus dem Gebüsch hervor.

»Schnell, schnell!« Koba sprang auf.

Sie konnten nicht mit der Sau mithalten, die durch die Büsche walzte, aber ihre Spuren führten sie zu einem Bau in einem Erdwall.

»Sie ist uns entwischt«, stöhnte Mannie und warf seinen Stock weg.

»*Yau*, du jagst wie ein Mann mit Fleisch-müdem Bauch. Dieses Schwein ist voll Fett. Wir bekommen es heraus. Sei bereit.« Sie reichte ihm ihren Köcher und nahm seinen Speer. »Warzen-im-Gesicht, wir kommen!«

Sie stieg auf den Erdwall und begann, den Speer in den Sand zu stoßen. Erst war nichts zu hören außer Kobas leisem Ächzen, wenn sie sich abmühte, die Waffe wieder aus dem Boden zu ziehen. Dann, nach einem besonders heftigen Stoß, hörten sie ein gedämpftes Quieken. »Sie kommt jetzt«, rief sie Mannie zu. »Pass auf! Hauer wie Löwenzähne. Scharf auch von der Seite.«

Das Warzenschwein schoss plötzlich aus dem Bau hervor und sah sich mit gesträubter Mähne, steil aufgestelltem Schwanz und Mordlust in den Augen nach dem Angreifer um.

Mannie erhaschte einen sehr deutlichen Blick auf die tödlichen Hauer und die warzigen Höcker unter den Augen, die sich nun auf ihn richteten. Er stand da wie erstarrt, mit gespanntem Bogen, doch der Pfeil steckte reglos zwischen seinen vor Angst versteinerten Fingern.

»Schieß, schieß!«, schrie Koba, aber Mannie konnte nur beiseite springen, als das Warzenschwein nach ihm hieb und das Leder seines Stiefels aufschlitzte, aber wundersamerweise seine Haut nicht verletzte. Als das Tier wütend herumfuhr, ließ Koba ihren Speer fliegen. Er drang in die Flanke des Schweins und lenkte es ab. Es quiekte und schwenkte dann, ohne in seiner kanonen-kugelartigen Geschwindigkeit nachzulassen, in Kobas Richtung um.

Mannie sah, wie sie sich nach einem Baum umschaute. Der große Marula war zu weit weg. Beinahe wie im Traum ging Mannie das Zielritual durch, das Koba ihm beigebracht hatte. »Schau hoch – ist der Pfad für den Pfeil frei?« Er suchte eine neue Flugbahn, um einem Zweig auszuweichen. »Steh still – die Ohren der Beute müssen friedlich schlapp-schlapp sein, nicht gespitzt, weil sie dich kommen hört.« Zu spät! »Schau ruhig – triff Herz oder Beine, damit das Tier nicht weit weglaufen kann.« »Arm weich, Handgelenk weich, nicht verdrehen.« Mannie ließ den Pfeil los. »Beobachte, wo er trifft.«

Mannie sah seinen Pfeil nicht durch die Luft fliegen. Er sah auch nicht, wie die Spitze in der faltigen braunen Brust versank. Daher war er ziemlich überrascht, als das Tier ein paar Schritte vor Koba auf die schwieligen Knie fiel.

Er rannte vor, und sobald er das Tier erreicht hatte, hackte er auf dessen noch immer pulsierenden Hals ein. War das sein dumpfes Lachen, das den letzten Grunzer des Warzenschweins erwiderte? Konnte das er sein, der um den Kadaver herumhastete, um Koba zu umarmen und mit ihr zu kichern, als er im blutgetränkten Sand ein quatschendes Geräusch machte? War der erhitzte, mit Blut bespritzte Junge, der mit einem Fuß auf der Beute posierte, wirklich er?

»Jetzt kannst du Fleisch nach Hause bringen, also kannst du dir eine Frau nehmen«, neckte Koba ihn, als sie das Schwein zum Lager schleiften. Mannie lachte und scherzte, während sie es häuteten und ausnahmen. Solange Koba eine Portion Rippen grillte, faulenzte Mannie mit nackter Brust in der Sonne. Als sie gemeinsam aßen, schwatzte er wieder mit vollem Mund, so dass ihm Knorpel auf die sonnenwarme Haut purzelten. Danach lag er herum wie ein vollgefressener Welpe und sah zu, wie Koba verkohlte Pflanzen mit Warzenschweinfett verrieb.

»Auf keinen Fall esse ich dieses Gemüse«, sagte er gähnend.

»Für Schnitte, nicht Essen.«

»Was für Schnitte?«

»Für erste Antilope musst du Schnitte bekommen.«

Mannie setzte sich auf. »Welche Antilope? Ich habe keine Antilope geschossen?«

»Ja-ja, aber Zeremonie ist gleich für Antilope oder für Beulenauge.«

»Beulenauge?«

»Beulenauge ist Warzenschwein, Froschjunge. Hast du nicht gesehen?« Er nickte, als er sich an die grotesken Beulen unter den Schweinsäuglein erinnerte. »Dein erstes Fleischtier ist Weibchen, also muss ich diese Seite schneiden.« Sie ging auf ihn zu und zeigte mit der Messerspitze auf sein Herz.

Mannie krabbelte hastig rückwärts. »He, Moment mal ...« Koba warf ein Bein über ihn und setzte sich auf seine Brust, das Messer in der einen, die Tätowierfarbe in der anderen Hand. Mit den Knien drückte sie seine Arme zu Boden.

Er wehrte sich nicht. Er könnte sie mit Leichtigkeit von seiner Brust werfen, wenn er wollte, dachte er, denn er war jetzt größer als sie, aber sie schenkte ihm ein seltenes Lächeln, und es fühlte sich gut an, wie sich ihre Haut an seine presste.

»Was hast du vor?« Er lachte zu ihr auf.

»Sei keine Angst. Benimm dich mit *koaq*.« Sie zwickte in die straffe Haut oberhalb seines linken Brustmuskels und führte kurze, parallele Schnitte quer über die gekniffene Hautfalte. Blut quoll aus den Schnitten hervor, doch Koba rieb rasch die Mixtur darauf. Erst als sie die Hautfalte losließ, spürte Mannie den Schmerz.

»Au!«, brüllte er. Er hob den Kopf, um nachzusehen, woher der Schmerz kam, und starrte entsetzt auf das verschmierte Blut und das schwarz gefärbte Fett. »*Fock*, was hast du mit mir gemacht, du irres Kaffernweib?«

»Medizin, die deinem Herz Mut macht und Sehnsucht, Fleisch zu suchen.« Sie lächelte immer noch, aber nicht mehr so zuversichtlich. »Jetzt muss ich deinen Arm schneiden, für gutes Zielen, und Kopf, damit Augen gut sehen.«

»Gar nichts wirst du, verdammt!« Nun fiel ihm ein, dass sie ihn vor Jahren schon einmal so niedergedrückt hatte, draußen bei Sukses, an den Mutterhügeln. Sie hatte versucht, ihm die Luft abzudrücken. Mannie stieß sie rasch von seiner Brust und stand auf. »Ich laufe doch nicht mit Tätowierungen herum wie ein Heide.«

Koba saß im Staub und musste sich erst von dem

überraschenden Manöver erholen, ehe sie hastig ihren Lendenschurz zurechtrückte, aber nicht, bevor Mannie die hell honigfarbenen Oberschenkel gesehen hatte, die normalerweise unter seiner alten kurzen Hose verborgen waren. Eine ganz andere Farbe als die der Haut, die sie der Sonne preisgab, dachte er.

Als er sie so vor sich sah, wie sie ganz klein inmitten der verstreuten Utensilien für ihre Zeremonie kauerte, fühlte er sich schrecklich. Er kniete sich vor sie hin. »Es tut mir leid, Koba. Ich habe mich erschreckt. Ich, wir, äh, weißen Leute, wir machen so etwas nicht miteinander.«

Der Blick ihrer lang gezogenen Augen bohrte sich in seine und suchte nach Unaufrichtigkeit.

»Hör mal, wir sind doch noch Freunde, oder? Soll ich dir ein paar Schnitte für das Warzenschwein machen?«

Koba schüttelte traurig den Kopf. »Dass eine Frau jagt, ist nicht Art der Ju/'hoansi. Mann muss jagen, Frau muss sammeln. Mann muss Erste-Antilope-Schnitte haben, Frau muss Erstes-Blut-Schnitte haben.«

»Erstes Blut?«

»Wenn Mädchen erstes Mal Mond sieht.«

»Hä?«

»Mond!« Sie presste die Hände auf den Bauch, um Krämpfe während der Menstruation darzustellen. Mannie starrte sie verständnislos an.

Koba seufzte und begann, ihre Sachen einzusammeln. Froschjunge war wie Pishiboro, dieser dumme Gott, der nicht wusste, wozu seine Ehefrauen da waren, bis sie auf einen Baum über seinem Kopf kletterten und ihm zuriefen, er solle nach oben schauen.

KAPITEL 13

Mannie sah zu, wie der große Wagen die Zufahrt entlangholperte. *Jissus*, ein Chevy. Cabriolet! Ein richtiger Amischlitten. Wer mochte sie nur in so einem Auto besuchen?

Der Fahrer ließ den V8-Motor aufheulen, ehe er in einer Staub- und Kiesfontäne rutschend vor dem Haus zum Stehen kam. Ein junger Mann sprang hinter dem Lenkrad hervor über die zweifarbige Tür hinweg.

Es war André – mit Bart und einer Mähne wie ein Löwe.

Mannie berührte unbewusst sein eigenes Kinn, wo Flaum sich gerade erst zu Stoppeln verhärtete. Als er merkte, dass er mit offenem Mund den Wagen anstarrte, klappte er ihn rasch wieder zu, aber André hatte es schon gemerkt.

»Fängst du Fliegen? Hast wohl noch nie einen Chevy gesehen? Bel Air, limitierte Auflage. Hab ihn gerade in Durbs vom Schiff abgeholt. Schönheit, was?« Er tätschelte den langen, cremefarbenen Vordersitz und lehnte sich lässig an die Wagentür. »Gibt nur sechs davon im ganzen Land.«

Mannie war hin und her gerissen zwischen dem Wunsch, sabbernd das Auto zu bewundern, und seinem

Argwohn. Er hatte jetzt noch eine Narbe quer über den Zehen von dem längst vergangenen Zwischenfall mit dem Pferd. Mit zusammengekniffenen Augen versuchte er, die Kraft seines Cousins einzuschätzen. Ja, der Ochse war groß, aber er selbst war auch kein Würstchen mehr. Er würde darauf wetten, dass André mit diesen Vorschlaghammerfäusten umgehen konnte, aber sein Bierbauch würde ihn einiges kosten. Ja-hm, wenn es darauf ankam, so vermutete er, konnte er es mit dem Bastard aufnehmen.

Deon trat aus dem Schatten der Veranda hinter Mannie. Er drückte André die Hand und bemerkte: »Das ist ja eine Überraschung.«

»Na ja«, André streckte die Arme über den Kopf und gähnte, »wollte mir mal anschauen, was ihr so aus der alten Farm gemacht habt, also dachte ich mir, ich dreh erst mal eine hübsche Runde mit ihr« – er tätschelte die Motorhaube des Bel Air –, »ehe ich sie für den restlichen Weg nach Südwest zum Zug bringe. Wird am Montag in Jo'burg verladen. Acht Uhr früh.«

»Ja, dann musst du natürlich das Wochenende bei uns verbringen. Marta wird sich freuen. Wie lange ist das her? Fünf, sechs Jahre, seit wir bei euch auf Sukses waren?«

Deon nahm André auf einen Rundgang mit. Langsam, aber sicher kam der Wohlstand nach Impalala. Während Etiennes Geschäft dank des Wassers gedieh, war Deons aufgeblüht, als das Wasser knapp war. Die Dürre brachte die Urlauber in gespenstischen Horden in den Kruger-Nationalpark. Sie kamen, um Herden magerer Zebras, Gnus, Giraffen und Antilopen zu sehen, die sich um die schrumpfenden Wasserlöcher drängten. Hier lauerten Raubtiere – Löwen, Leoparden und sogar Krokodile gingen auf dem nackt gedörrten Veld und in den versiegenden Flüssen deutlich sichtbar ihrem tödlichen Geschäft nach. Begleitet vom Keuchen der Zuschauer schnappten erzürnte Nilpferde, die versuchten, in den trocknenden Matsch abzutauchen, mit ihren gigantischen Kiefern nach Störenfrieden, sogar nach Elefanten. Die Nilpferde wussten nur zu gut, dass auch der kühlende Schlamm bald vertrocknen und zu wilden Mustern aufplatzen würde, während die Tiere rings umher im Sterben lagen. Die Gasthäuser im Park konnten die unzähligen makaberen Touristen gar nicht mehr alle aufnehmen, und davon profitierten private Ferienhausanlagen wie Impalala.

Und selbst jetzt, da die Vegetation nach reichlichen Regenfällen wieder üppig wuchs und die Grausamkeit der Natur nicht mehr so offensichtlich war, war die Lodge gut gefüllt. Deon gehörte zu jenen Gastgebern, deren Gäste immer wieder kamen. Abends fand man ihn bei den Gästen im gemeinschaftlichen Grillbereich, wo er sich unter die dicken Afrikaaner in Khakishorts mit einem Bier in der einen und einer langen Barbecue-Gabel in der anderen Hand mischte. Ihre Frauen machten derweil Bananensalat mit Curry in Schüsseln so groß wie Waschzuber, und ihre Söhne, deren Ohren wie ausgehängte Türen von kurz geschorenen Schädeln abstanden, spielten Rugby oder kletterten auf Bäume. Auf dem Spielplatz, den Deon gebaut hatte, quietschten kleine Mädchen in kurzen Hosen auf Schaukeln oder standen an der Wippe Schlange. Die Luft war blau vor Grillrauch und roch stark nach Moskitospray. Deon hörte sich geduldig die Geschichten vom aufregendsten Löwenangriff an, den man je gesehen hatte, und beantwortete Fragen wie die, wo man denn die besten Chancen hätte, ein Exemplar der seltenen Pferdeantilope zu Gesicht zu bekommen.

Die Auswirkungen der vollen Gästehütten auf das Farmhaus selbst waren bemerkenswert. Die Wellblechhütte war nun ein anmutiger Bungalow im Kolonialstil. Marta schlief endlich ruhig zwischen dicken Ziegelmauern, verputzt und leuchtend weiß gestrichen. Die grünen Fensterläden passten zu dem neuen Blechdach, in das Fugen eingearbeitet waren, die die Bewegung des Metalls ausglichen. Es war jetzt ein kühles, behagliches Haus mit einer tiefen Veranda und prächtig rankenden Bauhinien. An den meisten Abenden klapperte ein Rasensprenger auf dem breiten Rasen und warf das Wasser aus dem Tiefbrunnen in hohem Bogen durch die schwüle Luft. Die beiden Männer gingen nun auf das Haus zu, einen Pfad entlang, der mit weiß getünchten Steinen gesäumt war. Er wurde täglich von einem livrierten Gärtner gefegt und gewässert, damit der rote Staub nicht so flog.

Mannie behielt André während des gesamten Abendessens im Auge. Machte er sich innerlich über sie lustig, über ihren Tisch, an dem nur Platz für vier Personen war, über ihre Tischdecke aus Baumwolle, nicht aus Spitze

wie bei Tante Lettie? Und warum hatte Ma selbst ge-
kocht? Hatte André gemerkt, dass der Kürbis unten an-
gebrannt und das Stew ziemlich trocken war?

Doch bald bemerkte er, dass André viel zu sehr von
sich eingenommen war, um seine Umgebung überhaupt
wahrzunehmen. Er prahlte unaufhörlich mit Dingen,
die er gekauft hatte – das neueste Gewehr, das neueste
Motorrad –, und die Flugstunden, die er genommen hatte. Und er trank den Brandy beinahe so schnell wie Pa
früher.

André sagte kein Wort über die Farm, bis Marta ihn
direkt danach fragte.

»Ach ja, wie immer. Läuft doch fast wie von selbst.
Twi weiß, was er zu tun hat. Buschmänner sind klasse,
wenn man erst mal den Busch aus ihnen rausgeprügelt
hat.« Er warf den großen Kopf zurück und lachte über
Martas Gesichtsausdruck. »Ich sehe schon, Tantchen ist
immer noch ein *kaffirboetie*. Ma sagt, dass dieses wilde
Buschmädchen immer noch hier ist und ihr sie wie eine
Tochter behandelt.« Er drehte sich zu Deon um und
zwinkerte ihm zu. »Ich dachte, sie würde vielleicht heute
Abend neben mir zu Tisch sitzen.« Wieder brüllte er vor
Lachen. Deon lächelte schmallippig, während Mannie
betete, seine Mutter möge jetzt keinen politischen Streit
mit André anfangen.

Marta blickte auf ihren Teller hinab – Koba sollte bei
ihnen am Tisch sitzen, dachte sie. Das Mädchen kam ihr
tatsächlich vor, als gehörte es zur Familie, obwohl es sich
weigerte, ins Haus zu ziehen. Koba sprach nun fließend
Afrikaans und erschien oft im Haus, in dem Rock und

der Bluse, die Marta vor die Höhle gelegt hatte. Sie trug immer noch ihren mit Perlen bestickten Lendenschurz über dem Rock oder der kurzen Hose, und der Kaross hing ihr immer über einer Schulter, aber die gelbe Mütze war fort. Stattdessen trug Koba eine ganze Reihe verschiedener Kopftücher, deren Herkunft Marta ein Rätsel blieb. Wie das Haar des Mädchens unter den Tüchern aussah, wusste Marta nicht. Sie hatte eine Schere und einen Spiegel auf den Pasopkop geschickt, hatte aber keine Ahnung, ob sie benutzt worden waren.

Seit Kobas eindeutiger Geste mit der heruntergezogenen Hose achtete Marta darauf, nicht einfach irgendetwas über Koba anzunehmen. Sie begegneten einander freundlich, wenn sie sich im Busch trafen, was selten geschah, aber die Lesestunden hatten über ein Jahr lang nicht mehr stattgefunden. Schließlich hatte Koba darum gebeten, sie wieder aufzunehmen.

Die Kleine war intelligent, und bald behandelte Marta die volle Bandbreite von Schulfächern mit ihr, so gut sie konnte. Sie versuchte, ihre Beziehung zu dem Mädchen professionell zu halten – Lehrerin und Schülerin –, aber das war nicht leicht.

Marta wurde für ihre Mühen dadurch entschädigt, dass sie, wie sie meinte, zusehen durfte, wie ein junger Mensch sich seine eigene Identität schuf. Und welch eine individuelle Identität das war! Koba war weder schwarz noch weiß, weder vollständig der westlichen Welt noch der Welt ihres Stammes zugehörig, was ihre Einstellung oder ihre Kleidung betraf. Für Marta war Koba die Zukunft Südafrikas.

Nun, am Esstisch mit André, begann Marta einzusehen, dass es für Koba wohl Zeit wurde, zu ihrem Volk zurückzukehren, vorausgesetzt natürlich, sie wollte das noch. Mit einem schweren Seufzen beschloss sie, dass sie Koba die Entscheidung ganz allein überlassen würde.

Mannie war beunruhigt, als man ihm am nächsten Morgen die Aufgabe zuwies, André auf die Jagd zu begleiten.

»Ich schieße ein paar Perlhühner für die Küche, weil ich Tantchen ja ganz ohne Ankündigung überfallen habe«, hatte André gesagt. Er lieh sich ein Gewehr von Deon.

»Wirst du damit einen Vogel nicht in Fetzen schießen?«, fragte Marta.

André grinste. »Nur, wenn ich will.«

Sie umgingen die Gästehütten, vor denen die Leute bereits ihre Fahrzeuge für eine frühe Fahrt in den Park beluden. Sie rochen die Wurst, die zum Frühstück gebraten wurde. Bald hatten sie die Menschen hinter sich gelassen und rochen stattdessen die territorialen Markierungen der Hyänen, die in der Nacht hier vorbeigekommen waren.

»Also, du Flaumkinn, zeig mir diese Höhle, wo die Wilde lebt, die deiner Mutter so wichtig ist«, sagte André und schob sich energisch durch das hohe Gras.

Mannie zwang sich, gelassen weiterzugehen, aber ihm sträubte sich jedes einzelne Haar am Körper.

»Das ist zu weit. Wenn wir da hingehen, verpasst du die Vögel. Sie ziehen sich zurück, wenn es heißer wird.«

»*Fock*, erzähl du mir nicht, wie man Vögel schießt,

Würstchen. Ich habe schon öfter Vögel erlegt, als du dein Frühstück gegessen hast.« Er blieb stehen, einen Ausdruck lüsterner Konzentration auf dem Gesicht. Kann wohl nicht gleichzeitig gehen und denken, dachte Mannie. »Vögel, *vögeln*!«, rief André aus. »Kapiert?« Er ließ das Becken kreisen. »Mit Vögeln kenn ich mich aus, *Ouseun*.« Er kicherte wie eine Hyäne. »Wenn dein Wurm in halb so vielen Löchern war wie meine Python, dann können wir uns wieder darüber unterhalten. Und jetzt bring mich zu dem Buschmädchen. Vielleicht hätte sie gern was davon.« Er griff sich in den khakibehosten Schritt.

»Ich bin doch nicht dein verflixter Wildführer«, rief Mannie. »Wenn du hier Expeditionen machen willst, kannst du dir den Weg selber suchen.« Er wandte sich ab und lief vor André davon.

Außer Sicht verlangsamte er den Schritt zu einem gemächlichen Joggen. Er wünschte, er wäre nicht weggerannt, denn davonzuschreiten wäre viel männlicher gewesen, aber Koba war in Gefahr. Zu Fuß brauchte man zwanzig Minuten bis zu der Höhle, aber wenn er schnell lief, würde sie Zeit haben, zu fliehen, ehe André sie fand. Mannie rannte wieder los.

Währenddessen schwenkte André ab und folgte dem Pfad zum Dienstbotenlager. Er hämmerte an den Rohrzaun, um sich bemerkbar zu machen, und marschierte dann in den *kraal*, wobei er Hühner, Ziegen und räudige Köter aufscheuchte. »He, du«, rief er Selina zu, die in einem x-förmigen Mörser Mais mahlte, »komm her, hilf mir.«

Sie ignorierte ihn. Eine ihrer Schwiegertöchter erschien, an deren Hände noch die Körner klebten, die sie gerade gesiebt hatte, um Bier zu machen. Ein nacktes Kleinkind tapste hinter ihr her, versteckte sich hinter ihrem Rock und lugte von dort aus erstaunt zu dem fremden weißen Mann hinüber, der sich in ihrer Welt so laut aufführte.

André verlangte zu wissen, wo das Buschmädchen war. Alle Tsonga starrten ihn mit offenen Mündern an. »MaSarwa. Die Gelbe, so eine.« Er drückte sich die Nase platt und schob den Hintern heraus. Die Kleinen lachten, und ein Kind zeigte quer über das Veld in Richtung Fluss. Selina stürzte sich auf den kleinen Jungen, schalt ihn auf Tsonga und drückte ihm die dicken kleinen Ärmchen an die Seiten.

»Sag mir, worauf er gezeigt hat«, befahl André. Selina schüttelte den Kopf und wich mit gesenktem Blick in eine Hütte zurück, wobei sie das Kind mit sich zog. André stürmte ihr nach. »Du sagst es mir, sofort«, herrschte er sie an, packte das Kind und drückte seinen Arm so fest, dass das Fleisch wie ein brauner Ballon hinter seinem eisernen Griff anzuschwellen begann. Das Kind fing an zu weinen. Selina riss es aus Andrés Umklammerung, stieß einen Fluch aus, packte mit der anderen Hand einen dreibeinigen Kochtopf und ging damit auf André los. Der wich vor ihrer Waffe zurück und stolperte über einen Tontopf, der zerbarst. Fluchend verließ er den Kraal.

Verdammte Kaffern, auf Sukses würden sie nie mit so was durchkommen. *Fock*. Aber er würde das Buschmädchen finden, und wenn er den ganzen Tag und die ganze

Nacht dazu brauchte; die Buschmänner waren nicht die Einzigen, die Fährten folgen konnten. Er legte sich das Gewehr bequemer auf der Schulter zurecht.

Da rief ihm eine junge Frau mit einem Bündel Feuerholz auf dem Kopf zu, dass er das, was er suchte, in einer Höhle oben auf dem Hügel finden würde. Er warf ihr ein paar Tickeys zu.

Soweit Mannie sehen konnte, war Koba nicht in der Höhle oder sonst irgendwo auf dem Pasopkop. Er rief so laut, wie er es wagte, wollte aber nicht riskieren, André auf sich aufmerksam machen, der womöglich schon in der Nähe war. Er kroch auf Kobas Aussichtsfelsnase hinaus. *Jissus*, das war beängstigend; wie konnte sie so unbekümmert einfach hier entlanglaufen?

Er suchte das Land ab, das sich vor ihm ausbreitete. Koba überprüfte keine Schlingen in dem Gebüsch aus wilden Schakalbeeren und war auch auf keinem der Trampelpfade im Veld unterwegs. Aber in der Ferne konnte er eine Gestalt großspurig auf den Hügel zumarschieren sehen. André! Hastig legte er sich hin und spähte über den Rand des Felsvorsprungs in die Schluchten darunter – manchmal sammelte Koba dort Feigen.

Nichts, und André kam immer näher. Ihm blieb nichts anderes übrig, als Koba zu finden, ehe André sie aufstöberte. Er würde die gesamte Farm absuchen müssen, und zu Fuß konnte das einen ganzen Tag dauern. Er beschloss, zum Haus zurückzulaufen und zu fragen, ob er den Pritschenwagen nehmen durfte.

André ließ sich schwer in Kobas Höhle plumpsen und zündete ein Streichholz an, um sich umzuschauen. Musste ihre Höhle sein, dachte er – da war dieser Buschmannmist an einer Wand, wie eine Kinderzeichnung. Er hatte so ein Bild schon einmal gesehen, über dem Teich in den Mutterhügeln. Er hatte dort oben auch ein menschliches Skelett gefunden – klein, mit einer stark gebogenen Wirbelsäule. Eine alte Frau, hatte Twi gesagt, eine Art Medizinfrau, denn der kleine *bliksem* hatte einen *muti*-Stab oder so was neben den Knochen aufgehoben. Noch so ein verflixter Wilderer vermutlich. Ihr Glück, dass sie gestorben war, ehe er sie gefunden hatte.

André ging zur Feuerstelle und schob die Stiefelspitze in die Asche. Kalt – es hatte seit gestern Abend nicht mehr gebrannt. Er setzte sich neben einen Stapel Felle und wartete, bis seine Augen sich an die Dunkelheit gewöhnt hatten. Mit dem Laufende des Gewehrs hob er die Felle an. Ducker, jedenfalls die meisten, und ein Kaross aus Impalafell.

Was war das? André hielt Kobas Lendenschurz hoch. Er strich mit dem Finger über die feine Perlenstickerei. Sie trugen nichts unter diesen Fetzen, dachte er. Mmm, würde die Kleine auch diese langen Lappen an der *poes* haben wie ihre Mutter?

Er legte sich den Lendenschurz in den Schoß und begann zu reiben. Okes sagte, es gäbe nichts Feineres als braunes Fleisch. Braunes Fleisch mit rohen, roten Löchern. Er schloss die Augen und konnte kleine, zuckende Körper sehen, wie er sie manchmal nachts sah. Er wimmerte und sehnte sich nach dem groben Schütteln seines Vaters. »Reiß dich zusammen, Mann«, hätte sein Pa gesagt.

Er sprang auf. *Fock* Pa. Er konnte sich nicht daran erinnern, dass der Bastard ihm auch nur einmal gesagt hätte, dass er ihn lieb hatte. Nein, es hieß immer nur, er sei nicht gut genug in der Schule oder nicht schnell genug auf dem Rugby-Feld. Das wahre Problem war, dass er nicht der Sohn der Frau war, die Pa wirklich liebte. O ja, schon mit sechzehn war er nicht dumm gewesen, ganz gleich, was sein Vater denken mochte. Tante Marta war die Art Frau, die seinem Vater gefiel, selbst wenn sie schwanger war – und ihn mit diesen wilden Augen anfunkelte. Es war abscheulich; alle Frauen waren verdammte Fotzen, und er hatte es satt, auf die Buschfotze zu warten. Er würde lieber etwas schießen gehen.

Als Mannie um die Ecke des Farmhauses kam, sah er, wie der Pritschenwagen davonfuhr, gefolgt von einem Landrover mit dem Logo des Kruger-Parks auf der Tür, in dem bewaffnete Ranger saßen. Marta stand auf der Veranda und sah den Autos besorgt nach.

»Was ist denn, Ma?«

»Oh, Gott sei Dank, ihr seid wieder da. Der Parkaufseher war eben hier. Letzte Nacht ist ein Elefantenbulle durch unseren Zaun gebrochen. Sie werden ihn suchen und mit dem Betäubungsgewehr außer Gefecht setzen. Ich muss die Gäste warnen, die noch hier sind, dass sie vorerst lieber in ihren Hütten bleiben sollen. Du musst zu Selina und den anderen rüberlaufen und sie warnen, sie sollen vorsichtig sein, wenn sie Holz sammeln gehen. Du weißt ja, wie reizbar so ein alter Kerl sein kann.«

Auf dem Rückweg von den Hütten der Diener zum Haus lief Mannie an Andrés Wagen vorbei. Der Schlüsselbund baumelte im Zündschloss. Ein ausgebrochener Elefant war auf der Farm nichts Neues, aber ein Bel Air! Und das war zufällig das einzige Fahrzeug, das gerade zur Verfügung stand. Ha, André würde einen Tobsuchtsanfall bekommen, wenn er wüsste, dass Mannie seinen Wagen genommen hatte, um Koba zu suchen!

Mannie sprang über die Tür hinweg und landete grinsend auf dem weich gepolsterten Sitz. Er legte die Hände auf das polierte braune Lenkrad und streckte die Beine aus. Zur Hölle, war das *lekker*. Er tastete nach den Pedalen. Keine Kupplung. Automatik. Er hatte noch nie einen Wagen mit Automatik gefahren, war aber sicher, dass er es schaffen würde. Mannie drehte den Zündschlüssel um. Ein kraftvolles Schnurren. Rasch schaltete er den Motor wieder aus. Das durfte er wirklich nicht tun.

Er saß still und spähte mit weit aufgerissenen Tischtennisballaugen über das Armaturenbrett nach draußen, als wartete er darauf, erwischt zu werden. Nichts. Niemand. Mannie drehte den Zündschlüssel erneut. Er jubelte über das kehlige Grollen des Motors. Er sah sich um. Immer noch niemand.

Ihm kam der Gedanke, dass seine Mutter vermutlich gar nichts dagegen hätte, wenn sie wüsste, dass er den Wagen nahm, um Koba zu retten. Außerdem borgte er ihn sich ja nur; er würde das Auto wieder herbringen, ehe André überhaupt merkte, dass es weg war.

Er war jetzt ziemlich sicher, wo Koba sein müsste – unten am Fluss bei den Karroo-Akazien. Sie hatte er-

wähnt, dass sie kein Salz mehr hatte und welches eintauschen wollte. Mannie hatte gesagt, er würde ihr eine
Flasche feines Salz – »Sehen Sie, wie fein es rieselt!« – aus
dem Laden mitbringen; sie kauften es jetzt en gros ein.
Honig auch. Aber sie hatte böse dreingeschaut und gesagt, sie wolle es nicht für nichts haben. Sie würde ihm
den Honig besorgen; wenn er den nicht essen wollte –
zuck-zuck machten ihre dünnen Schültern.

Er legte den Gang ein und fuhr mit einem leichten
Ruck an. Klasse, dachte er. Dieses Auto war leichter zu
fahren als der Farmlaster. Mannie drückte das Gaspedal
bis zum Boden durch, der Wagen schoss den Weg entlang, und Staubwolken wirbelten hinter ihnen her wie
ein Kriegsbanner.

Auf einer Lichtung in Flussnähe hielt Koba inne und
lauschte. War das der Honiganzeiger, der da zwitscherte?
Immer noch weit weg. Sie seufzte. Sie suchte schon seit
Sonnenaufgang vergeblich. Alle ihr bekannten Bienen-
nester wiesen frische Honigdachsschäden auf. Sie konnte
den stinkenden Furz noch riechen, mit dem er die Bienen betäubte, wie viele Leute behaupteten. Aber es musste doch irgendwo noch ein Nest heil geblieben sein. Sie
machte sich auf zu dem Ahnenbaum-Dickicht.

Wäre Koba oben auf dem Pasopkop gewesen, hätte sie
gesehen, dass sich das hohe Gras des Velds teilte, wie es
das tat, wenn ein Löwe hindurchschlich. Hier, am Rand
des Dickichts, nahm das dichte Gestrüpp ihr die Sicht.
Doch nun erschien ein Honiganzeiger und gab seinen
unverkennbaren, rasselnden Ruf von sich, ein Laut, den

sie mittlerweile mit dem Klappern einer Streichholz-schachtel verglich, die man in Längsrichtung schüttelte. Der Vogel flatterte im Kreis herum, lärmte und flog dann mit ausgebreitetem Schwanz steil nach oben. »Tschitik-tschitik-tschitik«, rief er und führte sie zu einem Baum-stumpf, der einmal ein Eisenholzbaum gewesen war.

»Du bist ein kluges kleines Federchen«, sagte Koba und kniete sich hin, um den Baumstumpf zu untersu-chen. Uhn-uhn, das Nest war tief in der Höhlung ver-borgen – besser, sie räucherte die Bienen aus. Aber es war heiß, und sie war müde. Sie stieß mit ihrem Hasen-fanghaken gegen das Nest. Es brach auf. Hastig riss sie einen dicken Klumpen heraus. Verwirrte Bienen schwirr-ten aus dem Loch. Sie versammelten sich in der Luft und stürzten sich auf die Räuberin herab. Koba warf ein Stück Wabe für den kleinen Vogel beiseite und rannte la-chend davon.

André hörte etwas durch das Unterholz auf sich zukom-men, im Gegensatz zu Koba, deren Ohren voller Bienen-summen war. Als sie an ihm vorbeirannte, stellte er ihr ein Bein, woraufhin sie fiel, nach Luft schnappte und die Waben verlor. Der Schwarm stürzte sich auf den Klumpen und krabbelte hektisch darauf herum, um nach den Larven zu sehen. Einige Bienen flogen wieder auf und griffen den großen Mann an, der über Kobas Beute aufragte.

»*Jissus*«, keuchte André, »was machst du da? Gehst wohl mit deinen Bienen spazieren? Au, verflucht, eine hat mich schon gestochen; wir müssen hier weg.« Er klemmte sich Koba unter den Arm und benutzte ihren Kopf dazu, sich einen Weg durchs Unterholz zu bahnen, fort von dem zornigen Bienenschwarm. Koba spürte, wie Zweige ihr das Gesicht blutig peitschten.

Als er sie auf der Lichtung zu Boden warf, blickte sie durch das Blut, das ihr übers Gesicht lief, zu ihm auf und sah einen Löwen, ein gefährliches Ding mit Pranken und Klauen. Sie behielt ihren Schmerz für sich, während er sie zu einem kleinen Baum schleifte und daran fesselte, so dass sie mit den Armen über dem Kopf auf dem Boden lag. Er riss ihr die kurze Hose herunter, setzte sich auf sie und zog seinen Penis aus seiner Hose.

Sie starrte fasziniert darauf, schrumpelig und rosa – und so hässlich-haarig. Sie spuckte darauf.

»Du unverschämte kleine Fotze!« Er schlug ihr mit der Faust ins Gesicht. Ihr Kopf flog rückwärts und knallte gegen den Baumstamm, so dass ihr alles vor den Augen verschwamm. Sein Gewicht drückte sie in den Boden. »Jetzt bist du nicht mehr so mutig, wie?« Er stemmte sich von ihr hoch, griff nach seinem Gewehr und schob ihr mit dem Lauf die Beine auseinander. »Okay, sehen wir mal nach.« Koba spürte Metall, das sich an die Innenseite ihres Oberschenkels drückte. »Und lieg ja schön still, hm?«

Koba sah den rosa Wurm zu Pythongröße anschwellen und erinnerte sich an die Demütigung ihrer Mutter vor diesem Tier. Sie spürte, wie Daumen grob ihre Schamlippen auseinanderdrückten. Sie schloss die Augen. Plötzlich tropfte Wasser, das nicht zu ihr gehörte, auf ihren Bauch. Sie öffnete die Augen.

Der Löwe schluchzte. Er hockte zitternd zwischen ihren Beinen, und Augen-Wasser platschte herab, teils auf ihre Haut, teils in sein Nest aus Mund-Haaren. Sie warf einen Blick auf seine Leistengegend und entspannte sich. Mit dieser Weichheit würde der Löwe sie nicht essen.

Sie schob langsam und vorsichtig ihr Bein von dem Gewehr weg.

André bemerkte es nicht. Bilder schossen vor seinem inneren Auge hoch: Pa, der ihm grinsend die Buschfrau zeigte; Pa, der auf den giftigen rosa Fleck auf seinem Hemd starrte; der lange, qualvolle Weg mit dem Leichnam zurück nach Hause, und die ganze Zeit über diese Angst, von der ihm ganz übel war. Was, wenn eines Tages jemand beschloss, ihn doch anzuzeigen? Alle behaupteten, das Land würde sich verändern, und eines Tages würden die Kaffern es regieren. Wenn dieses Mädchen seine Geschichte erzählte, könnte man ihn einsperren. Dann stünde ihr dreckiges Wort gegen seines. Besser, er tötete sie gleich und warf die Leiche in den Fluss. Die Krokodile würden den Rest erledigen.

Koba spürte etwas, das sie in ihren unauffälligen Manövern innehalten ließ – eine gewaltige Masse bewegte sich durch das Dickicht, ohne auch nur einen Zweig abzuknicken. Sie konnte nichts sehen, merkte aber, wie der Boden unter ihr ein wenig nachgab, als wäre ein ungeheures Gewicht in der Nähe daraufgeladen worden. André spürte es jetzt auch, stand auf und suchte ängstlich das sie umgebende Dickicht ab. Ein Elefant? Hier? Das konnte nicht sein, aber wenn doch, wo war er dann? Einen Elefanten in dichtem Unterholz entdecken zu wollen, wenn er nicht gerade fraß, war, als suchte man die Nadel im Heuhaufen. Und er wollte ganz sicher sein, in welche Richtung diese spezielle Nadel zeigte, damit er sich windabwärts davon halten konnte.

Vom Rand des Dickichts aus hatte Mannie einen guten Blick auf den Elefanten. Er schien zu dösen, das Gewicht seines alten Kopfes ruhte auf einem gewaltigen Stoßzahn. Dieser war so lang, dass er in einem anmutigen weißen Bogen bis zum Boden reichte. Der andere Stoßzahn war nur ein Stumpf, der vor vielen Jahren bei einem Kampf abgebrochen war. Mannie wusste das, denn er war sicher, dass dies der berühmte Mafuta sein musste. Man hatte sogar Bücher über ihn geschrieben. Niemand wusste genau, wie alt der Bulle war, aber sein verbliebener Stoßzahn war Tausende von Rand wert, und Wilderer hatten schon oft versucht, ihm eine Falle zu stellen.

Kein Wunder, dass die Hälfte der Krugerpark-Ranger ausgerückt war, um ihn zu suchen, dachte Mannie. Aber der Riese wirkte müde. Er stand totenstill im fleckigen Schatten, die Augen geschlossen, und wedelte nur schwach mit dem Schwanz nach Fliegen. Seine Haut war stumpf und noch faltiger, als es für Elefanten normal war.

Wie ein alter Mann ohne Arsch, dachte Mannie. Seltsam, dass er nicht fraß. Vielleicht war der alte Bulle zum Sterben hierhergekommen. Trotzdem konnte er noch gefährlich sein. Und irgendwie musste er an ihm vorbeikommen, um nachzusehen, ob Koba hier war.

Er fuhr ein wenig näher heran. Der Elefant rührte sich

nicht. Das überraschte Mannie nicht. Die Kruger-Tiere waren an Motorenlärm gewöhnt; sie wussten, dass er keine Gefahr darstellte.

André hörte den Motor – das unverkennbare Vibrato seines geliebten Bel Air. Hier? Was zum Teufel ...? Er rannte auf das Geräusch zu.

André sah Mannie am Steuer seines Wagens. Im selben Moment bemerkte der Elefant ihn.

Mafuta hob den Rüssel und witterte. Erstaunlich gelenkig drehte er sich um, und sein gewaltiger Stoßzahn mähte durch das Unterholz. Seine riesigen Ohren begannen zu schlackern.

Aus einer Entfernung von nur fünfzig Metern brüllte André Mannie achtlos zu: »*Fock*, was machst du da mit meinem Auto?«

Mannie sah Blut auf Andrés Hemd und, als er näher heranfuhr, dessen offene Hose. Er kam zu spät! »Wo ist Koba? Was hast du mit ihr gemacht?«

»Red nicht von irgendeinem *kaffir*, wenn du mein verfluchtes Auto gestohlen hast und damit im Bushveld herumfährst! Ich schwöre bei Gott, wenn es auch nur einen Kratzer bekommen hat, bring ich dich um, du verfluchter kleiner ...«

Mafuta hatte jetzt offenbar genug von diesen Störungen. Mit hoch erhobenem Rüssel trompetete er, ein Laut, der André mitten in seiner Schimpftirade verstummen ließ. Er wirbelte gerade noch rechtzeitig herum, um zu sehen, wie der Bulle rasch mit den riesigen Ohren schlug. Dann griff Mafuta an.

Der Boden bebte; Früchte, Zweige und Blätter regneten von den Bäumen herab, an denen er vorbeidonnerte. Staub wirbelte hoch, ein Regenpfeifer kreischte empört und versuchte, sein Nest zu schützen, und weiteres, schreckliches Trompeten zerriss die Luft. André sprintete auf den Wagen zu, als ginge es um Leben und Tod.

Mannie wusste, dass es genau so war. Zitternd und mit trockenem Mund schalte er auf Fahren und drückte das Gaspedal durch. Der Wagen schoss mit durchdrehenden Rädern vorwärts, an André vorbei und holpernd auf den Bullen zu. Mannie drückte so fest er konnte auf die Hupe. André blieb stehen, starr vor Entsetzen. »Nein, nein, nein«, brüllte er und wedelte hilflos mit den Armen, »pass auf, das Auto!«

Die Ablenkung funktionierte, Mafutas Attacke verlor an Schwung. Er hielt inne, einen gewaltigen Fuß angehoben, und warf den Kopf hin und her. Dann stampfte er mit dem Fuß gereizt auf einen Ahnenbaum. Einer der drei Stämme splitterte unter dem Gewicht, und die halbe Baumkrone wurde abgerissen. Der Lärm krachender Äste schien den Elefanten zu verärgern. Er wand seinen Rüssel um einen dicken Ast und riss ihn unter dem Kreischen splitternden Holzes ab.

Der Bel Air war ihm nun sehr nahe. Mannie saß mit weißem Gesicht am Lenkrad, und der Schweiß lief ihm über die Stirn. Sein Herz schien zu vibrieren, nicht zu schlagen, und ihm war eiskalt. Wie viel näher konnte er sich noch heranwagen?

Mannie wartete, bis er meinte, fast in Reichweite des Stoßzahns zu sein, direkt hinter den Bäumen. Dann riss er das Lenkrad herum und kam seitlich rutschend im Schutz des Baums zum Stehen. Der Motor wurde abgewürgt, und Mannie krabbelte über den Sitz, stieß die Beifahrertür auf und rollte sich auf den Boden. Dann sprang er auf, rannte los und schrie André zu, er solle laufen.

Aber André stand da wie erstarrt und beobachtete, wie Mafuta dieses neue Hindernis begutachtete. Dann entschied er, sein Zerstörungswerk mit einem Schwung seines formlosen Vorderbeins und anscheinend nur leichtem Druck seines Rüssels fortzusetzen. Ein zwölf Meter großer Eukalyptus wurde entwurzelt und kippte in Richtung des Wagens. Mit einer gewaltigen Explosion von Glassplittern barst die Windschutzscheibe, und der Rahmen des Autos wurde bis auf Höhe der Motorhaube eingedrückt. Der Krach hallte über das Veld und echote von den fernen Felswänden des Pasopkop zurück. Mafuta trompetete erschrocken und zog sich so rasch zurück, wie sein Stoßzahn es zuließ, während André heulend vor hilfloser Qual zurückblieb. »Wo ist mein Gewehr, *fock*, wo ist mein verdammtes Gewehr?«

Mannies letzter Blick zeigte ihn als kleine Gestalt, die in rasender Wut auf und ab hüpfte und sich offenbar nicht entscheiden konnte, ob sie den Elefanten verfolgen oder das Wrack inspizieren sollte.

Mannie fand Koba ganz in der Nähe. »Bist du verletzt?« Er löste das kurze Seil von ihren Handgelenken. »Dein Gesicht ist ganz zerkratzt, und hier ...« Er berührte ihren Kiefer, wo sich bereits eine Schwellung bildete. »Hat er dich geschlagen?«

Koba antwortete nicht, und sie sah ihm auch nicht in die Augen.

»Warte, ich hole etwas Wasser für dein Gesicht.

»*Yau*! Gehen.« Koba rappelte sich unsicher auf. Mannie stützte sie.

Am Fluss war alles friedlich. Falls Mafuta auf dem Rückweg in die relative Ruhe des Parks hier vorübergekommen war, hatte er keine Spuren hinterlassen. Das braune Wasser trieb stromabwärts wie ein faules Krokodil. Koba lehnte sich an einen überhängenden Baumstamm, während Mannie sein T-Shirt auszog und ins Wasser tunkte. Sie schloss die Augen und erlaubte ihm, das Blut von ihrem Gesicht zu waschen. Als sie die Augen wieder öffnete, starrte er sie mit durchdringendem Blick an. Verlegen wichen sie voneinander zurück.

Mannie wollte sie fragen, was ihr passiert war, aber er traute sich nicht. Doch er wünschte, sie hätte gesehen, wie er den Bel Air mit diesem irren Manöver direkt vor dem Elefanten zum Stehen gebracht hatte. *Jissus*, Mann, er war klasse gewesen; mutiger als James Bond. Aber es erschien ihm nicht richtig, damit anzugeben, dass er André gerettet hatte – nicht vor dem Mädchen, das André vergewaltigt hatte.

Als er sie so ansah, bereute er es, dass er den Bastard gerettet hatte; vermutlich durfte er nicht einmal einen Dank dafür erwarten. Er beschloss, dass er wohl besser nach Hause ging und versuchte, das alles zu erklären.

»Ich muss zurück. Werde mir sicher ganz schön was anhören müssen.«

Koba lächelte und gab dann mit vibrierenden Lippen ein passables Achtzylindergeräusch von sich. Mannie starrte sie erfreut an. Sie trötete, eine perfekte Imitation der Hupe des Bel Air, und begann mit einem unsichtbaren Lenkrad zu ringen, wobei sie auf einem unsichtbaren Autositz herumschleuderte.

Mannie lachte. »Du ahnst ja nicht, was noch passiert ist ...« Und er begann, ihr alles haarklein zu erzählen.

KAPITEL 14

Eines Nachmittags brachte Mannie, der eigentlich für seine Prüfungen hätte lernen sollen, sich selbst den Jive bei, mit Hilfe des Diagramms auf der Rückseite der Schallplattenhülle. Als Koba ans Fenster klopfte, war er froh, dass sie kam.

»Komm rein. Du kannst mir helfen, diesen Tanz zu lernen.«

Koba sprang leichtfüßig aufs Fensterbrett. Sie benutzte die Tür, wenn Marta in der Nähe war, aber Leopardenfrau war offensichtlich nicht da, dachte sie, wenn ihr Welpe einen solchen Lärm in der Höhle machte.

Mannie nahm sie bei der Hand und zog sie ins Zimmer. Sie war nicht einmal einen Meter fünfzig groß, er hingegen fast eins achtzig, und ihre Zehen reichten nicht auf den Boden, als er sie einen Augenblick lang auf Brusthöhe festhielt.

Ihr war nicht bewusst gewesen, dass Froschjunge so groß und breit geworden war. Das machte sie schüchtern. Er stellte sie auf den Boden, und sie trat von ihm zurück.

»Ach, komm schon, Koba.« Er streckte ihr wieder die Hand entgegen, doch sie blieb steif stehen und schaute auf den Teppich hinab. Er runzelte die Stirn. »Also gut, ich mache die Fensterläden zu.«

Das Halbdunkel half. Sie legte die Hand in seine und ahmte Mannies Bewegungen nach. Als er sie von sich wegstieß und wieder heranzog, begriff Koba, worum es ging. Sie kicherte, blieb aber im Takt. Mannie grinste, hob seinen Arm mitsamt dem ihren an und drehte sie an der Hüfte herum. Sie gluckste vor Lachen. Ein paar Minuten später konnte sie sich in beide Richtungen drehen, ohne aus dem Takt zu geraten.

Plötzlich ließ Mannie Kobas Hand fallen, als er eine blonde Gestalt im Türrahmen bemerkte – Katrina Botha, eine Nachbarin, in Shorts und einer Bluse, die knapp unter ihren Brüsten verknotet war. »Ich habe geklopft, aber ihr wart wohl zu beschäftigt, um mich zu hören. Ganz vertieft, was?«

»Ma und die anderen sind nicht da. Wir, äh, ich ... Moment, ich mache nur schnell den Plattenspieler aus.« Mannie eilte mit roten Wangen und Ohren zum Grammofon hinüber.

»Ich wollte dich nur nach den Hausaufgaben fragen – Biologie, stell dir vor.« Sie lächelte, und ihre Augen glitzerten beim Gedanken daran, wie sie diese Szene ausschlachten konnte. Mannie Marais, der Held der U-Siebzehn-Rugby-Mannschaft, und sein dunkles kleines Geheimnis.

»Er hat mit einem Kaffernmädchen getanzt, in seinem Wohnzimmer, *mit geschlossenen Fensterläden*«, würde sie den Mädchen erzählen. Und während die noch nach Luft schnappten, würde sie seinem Ruf den letzten, vernichtenden Schlag versetzen. »Und ratet mal, zu was sie getanzt haben? Bill Healey!«

Trotzdem, dachte Katrina, besaß Mannie Marais durchaus Potenzial. Er sah gut aus, auf eine sehr junge Art. Sie hatten als Kinder zusammen gespielt, und das magere Bürschchen hatte sich schon ganz schön gemacht.

Aber seine Ma war eine Aufrührerin. Vermutlich »eine Rote«, wie ihr Vater sagte. Mrs. Marais war bei diesem komischen Marsch gewesen, mit den ganzen Kaffernfrauen, die ins Gefängnis gekommen waren. Und nach Sharpeville hatte sie versucht, Unterschriften für einen Protestbrief zu sammeln. Sie hatte Glück gehabt, dass man sie nicht verhaftet hatte, behauptete Katrinas Vater.

Tja, wie die Mutter, so der Sohn, dachte das Mädchen. Warum Mannie sich für dieses dreckige kleine Biest interessierte, mochte Gott allein wissen. Sie sah aus wie ein Höhlenmensch mit diesem Stück Fell über ihrem Rock.

Es hatte Gerede über dieses Kaffernmädchen gegeben – Buschmann oder so. Die Marais' hielten sie wie ein Haustier, sagten die Leute. Aber würde man mit seinem Hund oder seinem Affen tanzen?

Ihre Mama sagte, Mrs. Marais hätte das Buschmädchen unterrichtet und wolle, dass sie die Schulabschlussprüfung nächstes Jahr ablegte, genau wie sie und Mannie. Offenbar war Mrs. Marais der Meinung, dass die Bantu-Examen für ein so kluges Mädchen eine Beleidigung darstellten, denn sie hatte schon einen Antrag beim Bildungsministerium gestellt, dieses Kind die Prüfung für die weißen Kinder mitschreiben zu lassen. Dreist, sagten die Frauen in Mamas Handarbeitskreis. Katrina erinnerte sich daran, wie ihre Mutter die anderen beruhigt und gesagt hatte, der Minister würde das niemals zulassen.

»Koba und ich ...«, stammelte Mannie, »... kennst du Koba schon?« Als er das scharlachrote Gesicht von Katrinas kühlem Blick abwandte, hörte er das Klappern der Fensterläden und sah Koba aus dem Fenster springen. Katrina lachte leichthin, aber ihr Blick war hart. Wie konnte dieser Junge es wagen, sie einem Kaffern vorstellen zu wollen?

»Sie ist ein bisschen schüchtern.« Mannie zuckte mit den Schultern. Er wurde sich seiner Hände bewusst, die irgendwie ungelenk an seinen Armen zu hängen schienen. Er sollte etwas damit tun. »Möchtest du ... etwas trinken? Kaffee oder so?«

»Keine Zeit. Pappie fährt übers Wochenende mit uns an den Damm. Wir übernachten in einem Hotel.« Sie trommelte mit den Fingern an den Türrahmen. »Also, wenn ich mir dein Biologieaufgabenbuch leihen könnte? Schnell.«

»Ja, ja, natürlich. Ich hole es.«

Sie sah seine Schallplattensammlung an, als er zurückkam, wobei sie ihm den Po unter der schmalen Taille entgegenreckte. Sie richtete sich auf und hielt die Hand nach dem Buch auf. Ihre Fingernägel waren schimmernd rosa lackiert, wie die Innenseite von Muscheln. Er konnte den Blick nicht mehr davon losreißen. Wie hielt sie ihre Finger bei all dem Staub nur so sauber? Er beobachtete fasziniert, wie sie sich mit einem makellosen Nagel eine Strähne ihres langen Haars über die Schulter zurückstrich. Jetzt konnte er in den Ausschnitt ihrer Bluse schauen, wo ein Stückchen BH sich sehr weiß von ihrer gebräunten Haut abhob.

»Danke«, sagte sie und ging mit wiegenden Schritten zur Tür. Er spürte, wie seine Lenden ihr folgten.

Über die Schulter warf Katrina zurück: »Übrigens, Mannie, der Jive ist out – den Twist solltest du lernen, wenn du nicht willst, dass dein *Liebschen* auf dem Ball fehl am Platze wirkt.«

Mannie fluchte innerlich. Sie würde ihn am Montag in der Schule ans Kreuz nageln; das wusste er jetzt schon. Und bei Koba würde er es auch nicht leicht haben, da war er ziemlich sicher.

Er fand sie auf dem Pasopkop, in der Nähe ihrer Höhle, wo sie am verwachsenen Stamm eines wilden Feigenbaums lehnte. Sie hatte ein eselsohriges Märchenbuch auf dem Schoß liegen und blickte nicht auf, als Mannie sich neben ihr niederließ. »*Jissus*, ist das heiß.«

Keine Antwort.

»Zu heiß zum Jagen, was?«

Sie blätterte eine Seite um.

»Soll ich dir vorlesen?«

Jetzt blickte sie ärgerlich auf. »Ich kann selbst lesen.«

Mannie seufzte. Als sie noch jünger gewesen waren, hatte er ihr Märchen vorgelesen, und sie hatte ihm dafür Ju/'hoansi-Geschichten erzählt. Die Geschichten waren lustig, oft derb, und meist überlisteten kleine Tiere die großen, oder schwer geprüfte Frauen spielten ihren Götterehemännern üble Streiche. In einem gaben die Frauen dem Gott Scheiße statt eines Würstchens zu essen. Darüber hatte er sehr gelacht.

Manchmal machte Koba sich nicht die Mühe, die Geschichten zu übersetzen. Sie erzählte sie in ihrer eigenen Sprache, als könnte er sie verstehen. Das Ulkige war, dass das irgendwie sogar stimmte. Die Klicks waren ganz verschieden; das konnte er hören. Und viele Klickwörter klangen genau wie das Ding, das sie bezeichneten, etwa der galoppierende Laut, wenn sie von einer fliehenden Herde erzählte. Koba stellte außerdem alle Bewegungen der Tiere mit den Händen dar, ließ die Finger locker über den Boden traben wie der unermüdliche Schakal oder legte sie breit auf wie ein Löwe mit schweren Pranken. Ja, die Geschichten waren überraschend offensichtlich. Ein Jammer, dass sie ihm heute wohl keine erzählen würde.

»Hast du schlechte Laune oder was?«

Ja, was?, fragte Koba sich selbst. Warum fühlte sie sich so niedergeschlagen? Sie starrte über das weite Veld hinaus; das blonde Gras erinnerte sie an das Haar des /Ton-Mädchens. Das Mädchen, mit dem Froschjunge Essen teilen wollte. Ein böses Gesicht mit scharfen Augenbrauen und ständig geblähten Nasenflügeln, eine Servalkatze, bereit zum Sprung ... aber nicht auf Froschjunge. Er interessierte sie nicht genug. Noch nicht.

Ich bin allein, selbst wenn er hier ist, selbst wenn Großmutter jede Nacht bei mir in der Höhle ist. Es ist niemand da, der mich berühren und mich im Arm halten kann. Mein Herz hungert nach Menschen mit meiner Haut, aber mein Kopf flüstert »Angst« – Angst davor, in mein n/ore *zurückzukehren.*

Koba wusste, dass jetzt genug Geld für ihre Zugfahrkarte nach Onderwater da war; Marta hatte ihr das schon vor Monaten gesagt. Sie hatte Koba sogar angeboten, sie auf der Heimreise zu begleiten.

Koba hatte nichts darauf erwidert, weil sie nicht wusste, was sie tun sollte.

»Großmutter *n!a'an*«, hatte sie gesagt, als der Geist eines Abends wieder einmal zu ihr kam, »warum neigt sich mein Herz unserem *n/ore* zu *und* weicht gleichzeitig davor zurück?«

»Dein Herz weiß, dass ein Traum besser ist als Augen-Offen.«

Koba nickte. »Ich werde enttäuscht sein.« Sie saß da, starrte in die Flammen und stellte sich vor, wie es wäre, bei ihrem Volk zu sein. Sie konnte Gesichter wie ihr eigenes sehen, die schwatzten und lachten, aber nicht mit ihr. Ihr wandten sie nur ausdruckslose Mienen zu. Manche schauten sogar feindselig drein.

»Also nicht anders als hier«, bemerkte Zuma.

Koba schlug gereizt nach der leeren Luft. »Hör auf damit. Du sollst dein Ohr nicht an meine Gedanken halten.«

»*Yau*, ihr Aus-Bein-Und-Blut seid langsam-langsam-langsam.«

»Und ihr Die-Nicht-Mehr-Atmet seid ...« Koba biss sich auf die Lippe. Entschlossen versuchte sie, ihren Geist zu leeren. Zuma würde abwarten müssen und ihre Gedanken erst zu hören bekommen, wenn Koba ein wenig Ordnung hineingebracht hatte.

»Du möchtest wissen, ob die Ju/'hoansi dich abweisen werden?«

»*Yau*. Geh weg!«

»Uhn-hn-hn. Sitzt wohl auf deinen Manieren.«

Koba schmollte. Es regte sie auf, wie Zuma alles zu ihrem Vorteil ausnutzte, Regeln brach, die Koba gut passten, und andere durchsetzte, die ihr nicht passten. Geister. *Yau*!

»Die Antwort auf die Frage, die zu stellen du deine Lippen zu dick machst, lautet: Die Ju/'hoansi werden dich aufnehmen, wenn du zu ihnen gehören willst.«

»Aber vielleicht finden sie mich hässlich oder meine Zunge ungeschickt in ihrer Sprache. Die Frau, nach der ich benannt bin, lebt vielleicht nicht mehr. Es kann sogar sein, dass überhaupt kein Verwandter von mir mehr dort lebt. Wer soll mich dann kennen? Wer soll mich an seinem Feuer aufnehmen?«

»Uhn, Koba. Was ich höre, ist das, was du bereits beschlossen hast – still stehen zu bleiben. Du hast Zeit. Aber schlage hier keine Wurzeln, Kind. Dieser /Ton-*n/ore* kann dich nicht nähren. Eines Tages wirst du gehen müssen.«

Koba riss sich aus ihren Gedanken, als sie merkte, dass Mannie sie anstarrte. »Was ist los?«, fragte er.

»Ich bin verdorben.«

»Verdorben? Wie denn?«

Ungeduldig zupfte Koba an dem Lendenschurz, der über ihren Shorts hing. »Weil ich hier bin; weil ich nicht unter meinen Leuten aufgewachsen bin; weil ich nicht alles nach Art der Ju/'hoansi gelernt habe. Hier lebe ich wie ein Mann – ich jage; ich trage Jungenkleidung; ich mag trockenes Essen. Du hast ja gesehen, wie ich Salz mag; es ist mir lieber als Honig. Das könnte daran liegen, dass Honig nass ist, Frauenessen.« Sie seufzte. »Ich bin keine richtige Ju/'hoansi-Frau.«

»*Ag*, Mann, *kak*!«

Sie ignorierte ihn. »Ich bin wie Tochter, die Kröten sprach.« Mannie blickte verwirrt drein. Sie tippte auf das Märchenbuch.

»Oh.«

»Wie Schakal in der Ju/'hoansi-Geschichte. Ich bin so Un-Frau, dass ich *n#ah*-Samen gebären werde. Aus meinem Arsch.«

Mannie verzog das Gesicht und sagte dann geduldig: »Hör mal, Mann ...«

»Siehst du!«

»*Ag*, Koba-Mann, du weißt doch ...«

»Da, du hast es schon wieder gesagt.«

»Das ist nur so eine Redewendung, das weißt du genau. Du bist nur anders, Frau. Gib es zu.« Sie lächelte halb. »Also, so wie ich das sehe, isst du keinen Honig, weil du den Geschmack nicht magst – fertig.« Er zupfte gereizt an seinem Hemdrücken. Der Stoff klebte ihm vor Schweiß auf der Haut. *Jis*, es war zu heiß für diesen ganzen Blödsinn.

»Hör zu, M... äh, Koba, du brauchst nicht traurig zu sein, hm? Ich meine, du hast Glück, weißt du?«

»Glück?«

»Du kannst dir selbst eine Meinung über alles Mögliche bilden. Selber entscheiden, was du tun willst und was nicht. Ich kann das nicht. Pa sagt, ich muss mir die Haare schneiden lassen« – er neigte den stoppeligen Kopf, damit sie ihn sehen konnte –, »und schau dir an, was ich bekomme, verflixtes Schleifpapier. Nur Landeier haben noch so eine Frisur.«

»Du bist ein Landei.«

»Bin ich nicht! Ich war schon in Jo'burg. Na ja, jedenfalls bin ich mal durchgefahren. Du auch. Weißt du noch? Als wir dich aus Südwest…« Er verstummte abrupt. Das war gefährliches Terrain. Ein Ort, an den sie sich noch nicht vorgewagt hatten. Koba schien ihn nicht gehört zu haben. Sie starrte auf das Fleckchen roter Erde zwischen ihnen. Dann hob sie den Blick und sah ihn mit feuchten Augen an.

»Wenn ein Mädchen zum ersten Mal zum Mond geht, tanzen die Frauen für sie. Reiben sie mit Elandfett ein und geben ihr Schnitte, hier«, sie deutete auf ihre Wangenknochen, »damit sie so hübsch aussieht wie ein Zebra. Wo sind meine Striche, wo ist meine Schönheit?« Zwei winzige Tränen rannen unter ihren lang gestreckten Augenlidern hervor.

»*Ag*, Koba, du brauchst keine Streifen im Gesicht. Du bist schon in Ordnung« – die Tränen flossen schneller –, »äh, hübsch sogar« – noch schneller. »Du bist schön, Mann. Du siehst aus wie ein Steinböckchen mit deinen langen, dünnen Beinen und den sanften Augen, und dein Gesicht, hier …«

Gaats, er musste sich zusammenreißen. Beinahe hätte er ihr mit einem dicken, schmutzigen Finger mitten ins Gesicht gefasst.

»Du verstehst das nicht«, erwiderte Koba.

Mannie zuckte mit den Schultern. Nein, tat er nicht. Mädchen waren ihm ein Rätsel, und jetzt wurde Koba, sein bester Freund, auch zu einem verflixten Mädchen.

Er stand auf und streckte ihr die Hand hin. »Ich habe

eine Idee – es ist weit, aber wenn wir am Flussufer entlang gehen ...«

»Du willst hupen.«

Das war ein Scherz zwischen ihnen – wann immer sie in der Nähe waren, blieben sie an der Stelle stehen, die auf der Farm als »Das Wrack des Bel Air« bekannt war. Sie taten so, als drückten sie auf die Hupe des Wagens, der bereits von einer Abordnung erstaunter Versicherungsgutachter geborgen worden war. Ein Foto von dem Wrack hing jetzt im Sitzungszimmer der Versicherung, daneben eines von Mafuta.

»Also, wohin willst du gehen?«, fragte Koba.

»Zu den Bothas.« Mannies Augen tanzten. »Zum Schwimmen. Sie sind übers Wochenende verreist. Sie werden nie erfahren, dass wir in ihrem Swimmingpool waren. Und danach pinkeln wir rein. Das wird Miss Eau de Cologne eine Lehre sein.«

Der Garten der Bothas war wie eine Oase inmitten des versengten, braunen Bushvelds. Ein sich drehender Rasensprenger bespritzte riesige Palmen und Papayabäume. Er gab ein lautes, papierenes Klappern von sich, ehe er umschwenkte und die prächtigen Kletterpflanzen wässerte: Goldregen, Bauhinien und Bougainvilleen. Der schimmernde Rasen aus Kikuyu-Gras federte unter ihren Füßen, als sie auf den nierenförmigen Pool zurannten.

Koba schnappte nach Luft, als sie näher herankamen – die Farbe war beinahe dieselbe wie die von dem anderen Wasser, dem aus ihrem schlimmsten Albtraum, dem Wasser im Teich in den Mutterhügeln. Trotz der Hitze bekam sie eine Gänsehaut am Rücken.

Mannie tauchte schon den Fuß ins Wasser. »Es ist ein bisschen grün, aber das macht nichts; es ist warm wie in einer Badewanne. Komm, fühl mal.« Koba schüttelte den Kopf und zog sich unter einen Frangipani-Baum in einiger Entfernung zurück. Da roch es wunderbar.

»Komm schon, Mann. Du musst schwimmen.« Er ging zu ihr hinüber, blieb vor ihr stehen und blickte auf ihren Kopf hinab. »Was ist denn los, hm?« Ihre Finger drehten eine Frangipani-Blüte hin und her. »*Ag*, Koba, da ist nichts, wovor du Angst haben müsstest. Wenn du nicht schwimmen kannst, bringe ich es dir ganz schnell bei.«

»Das nicht«, nuschelte Koba.

Er ließ sich vor ihr aufs Gras fallen. »Was denn dann? Sag es mir.«

Und weil sie schon einmal angefangen hatte, und weil sie wirklich mit jemandem reden musste, ertappte sie sich dabei, wie sie genau das tat; sie erzählte ihm alles von dem Teich in den Mutterhügeln, wie sie Zuma zurückgelassen hatten, und dass sie zugesehen hatte, wie ihr Vater und ihre Mutter erschossen wurden.

Es dauerte lange, und die ganze Zeit über weinte sie nicht, und Mannie auch nicht. Er spielte ebenfalls mit herabgefallenen Blüten, während er ihr leise seine Eindrücke von diesem Tag erzählte. Schließlich gestand er ihr, was er noch nie einer Menschenseele anvertraut hatte – dass er Etienne warnen und ihm das Leben hätte retten können.

Sie breitete die Arme aus, und sie hielten einander fest und teilten ihren stummen Kummer.

Es kam Mannie nur natürlich vor, ihr Gesicht zu küssen, am Wangenknochen entlang und ihren schlanken Hals hinab. Ihre Finger erkundeten seinen Kopf, strichen über seine Nase und liebkosten seinen Nacken. Dann schob sie die Hand über sein T-Shirt hinab und darunter wieder hinauf und entdeckte seinen harten jungen Körper.

Mannie stöhnte. Der Laut wirkte auf Koba wie ein Alarm, und sie hörte sofort auf. Sie brauchte etwas von Froschjunge, und das hier war es nicht. Sie zog sich zurück. »Ich möchte, dass du mir bei etwas hilfst«, flüsterte sie.

»Klar«, sagte Mannie und versuchte, an ihrem Ohr zu knabbern.

»Nicht mit Essen«, beharrte sie und schob ihn von sich.

Mannie lehnte sich zurück und zog die Knie an, um seine Erektion zu verbergen. Koba redete, aber er wollte verdammt sein, wenn er ihr jetzt zuhörte. Sie tippte ihm ungeduldig auf den Arm. »Ich habe eine Botschaft von den Geistern erhalten«, sagte sie. »Ich muss einen Trancetanz machen und *n/omkxaosi* werden.«

Waszurhölle? »Hör zu, Koba, lass mir einen Moment Zeit«, sagte er. »Ich muss mich abkühlen.« Damit sprang er auf, tauchte in den Pool und schwamm fünf zornige Bahnen. Danach drehte er sich auf den Rücken und ließ sich treiben. Sie sollte sehen, dass sie überhaupt keine Wirkung auf ihn hatte.

Er stieg aus und legte sich auf den Beton, um sich trocknen zu lassen. Koba kam und legte sich neben ihn. »Tut mir leid-leid«, flüsterte sie. Er brummte und verschränkte beide Arme vor dem Gesicht.

»Wenn wir jetzt zusammen essen, wird meine *muti* nicht so stark sein«, sagte sie.

Er hob stirnrunzelnd den Kopf. »Was für *muti*?«

Koba begann, ihm die Tranceinitiationszeremonie zu erklären. Das war schwierig, und für viele der Ju/'hoansi-Wörter kannte sie keine Übersetzung. Aber schließlich verstand er und erklärte sich mürrisch bereit, ihr zu helfen. »Also, was muss ich tun?«

»Für den Tanz muss ich die Trommel-Medizin-Musik haben, die mein Blut zum Kochen bringt. Wenn es kocht, wird meine *n/om* stark sein.«

»*N/om*?«

»Heilkraft. Ich werde schwitzen und zittern, vielleicht sogar ins Feuer springen oder wie tot umfallen. Dann musst du dich um mich kümmern. Du musst mich daran hindern, mich selbst zu verletzen, du musst in mein Gesicht pusten und mich reiben.« Er grinste. »Du musst mich aus der Geisterwelt zurückholen, sonst werde ich sterben.« Nun blickte Mannie besorgt drein.

»Okay. Wann machen wir das?«

»Nächstes Mal beringter Mond.«

KAPITEL 15

Während der folgenden Tage traf Koba Vorbereitungen für den Tanz. Sie besorgte sich einen Mopane-Baumstamm als Feuerholz – nicht leicht zu finden, aber es war den langen Fußmarsch wert; er würde lang und süß brennen. Dann brauchte sie Fußrasseln – Kokons von Mopane-Raupen waren gut geeignet – und Samen zum Rasseln. Koba überprüfte, wie sie in der gerüttelten Faust klangen, ehe sie sie in die Kokons steckte und diese dann auf einer Sehne aufzog.

Haarschmuck kam als Nächstes dran.

»Nimm«, flüsterte sie Mannie am nächsten Morgen zu, als sie an der Wäscheleine vorbeikamen, an der Vorhänge aus den Gästehütten zum Trocknen aufgehängt waren.

»Wozu brauchst du denn einen Vorhang?«

»Nein, das.« Sie deutete auf einen der Vorhangringe aus Messing, die noch im Stoff hingen.

Er zog ihn heraus. »Wozu ist der?«

»Mein Haar. Ich werde ein paar Perlen reintun, dann« – sie ließ den Vorhangring vor einem Auge baumeln – »sehen.« Mannie stieß einen anzüglichen Pfiff aus. Sie lachte. »Ist für Zuma *n!a'an*, nicht für dich.«

Mannie ging langsamer. »Warum willst du eine nom, äh ...«

»*N/omkxaosi*«, half Koba nach.

»Ja, ein Nomakasi-Dings sein?«

»Wenn ich Medizin besitze, wird man mich achten. Die Leute werden mich willkommen heißen.«

»Aber du kannst die Leute doch schon mit Pflanzen heilen. Hast du Selina nicht erst neulich irgendwas für dieses Baby gegeben, das die Ruhr hatte?«

»Bah, viele Leute kennen Pflanzen-*muti*. Sogar Mata. Aber wenn ich Krankheit aus der Geisterwelt heilen könnte, das wäre groß.«

»Aber das kann weh tun, hast du gesagt.«

»*Yau*, Schmerz!« Sie wedelte wegwerfend aus dem schmalen Handgelenk. »Frauen« – sie schlug sich auf die Brust – »laufen nicht vor dem Schmerz der Geburt davon. Kann Tranceschmerz schlimmer sein?«

Insgeheim fürchtete sie sich, aber nicht vor Schmerzen oder Übelkeit. Was, wenn ihre Reise erfolgreich war, dachte Koba, und sie tatsächlich die Geisterwelt erreichen konnte? Würde sie dort ihren Vater mit einem halben Gesicht sehen, ihre Mutter, die Augen von Geiern ausgehackt, Zumas Knochen, von Hyänen zerschmettert? Sie schauderte heftig.

»Was ist los?«

»Wir nennen das, ein Wort wie ...« Sie suchte nach dem richtigen. »Äh, Sonnenspuk. Bei der höchsten Sonne« – sie deutete auf die Mittagssonne über ihnen – »streifen böse Medizinmänner herum. Diese Vergifter werfen keine Schatten.«

»Geistertanz! Geistertanz!« Mannie wachte auf und sah Kobas Gesicht über seinem. Wie war sie in sein Zimmer gekommen? Durch das Fenster natürlich. Stöhnend zog er sich die Decke über den Kopf. Wenn er so abrupt geweckt wurde, bekam er davon immer Kopfschmerzen. Er spürte ein sanftes Stupsen. Brummend setzte er sich auf und rieb sich die Augen. Als sein Blick klarer wurde, sah er Koba, in Felle gehüllt und mit geflochtenem Haar, in dem ein Reif steckte. Er hatte ihr Haar seit Jahren nicht mehr gesehen. So sah es hübsch aus.

»Es ist so weit, was?«

»Komm-komm-komm.«

Mannie knöpfte sich noch das Hemd zu, während er Kobas klirrenden Armreifen quer über das mondhelle Veld folgte. Die Nacht war wie ein Juwel – Sterne glitzerten am Himmel, der tief schimmerte wie Satin, und der Mond war so hell, dass er sogar einen gefleckten Leoparden deutlich hätte erkennen lassen. Der Pfad den Hügel hinauf war ein silbriges Band, aber das Tempo, das Koba anschlug, tat seinem Kopf gar nicht gut. Bei jedem Schritt spürte er einen stechenden Schmerz in den Schläfen. Oben auf dem Pasopkop erlaubte sie ihm endlich, stehen zu bleiben, und wies ihn auf den deutlich erkennbaren Ring um den Mond hin. »Das sind W-wolken«, keuchte er, »vielleicht gibt es Regen.«

»Nein, die Ju/'hoansi sagen, das sind Geister, die tanzen. Schnell-schnell. Trommel-Medizin-Tanz.« Sie reichte ihm einen halbierten Flaschenkürbis, der mit einer straff gezogenen Haut bespannt war. Er schlug leicht darauf. Ein guter Klang.

Koba brachte ihm zwei Schildkrötenpanzer. »Wozu sind die?«, fragte er.

Sie deutete auf den ersten Panzer. »Für Medizinrauch. Der wird mir in Trance helfen. Aber er kann mich krank machen. Dann musst du diesen anderen nehmen« – sie hob den kleineren Panzer an und reichte ihn Mannie – »um mich abzukühlen.«

»Was ist das?«

»San-Pulver.«

Er schnupperte an dem beißend riechenden grünen Pulver. »Puh, stinkt wie das Zeug, das Ma mir früher auf meine blauen Flecken geschmiert hat.«

Aber Koba hatte jetzt keine Zeit für solche Erinnerungen. »Fang an zu trommeln.«

Mannie setzte sich und klopfte ein paar Mal vorsichtig auf die Trommel. Koba tat ein par kurze, schlurfende Schritte. »Hast du Angst vor der Trommel, dass du so zart-zart schlägst?«

»Es ist mitten in der Nacht, Koba. Die Tsonga werden glauben, der Tokoloshe kommt.«

»Ich brauche den Lärm.«

»Okay-okay.« Mannie schlug auf die Antilopenhaut. Eine Eule flog kreischend vor Schreck von ihrem Schlafplatz auf. Er lachte. Das hier könnte Spaß machen, und vielleicht würde er sogar den Schmerz in seinen Schläfen vergessen. »He«, rief er Koba zu, »du nennst dich das Kind eines Ju/'hoan und kannst nicht einmal tanzen?«

Koba lächelte. Froschjunge machte Witze wie ein Ju/'hoan! Sie begann, im Takt zu Mannies improvisiertem Trommelschlag mit den Füßen zu stampfen. Ihre

Fußrasseln klapperten. Sie umkreiste das Feuer und ließ ihren Fliegenwedel im Takt durch die Luft sausen. Sie sang ein paar Noten, »Ihay-oh, ihay-oh.« Vielleicht war es jetzt Zeit für den Medizinrauch.

Sie zündete das gräuliche Pulver in ihrem Schildkrötenpanzer an und atmete tief die aromatischen Dämpfe ein. Von dem Rauch tränten ihr die Augen, und ihre Nase brannte, aber bald fühlte sich ihr Kopf ganz leicht an. Sie begann, als Kontrapunkt zu Mannies Trommelschlägen in die Hände zu klatschen. Das war gut. »Jetzt klingst du wie ein richtiger Mensch! Jetzt reden unsere Rhythmen.«

Koba beugte sich im Tanz nach vorn, und ihre nackten Brüste hingen herab wie goldene Birnen. Mannie konnte eine geschwungene Pobacke in der Lücke zwischen Umhang und Lendenschurz sehen. Die bernsteinfarbene Haut schimmerte vor Schweiß. Er spürte, wie sein Penis sich gegen das Hosenbein seiner Shorts drückte.

Aus einer Schale, die sie sich hoch über den Kopf hielt, goss Koba Wasser in ihren offenen Mund. Ihr Rücken war durchgebogen, und ihre Brüste wirkten im Profil stolz gereckt. Wasser platschte ihr auf die Brust, und sie kicherte, umfing die Brüste mit den Händen und drückte sie zusammen, um die kühlen Tropfen einzufangen. Mannie riss die Augen auf. Sie blickte in seine Richtung, und er schaute hastig weg. Koba nahm ihren Tanz wieder auf.

Ich darf nicht abkühlen. Mein n/om *muss kochen. Wärme am Ende meiner Wirbelsäule. Bald wird sie aufsteigen, und Macht wird mich durchströmen. Ha. Das tut nicht weh –*

wovor habe ich mich eigentlich gefürchtet? Ich brauche kei-
nen Heiler, an den ich mich hängen kann. Ich brauche nicht
einmal die Stimmen der Frauen, die für mich singen. Jetzt be-
wege ich mich durch Wasser. Mein Körper wiegt gar nichts
mehr. Der Trommelschlag kommt aus einer Welt über mir.
Ich sehe den /Ton-Jungen. Winzig – ein Frosch am Rande
meiner Wasserwelt.

Yau! Yau! Etwas packt mich innen drin. Was zerrt so von
hinten an meinem Magen? Es klettert innen an meinem Rü-
cken hinauf! Ich werde hinuntergezogen – ich kann nicht at-
men, ich kann nicht schwimmen. Eine Schlange aus dem Ver-
botenen Teich!

Koba zitterte, schrie und zuckte und versuchte, sich mit
den Fingernägeln die Haut am Rücken aufzureißen. Sie
warf sich zu Boden und rollte auf das Feuer zu. Ihre ver-
größerten Pupillen starrten an Mannie vorbei, der ihr
ins Gesicht blies, doch bald ließ ihr Keuchen nach. Mannie zog Koba in eine sitzende Position und drückte ihr
den Kopf zwischen die zitternden Knie.

Ehe er nach dem Wasser oder dem *buchu*-Pulver greifen konnte, sprang sie auf und riss Kohlen aus dem Feuer,
ohne auf die sengende Hitze zu achten. Sie schleuderte
die glühenden Brocken in die Dunkelheit.

»Geht weg, ihr Schleichenden Pranken, ihr Grausamen Rufe in der Nacht. Ihr werdet mein Fleisch nicht
bekommen. Ich werde nicht hier sitzen und warten, bis
ihr mir etwas tut; nicht wie bei den Mutterhügeln!«

Mannies Haut kribbelte im Nacken. Was sah sie, das
er nicht sehen konnte? Er blickte über den Kreis des Feu-

erscheins hinaus. Da war nichts. Also mussten es schlimme Erinnerungen sein, dachte er; die Sachen, die sie ihm von den Mutterhügeln erzählt hatte. *Jissus*, nun geisterten sie zu zweit hier auf dem gespenstischen Hügel herum, mitten in der Nacht!

»Ruhig, ganz ruhig, Koba, beruhige dich. Ist schon gut. Du bist sicher. Ich hab dich.«

Koba hörte auf, um sich zu schlagen; ihre Augen schlossen sich, und sie schwankte leicht. Mannie lockerte seinen Griff, aber plötzlich begann sie wieder heftig zu zittern und krampfte so stark, dass sie ihn mit sich zog.

»Koba, Koba, hör auf, Mann.«

Allmählich fragte er sich ernsthaft, ob seine Freundin besessen sein könnte. Er glaubte ja nicht an Geister und Ahnen und so was, aber vielleicht ...

Als Koba erschlaffte und kraftlos wie eine Stoffpuppe in seinen Armen hing, begann er sich zu sorgen. Was sollte er tun? Sie zu seiner Mutter bringen? Er würde dieses Pulver mitnehmen müssen, das sie eingeatmet hatte. Es war offensichtlich so eine Art Droge. Er erinnerte sich wieder daran, dass Koba gesagt hatte, er solle ihr ins Gesicht blasen, falls sie krank würde. *Jissus*, jetzt zappelte sie wie ein Fisch am Haken.

Mannie blies und pustete, und schließlich hörte Koba auf zu zittern. Sie packte die Wasserflasche, die Mannie ihr hinhielt, und trank alles auf einmal aus.

Warum tat ihr Magen so weh?, fragte sie sich. Und auch andere Stellen an ihrem Körper. Hatte jemand sie geschlagen? Und warum war es so kalt? Wo war ihr Kaross, und warum saß sie mit entblößten Brüsten vor Froschjunge?

Sie kreuzte leicht die Arme vor der Brust und ließ den Kopf hängen. Sie hatte keine Geister gesehen – nicht einmal ein Steinböckchen, von einem Eland ganz zu schweigen. Nichts – niemand war gekommen, um ihr in die andere Welt hinüberzuhelfen, wo sie *n/om* erhalten könnte. Zuma hatte sich geirrt – sie würde keine Heilerin werden.

»Für die Trance musst du den Mut haben, zu sterben und dann ins Leben zurückzukehren«, hatte Zuma ihr einmal gesagt. »Schmerz liegt an diesem Weg, und auch Angst, aber wenn du sie besiegen kannst, dann bist du würdig.«

Koba wischte sich das Gesicht ab und blickte zum Mond auf. Er hatte immer noch einen Ring um sich, aber er wurde blasser.

Sie stand auf und ging zittrig zu Mannie hinüber, der in eine Decke gehüllt am heruntergebrannten Feuer stand. »Wir müssen es noch einmal versuchen«, sagte sie.

Er schüttelte den Kopf. »Auf keinen Fall – du hast mich zu Tode erschreckt. Ich dachte, du würdest sterben oder wärst vom Teufel besessen oder sonst was.«

»Bitte-bitte.«

»NEIN!«

»Ich bitte ...«

»Koba-Mann, ich bin fertig, und mir tun die Hände weh.« Er streckte ihr die Handflächen hin, die geschwollen und rot waren vom vielen Trommeln.

»Du verstehst das nicht. Jetzt, wenn der Große Stern von seiner nächtlichen Jagd zurückkehrt, jetzt ist die mächtigste Zeit für Trommel-Medizin-Tanz. BITTE!«

»Du hast leicht reden; du kannst den ganzen Tag verschlafen. Ich muss in die Schule.« Seine Kopfschmerzen pochten jetzt wie ein Bongo in seinem Nacken.

»Ich gebe dir Honig. Ich fange dir rotes Fleisch. Mein Herz geht auf Knien zu dir hin. Du musst für mich trommeln.«

»Aber wozu zum Teufel soll das alles gut sein, hm? Du tanzt, du drehst durch, du fällst hin. Ich helfe dir, es geht dir wieder besser ... und jetzt willst du noch mal von vorne anfangen. Was soll das?«

»Das ist für *n/om* – damit ich die Kraft bekomme, Menschen zu heilen.« Sie trat vor ihn hin, stellte sich auf die Zehenspitzen und schaffte es mit Mühe, die Hand an seine Stirn zu legen. »Vielleicht sogar dein Kopfweh.«

»Woher weißt du, dass ich Kopfschmerzen habe?« Ihre Hand fühlte sich rau an wie eine Raspel, aber angenehm. Er spürte, wie seine gerunzelte Stirn sich entspannte. »*Ag*, na gut. Wenn wir ein bisschen trommeln und tanzen, wird uns wenigstens warm.«

Er hob die Trommel auf und begann darauf zu spielen, wobei er bemerkte, dass die Spitzen der Grashalme schon von der Sonne beschienen wurden.

Koba tanzte schlurfend in der Rinne, die ihre Füße um das Feuer gegraben hatten. Ihr Oberkörper bewegte sich kaum, aber unter ihrer glatten Haut war deutlich zu sehen, wie die Muskeln in ihren Oberschenkeln sie vorantrugen. Immer im Kreis herum lief sie, wie ein Roboter.

»Mmm-mmm«, summte sie, »die Musik ist schwer jetzt. Wird *n/om* helfen, zu mir zu kommen.« Sie starrte auf ihre staubigen Füße hinab und begann, vor sich hin zu brabbeln.

Plötzlich hörte Koba auf zu tanzen und zu murmeln. Sie bewegte sich, als schwimme sie unter Wasser, auf Mannie zu und beugte sich über ihn.

Es gefiel ihm gar nicht, wie sie aussah; ihr Körper war wieder schweißgebadet, und ihre Augen hinter dem Perlenvorhang in ihrem Haar blickten irre.

Kobas Hände begannen vor seiner Stirn zu flattern wie zweiteilige Mopane-Blätter im Sturm. Ein einzelner Ton tropfte aus ihrem schlaffen Mund, doch sobald er draußen an der Luft war, schwoll er zu einem Schrei an.

»Kaohididi!«

Das Kreischen tat ihm in den Ohren weh, und sein Herz machte einen Satz. Neben ihm zitterten Kobas Beine, und das Zittern stieg an ihrem Körper empor, bis Becken und Schultern bebten. Mannie fürchtete, sie würde wieder zusammenbrechen. Dann schien sie die Krämpfe unter Kontrolle zu bekommen, als könne sie deren Energie für sich nutzen. Das Zittern hörte auf, und obwohl ihr Gesicht vor Anstrengung verzerrt war, ging ihr Atem gleichmäßig. Sie strich mit den Fingern über Mannies Nacken.

»Was tust du da?«, fragte er.

»Ich werfe die Krankheit hinaus«, keuchte sie. »Dein Kopfweh kommt von winzigen Pfeilen, die der große Gott G//aoan abgeschossen hat. Ich kann kranke Pfeile in meine Hände ziehen und dann hinaus – dort hinaus«, sagte sie und klatschte sich ins Kreuz.

Mannie war skeptisch. Heilen mit nichts als den bloßen Händen? Sie war doch nicht Jesus. Soweit er wusste, glaubte sie nicht einmal an ihn. Was seine Mutter wohl hiervon halten würde?

Zeit verging; er wusste nicht, wie viel. Er konnte die Perlhühner hören, die weit draußen auf dem Veld ihre morgendliche Patrouille begannen. Nach einer Weile reckte er sich, streckte die Arme über den Kopf und blickte zum Himmel hinauf. Er sah Grün, wo der gelbe Sonnenaufgang sich mit dem blauen Himmel vermischte. Hm, das bekam man nicht oft zu sehen. Es war schön, auf zu sein, bevor es heiß wurde, dachte er. Komisch, er fühlte sich gar nicht mehr müde.

Und, he, seine Kopfschmerzen waren weg!

Er drehte sich um und wollte es Koba sagen. Aber seine Freundin tanzte nicht mehr hinter ihm; sie schlief unter dem Baum, wie ein Komma unter ihrem Kaross zusammengerollt. Und ganz in der Nähe – sogar, nachdem er sich die Augen gerieben hatte, um sich zu vergewissern, dass er nicht träumte – sah Mannie eine junge Elandkuh friedlich grasen, Hunderte Kilometer von ihrem natürlichen Lebensraum entfernt.

KAPITEL 16

Koba hockte am Flussufer und starrte in das wirbelnde braune Wasser. Die Dürre war endlich gebrochen. Flutwasser aus dem Hochland hatte das trockene Flussbett in einen wilden Strom verwandelt. Koba sah zu, wie ein großes Nest herantrieb. Vermutlich das eines Grünreihers, dachte sie, als es sich in einem Strudel drehte, ehe es in einer stehenden Welle stecken blieb. Das würde die Stelle sein, wo der Fluss überquert werden musste – wo ein Baumstamm die Flut zurückhielt. Aber sie würde schnell sein müssen; der Baumstamm könnte sich losreißen oder ihr Platschen ein Krokodil aufmerksam machen. Sie kannte diese Geschöpfe nicht gut genug, um ihr Verhalten unter ungewöhnlichen Umständen einschätzen zu können – Krokodile kamen in der Kalahari nun einmal nicht vor, und sie hatte sie bisher nur dahintreiben sehen, mit gelben Augen und reglos wie Baumstämme in stillem Wasser.

Koba wusste, dass es ihr nicht bestimmt war, Krokodilfrühstück zu werden. Auch würde sie auf der Schilfinsel inmitten des Flusses keine Antilope erlegen. Nicht heute. Die Orakelscheiben hatten etwas anderes vorhergesagt.

Die Scheiben hatten Zuma gehört. Sie hatte sie am

letzten Tag auf den Mutterhügeln in Kobas Kaross gesteckt. Koba hatte sie ganz vergessen, bis Mannie eines Tages den Umhang ausgeschüttelt hatte und sie aus der geheimen Falte herausgefallen waren.

»Wozu trägst du denn Auberginenscheiben mit dir herum?«, hatte er gefragt.

»Aubergine?« Koba blickte verwirrt drein. Als Mannie sie aufhob, erkannte er, dass sie aus Tierhaut bestanden, nicht aus Aubergine, und dass schwache Zeichen in das Leder eingeritzt waren.

»He, sind das Orakelscheiben? Ma hat mir einmal erzählt, dass Buschmänner – Entschuldigung, Khoisan-Leute – sie vor der Jagd werfen, um zu sehen, was passieren wird. Machst du das auch?«

Koba hatte den Kopf geschüttelt. Sie las tatsächlich die Scheiben, aber das sollte er nicht wissen. Sonst könnte er sie für merkwürdiger halten, als er es ohnehin schon tat.

Seit die Elandkuh erschienen war, hatte sie das Gefühl, dass ihr Freund ein wenig Ehrfurcht vor ihr hatte. Sie wollte für ihn einfach nur Koba sein – nicht Koba, die Magierin, die Gelbe, die MaSarwa oder auch nur die Khoisan.

Khoisan! Sie hatte einmal versucht, ihm zu erklären, dass ihr Stamm keinen Namen für sich selbst hatte und auch nicht für andere Leute, die so aussahen und so lebten wie sie selbst. Warum sollten sie auch? Sie begegneten niemals anderen; es waren zu wenig von ihnen über ein zu großes Gebiet verstreut, das hatte sie gelernt, als sie mit Mata Landkarten betrachtet hatte. Das einzige Wort, das sie je für sich selbst gebrauchten, war Ju/'hoansi; Harmlose Leute war die beste Übersetzung, die ihr dafür einfiel.

Aber sie sah, dass /Ton einen Namen für ihre Art von Leuten brauchten. In den Büchern und Zeitungen der /Ton stand viel darüber, wie Leute benannt wurden. Aber wenn es einen Titel geben musste, sollten die Leute sich ihren Namen dann nicht selbst aussuchen? Mata stimmte ihr zu und fragte, welchen Namen sie für ihre Gruppe wählen würde, wenn sie könnte.

»Buschmänner.«

»Aber dieses Wort ist als Schimpfwort gebraucht worden.« Mata hatte einen Pfeil-Strich tief in ihr Gesicht gerunzelt.

»*Yau*, was ist schlecht daran, aus dem Busch zu kommen? Das tun wir alle hier, alle auf Impalala.« Matas Augen waren sehr hell geworden, und Koba hatte rasch gesagt, nach allem, was sie in den Zeitungen sah, war es im Busch viel sicherer als in der Stadt. Ärger in Kapstadt, in Durban, und dann in einem kleineren *n/ore* namens Sharpeville – das war der, bei dem Mata so hatte weinen müssen. Und alles wegen Passbüchern, dachte Koba. Was war denn so ein Passbuch, außer einem Stück Papier, auf dem stand, dass man eine Person war, die ein Stück Papier bei sich tragen oder ins Gefängnis gehen musste? *Yau*, die /Ton! Besser, eine Buschfrau zu sein und im Bushveld zu leben. Jedenfalls für die kurze Zeit, die noch blieb.

In letzter Zeit war Zuma abends in der Höhle besonders laut gewesen und hatte unablässig von dem Klopfen in der Brust gesprochen, und wie wichtig es sei, darauf zu hören.

Zuerst hatte Koba geglaubt, der alte Geist sei eifersüchtig auf ihre Nähe zu diesen /Ton. Aber nun wusste sie, dass es mehr war als das; die Angst, die sich ihren Rücken emporschlängelte, sagte ihr das. Aber davonzulaufen oder sich zu verstecken half nichts. Das hatte sie gelernt.

Deshalb saß sie ruhig an dem tosenden Fluss, betrachtete das Schilf und bemerkte, wie sich die Halme stumm teilten und wieder schlossen, als etwas Zierliches sich zwischen ihnen bewegte. Nur ein kleiner Riedbock, oder vielleicht ein Ducker, dachte sie.

Sie neigte den Kopf zur Seite und lauschte nach Bewegung im Unterholz am Ufer. Noch nichts. Sie nahm ihre bedächtige Beobachtung der Insel wieder auf und sah eine Gruppe Oryxweber auf dem Schilf landen, so dass sich die Halme anmutig dem Wasser zuneigten. Die leuchtend rot gefiederten Männchen, die sich auf den blassen Halmen aufplusterten, erinnerten Koba an flammende Streichholzköpfe. Mannie gab ihr regelmäßig Schachteln voll Streichhölzer. Sie liebte den Löwen vorne drauf, und es war praktisch, Ein-Streich-Feuer zu haben – viel schnell-schneller, als wenn sie Stöcke aneinanderrieb. Sie würde Streichhölzer mitnehmen, entschied sie. Die Ju/'hoansi würden froh sein, einfaches Feuer zu haben.

Koba hörte leises Fluchen, als jemand auf der matschigen Uferböschung ausrutschte. Nyanisi, die jüngste von Gideons drei Ehefrauen, glitt in Sicht. Sie tastete hektisch nach einem Halt, um sich abzufangen; ihr weiter Rock war bis fast zur Hüfte hochgeschoben und das perlenbesetzte Kopftuch über ein Auge herabgerutscht. Das andere Auge blitzte Koba zornig an.

Vielleicht weiß sie, dass ich mich hierhergesetzt habe, damit es besonders schwierig ist, mich zu erreichen, dachte Koba. Ihr gleichgültiges Nicken verriet jedoch nichts von ihrer Belustigung.

Ohne die üblichen höflichen Floskeln, ohne sich auch nur die Kleidung zurechtzurücken, platzte Nyanisi heraus: »Die Leute sagen, du könntest mit den Ahnen sprechen.«

Obwohl sie wusste, was jetzt kommen würde, fühlte Koba sich unbehaglich. Jahrelang war Nyanisi ihre feindseligste Nachbarin gewesen. Koba wusste, dass diese majestätische Schönheit die *piccanins* ermunterte, mit Steinen nach ihr zu werfen, wenn Koba am *kraal* vorbeiging. Wann immer irgendetwas verschwand, vermutete Nyanisi sofort lautstark, »die Hässliche Gelbe« habe es gestohlen. Koba fiel es schwer, dieser Frau gut gesonnen zu sein. Doch sie musste die Bitte annehmen, die Nyanisi gleich an sie richten würde. Das war der Anfang dessen, was sein würde.

Sie zwang sich, ruhig zu bleiben, und musterte ihre Bogensehne. »Manchmal höre ich Dinge«, sagte sie gelassen. Sie erschrak, als Nyanisi begann, sich auf die Brust zu schlagen.

»Ich leide«, schrie die Tsonga-Frau. »Seit sechs Jahren liege ich bei Gideon. Jedes Mal, wenn er aus den Minen zurückkommt, wählt er meine Hütte. Ich arbeite mit ihm auf dieser Matratze, die er mir gekauft hat, jede Nacht. Harte Arbeit – er ist ein alter Mann. Ich arbeite härter als eine junge Schwiegertochter, die den Mais mahlt. Bang, bang, bang. Aber immer noch nichts.« Sie zog ihren Rock herunter und entblößte ihren flachen, dunkelbraunen Bauch. »Ich bin leer«, klagte sie tragisch. »Ich habe drei Medizinmänner aufgesucht. Ich habe *muti* hierhin gesteckt« – sie deutete auf ihren Mund – »und hierhin« – zwischen ihre Beine. »*Huw-ah*, das hat gebrannt wie Feuer.« Sie sah Koba mit Tränen in den Augen an. »Was soll ich noch tun? Wer kann mir noch helfen? Ich leide.«

Als die Tränen der Frau flossen, wandte Koba den Blick ab. Sie hörte ein Schniefen, ehe Nyanisi fortfuhr: »Die anderen Ehefrauen machen sich über mich lustig. Gideon bemitleidet mich.« Ein längeres Schniefen, und dann brachten drängende Finger an ihrem Arm Koba dazu, sich wieder Nyanisi zuzuwenden. »Gelbe Frau, du musst die Ahnen fragen, warum ich keine Kinder habe.« Nyanisi sah sie flehentlich an. »Vielleicht wird deine kleine Stimme« – Nyanisi zog die Oberlippe zu einem verächtlichen Lächeln hoch, das ihre wunderschönen, ebenmäßigen weißen Zähne hervorblitzen ließ – »sie nicht verärgern, und sie könnten dir antworten? Dann musst du sie fragen, was ich tun kann, damit dieser Fluch von mir genommen wird.«

»Ein Fluch? Nein«, sagte Koba leise.

Nyanisi sprang auf. »Doch, ist es! Es ist ein Fluch.« Sie riss eine Brust aus ihrer leuchtend gelben Bluse. »Warum kann an dieser hier nur ein zahnloser alter Mann saugen?«

Koba wandte den Blick ab. Nyanisi hatte das Problem selbst genannt. Gideon war alt, sein Samen aufgebraucht, aber wer sollte das einem Mann sagen, der so stolz war wie diese aufgeblasene Rotschopftrappe da? Über dieses Problem würde sie gründlich nachdenken müssen.

»Sprich für mich mit den Alten, kleine Schwester. Bitte. Ich werde dir viele Geschenke geben. Fisch und Salz und sogar Geld.«

Koba überlegte. Geld konnte sie nicht gebrauchen, aber Nyanisis lautes Mundwerk konnte viel dazu beitragen, sie als Heilerin bekannt zu machen, solange sie noch auf Impalala blieb. Das würde ihr einen gewissen Schutz vor den Tsonga verleihen, aber wie sollte sie Nyanisis Wunsch erfüllen, ohne den Häuptling zu verärgern? Bedauerlicherweise hatten ihre Scheiben ihr das nicht gesagt. Dafür, das spürte sie, musste sie ihre Intelligenz benutzen.

»Mit meinen schwachen Kräften werde ich versuchen, sie zu fragen«, entgegnete Koba. »Aber das wird Zeit brauchen ... und viel Salz.«

Nyanisi nickte begierig.

»Komm in drei Tagen zu mir, dann werde ich dir sagen, was ich erfahren habe.«

Die Neuigkeit, dass das Problem bei Gideon lag und nicht bei ihr, gefiel Nyanisi gar nicht. »Das wird er nicht glauben. Er hat den Beweis seiner Kraft – neun Kinder mit den anderen Ehefrauen.«

»Aber Gideon ist jetzt alt. Sein Samen ist nicht mehr frisch und stark.«

»Nein. Sie werden sagen, dass ich unseren Ehemann, unseren Vater beleidige. Die anderen Ehefrauen werden ihn gegen mich aufhetzen. Gideon wird mich nach Hause schicken und seine Kühe zurückverlangen.« Sie rang die Hände. »Ich kann meinem Vater keine solche Schande bereiten. Mein Brautpreis war der höchste im ganzen Dorf.« Sie verschränkte die Arme. »Ich gehe nicht weg. Wenn Gideon stirbt, will ich die Hütte, die jetzt meine ist. Und ich will Kinder, die sich um mich kümmern, wenn ich alt bin, so wie Selina. Ich will einen Sohn und eine nette, stille Schwiegertochter. Nicht zu klug und mit einem starken Rücken.«

Koba verkniff sich ein Lächeln und sagte ernst: »Dann musst du einen anderen Mann finden, der dich besamt.«

»*Huw*!« Nyanisi schlug sich die Hand vor den Mund. »Gideon wird mich umbringen.«

»Gideon wird es nicht wissen.«

»Aber die anderen Frauen werden es ihm sagen. Neidisch wie sie sind.«

Koba hatte ihren Plan vorbereitet. »Du kannst ihnen sagen, dass du mit mir arbeitest, weil ich die Macht besitze, dich fruchtbar zu machen, wo andere versagt haben. Auf dem Pasopkop werden sie dich nicht suchen.« Nyanisi nickte. Das stimmte – wer wollte schon, selbst am helllichten Tag, auf einem Hügel herumlaufen, auf dem es spukte? »Jedenfalls«, fuhr Koba fort, »wirst du nicht dort sein, sondern auf der Jagd nach einem starken, jungen Vater für dein Kind.«

Nyanisi reckte das Kinn und warf Koba mit schmalen Augen einen Blick zu. Ein beinahe laszives Lächeln umspielte ihre Lippen. Aber sie kannte das Problem. »Die Leute werden sagen, dass ich mich mit Hexerei beschäftige.«

»Sag ihnen, dass du mich nur benutzt, um die Ahnen um ein Baby anzuflehen. Das werden sie verstehen.«

»Sie werden nur verstehen, dass ich bedauernswert bin«, erwiderte Nyanisi verbittert.

Koba zuckte mit den Achseln. Ein wenig Demut würde diesen stolzen Schultern gut stehen, fand sie.

Also wurde ausgemacht, dass Nyanisi an den Nachmittagen, die sie mit Koba verabredete, die Farm verlassen würde, während Koba sich auf dem Pasopkop versteckt hielt.

Sie sah Nyanisi mehrere Wochen später wieder, als die Frau einen Kegel Salz und mehrere Avocados vorbeibrachte, die sie auf ihren Ausflügen ins Township gekauft hatte. Nyanisi sah gut aus, fand Koba. Wie eine Frau, die reichlich von einer bestimmten Sorte Essen bekam.

»Noch nicht«, warnte Koba. »Nicht, bevor Gideon kommt.«

Mannie klopfte eine Zigarette aus der Schachtel *Lucky Strikes*, während er die neuesten Nachrichten über den Rivonia-Prozess verfolgte. Wie dämlich konnten die Leute eigentlich noch sein? Die Kerle, die sie auf der Lilliesleaf Farm verhaftet hatten, waren keine Terroristen – das war nur ein Haufen naiver Apartheidaktivisten. Amateure, wie Pa sagte. Lächerlich zu glauben, dass ein benachbarter afrikanischer Staat Truppen in Kanonenbooten schicken würde. Doch in dem Moment, da sich die Nachricht von der Razzia herumsprach, stellten die Weißen ihre Wagenburg auf, und der Tourismus kam zum Erliegen.

Ma wollte natürlich zu dem Prozess ins Gericht. Pa blieb hart. Es hatte beinahe einen Aufstand im Gerichtssaal gegeben, als dieser Ochse hereinmarschiert war und mit gereckter Faust »Amandla« gerufen hatte. Ma könnte verhaftet werden, einfach verschwinden, sagte Pa. Das stimmte – jeder wusste, dass die Sicherheitspolizei einen Menschen neunzig Tage lang in Isolationshaft nehmen durfte, bis sie durch Folter die gewünschte Information erhalten hatte. Mannie paffte nervös an seiner Zigarette. Beobachtete die Polizei die Leute auch draußen auf dem Land? Ma hatte vor ein paar Jahren an illegalen Demonstrationen teilgenommen, damals nach dem Massaker von Sharpeville. Mannie hatte da mit ihr gehen wollen, aber Pa hatte es nicht erlaubt.

Mannie lehnte sich in Deons Sessel zurück und zog kräftig an der Zigarette. Schön, das Haus ganz für sich zu haben, und nicht einmal Gäste, um die man sich kümmern musste. Die allgemeine Aufmerksamkeit konzentrierte sich ganz auf Pretoria, und sogar Ma und Pa waren schließlich hingefahren. Sie hatten einen Kompromiss geschlossen. Pa würde das alte Mädchen nach Pretoria bringen, wo sie ihre Freundin Anna De Wet besuchen wollte, wenn sie versprach, nicht zu dem Gerichtsprozess zu gehen. *Lekker*, wie die Eltern sich dieser Tage verstanden! Gingen zusammen im Veld spazieren und hielten Händchen unterm Sternenhimmel, wenn sie glaubten, dass er nicht hinschaute. Pa hatte sehr fröhlich gewirkt, als er Ma gestern zum Auto geführt hatte – als würde er mit seiner Braut in die Flitterwochen fahren oder so. *Ag*, peinlich.

»*Yau*, du.« Koba steckte den Kopf zum offenen Fenster herein.

»He, komm rein.« Mannie lachte, als sie leichtfüßig über das Fensterbrett sprang. »Nimm dir ein Bier.«

Sie schüttelte so heftig den Kopf, dass ihr das Kopftuch über die Augen rutschte. Ungeduldig riss sie es herunter. Mannie war erleichtert. Mit dem *doek* sah sie wie ein Hausmädchen aus.

»Na, setz dich. Zigarette?«

Sie nahm sich eine und ging dann schnurstracks zum Schaukelstuhl. Das war ihr liebstes Möbelstück. Sie liebte es, sich mit sachtem Schaukeln einzulullen, aber heute wollte sie es wild. Gideon war aus den Minen nach Hause gekommen, und es war an der Zeit, ihren Plan in die Tat umzusetzen. Das war nur gut so – Nyanisi hatte bereits diesen Schimmer einer schwangeren Frau. Koba hatte das Gefühl, dass sie die Situation geschickt gehandhabt hatte, und wollte ihre Freude mit jemandem teilen.

»Und, was hast du so gemacht?«, fragte Mannie.

Sie genoss ihren Augenblick und zog langsam an der Zigarette, um dann sorgfältig einen perfekten Rauchring zu blasen. Mannie machte sein Froschgesicht und glotzte sie mit riesigen Augen an. Sie kicherte und erklärte dann selbstzufrieden: »Ich helfe Nyanisi, von Gideon schwanger zu werden.«

»Schwanger?«

Koba nickte.

»Ha!« Mannie schlug sich aufs Knie. »Der alte Hahn hat's also immer noch in sich, was?«

»Nein, in Nyanisi.« Kobas Miene blieb todernst. »Aber es ist nicht Gideons.«

Mannie explodierte vor Lachen. »*Jissus*, Koba, du wirst allmählich zu schlau!« Als er sich die Augen trocken gewischt hatte, sagte er: »Nyanisi hat also einen Liebhaber, ja? Gideon wird sie umbringen, wenn er das je erfährt.«

»Deshalb gibt sie ihm ja meine *muti* und erzählt ihm, die würde seinen Samen wieder stark machen.«

»Vielleicht stimmt das ja.«

»Bah – das sind nur Blätter vom Schakalbeerenbaum. Damit seine Zunge brennt, weil er gegen mich geflüstert hat.« Mannie lachte schnaubend. »Gideons Samen ist tot.«

»Aber er hat mit seinen anderen Ehefrauen Kinder gezeugt. Oder sind die auch nicht von ihm?«

Sie zuckte mit den Schultern.

»Ich wette, du weißt es. Dein *n/om*-Tier hat sich vermutlich mit Gideons Ahnen unterhalten und ist dann brav zu dir gelaufen und hat es dir erzählt.«

»Hör auf damit.« Warnend wedelte sie mit der Zigarette in seine Richtung.

Mannie lachte. »Ja, ja, du kannst es leugnen, so oft du willst, aber ich habe dieses Eland gesehen, wo es überhaupt nichts zu suchen hatte.«

»Das war ein *gwa*-Traum.«

»*Ag, kak*. Ich habe gar nichts von diesem Zeug eingeatmet. Ich weiß nur, was ich gesehen habe. Wie Shakespeare gesagt hat, ›Es gibt mehr Dinge zwischen Himmel und Erde ...‹«

»Horatio«, sagte Koba und drückte ihre Zigarette aus.

Mannie schwieg. Er fand ja schon lange, dass Koba jetzt lernen sollte. Sie sollte zusammen mit ihm die Abschlussprüfung im Dezember schreiben. Vermutlich würde sie besser abschneiden als er. Aber die Schulbehörde hatte ihr die Erlaubnis strikt verweigert, Martas Bemühungen zum Trotz. Was sollte aus ihr werden?, fragte er sich. Würden sie einander fremd werden, wenn er mit der Schule fertig war und wegging, um zu studieren?

»Denkst du je daran, nach Hause zu gehen und nach deinen Leuten zu suchen, Koba?«

»Bald.«

»Was?«

»Nicht jetzt, Froschjunge. Nicht jetzt davon reden.«

Er starrte sie an. Was hatte sie vor? Warum hatte sie bis jetzt nichts davon gesagt? Wie konnte sie so völlig entspannt wirken? Er war furchtbar aufgewühlt innerlich.

Koba hing lässig in dem Schaukelstuhl, ein schlanker Arm und ein Bein von der faulen Sonne golden beschienen, die schon auf dem Heimweg war. Er stieß ein lang gezogenes Seufzen aus. *Jissus*, war sie hübsch!

Seltsam, dass er es anfangs gar nicht hatte erwarten können, dass sie endlich wieder wegging. Wann hatte sich das eigentlich geändert?, fragte er sich. Und warum merkte er erst jetzt, wie wichtig sie ihm war? Sie hatte die bedeutendsten Ereignisse seines Lebens mit ihm geteilt. Er spürte, wie sich ein Kloß in seiner Kehle bildete. Er kroch auf allen vieren über den Boden auf sie zu. »Koba?« Sie ließ sich in seine Arme gleiten.

Dies hatte sich schon lange angekündigt, und nun, da es hier war, bebte sie vor Erregung. Und ein wenig Angst. Ein Klopfen hatte in ihrer Brust begonnen, aber es war sehr schwach und ließ sich leicht ignorieren. Sie hob das Gesicht und küsste seinen Hals. Bier, Tabak, /Ton-Junge ... gut-gut. Sie bot ihm ihren Mund an.

Er probierte ihn vorsichtig und kostete ehrfurchtsvoll die guavenweichen Lippen. Koba knöpfte ihre Bluse auf, bog den Rücken durch und bot ihm ihre Brüste dar.

Tagelang suhlten sie sich förmlich ineinander und entdeckten, wie köstlich ein anderer Körper schmeckte und sich anfühlte. Mannie staunte über jede neue Nuance von Koba – Fleisch wie Flüssigkeit. Er fand feinstes Sämischleder an ihren Oberschenkeln, Pfirsichhaut an ihrem Po und den Saft von jungem Gras zwischen ihren Beinen – frisch, aromatisch, säuerlich und süß.

Ihr Festschmaus war beweglich: Sie feierten auf dem Rasen, beim Zischen und Ploppen von Champagner-Sternen; in der Badewanne, wo sie nass und glänzend aufeinander herumglitten, drüber und drunter und umeinander herum wie zwei Otter.

In der Glut des Nachmittags schlichen sie sich in das von Fensterläden verdunkelte Elternschlafzimmer und spielten Gefängnisliebende, während die Sonne Gitterstäbe auf ihre Haut warf.

Schließlich, trunken vor Liebe und wund vom Ficken, ohne jede Rücksicht auf Diskretion, taumelten sie nackt in die Küche, weil sie nach Essen und Trinken gierten.

Mannie riss die Kühlschranktür auf, drückte den Daumen durch den Folienverschluss und kippte eine halbe Flasche kalte Milch herunter. Koba lehnte ab. Sie nippte an einer eiskalten Colaflasche und drückte sich die kühlen Kurven an die Wange, die Brust und die brennende Scham.

Mannie stöhnte. »Das sieht so sexy aus ... aber ich kann nicht, ich bin fertig.«

Koba kicherte kehlig und herausfordernd und hielt seinen Blick mit ihren Mandelaugen gefangen. Keiner von beiden bemerkte das leise Klopfen an der Tür, bis es zu einem Hämmern anschwoll.

Mannie schnappte sich ein Geschirrtuch und hielt es sich vor die Lenden. Koba ließ sich zu Boden fallen und kroch außer Sicht.

»Augenblick, ja?«, rief er.

»Nein, Master. Master muss mir helfen ...« Eine der Tsonga-Frauen, und sie klang verängstigt.

»Ich muss mir nur schnell ...«

»Bitte, Master, schnell.«

Mannie fuhr in die Shorts, die Koba ihm zugeworfen hatte, und öffnete die Tür einen Spaltbreit. Vor ihm stand Nyanisi, die vor ihrem wachsenden Bauch die Hände rang.

»Ich muss mit der MaSarwa sprechen.« Sie beugte sich vor und versuchte, durch den Türspalt zu sprechen. »Koba, Gideon glaubt, dass die *muti* ...«

»Koba ist nicht hier.«

Nyanisi trat einen Schritt zurück und musterte den Jungen von oben bis unten, langsam und unverschämt, und ihre Oberlippe kräuselte sich leicht über den unvergleichlichen Zähnen.

Mannie stand da und versperrte ihr mit einem Arm den Weg. Im Stillen verfluchte er sie. Die verflixte Frau brachte ihn zum Erröten. Nach den zwei schönsten Tagen seines Lebens fühlte er sich jetzt schlecht – als hätte ihn jemand dabei erwischt, wie er etwas Schmutziges tat. Er wollte nicht so an Koba denken; aber jetzt wurde er dazu gezwungen. *Fock* Nyanisi – verdarb ihm alles, und nur wegen ihrer Hurerei.

»Gideon wird mich schlagen, wenn die MaSarwa nicht beweist, dass es sein Kind ist«, sagte sie.

»Na, dann gehst du wohl besser los und suchst sie.«

Mannie schlug ihr die Tür vor dem wütenden Gesicht zu.

Am letzten Abend verschlossen sie das Haus gegen die ganze Welt. Am Morgen würden Deon und Marta zurückkehren, Koba würde ihre Arbeit als Heilerin wieder aufnehmen, und Mannie musste in die Schule. Sie wussten, dass alles wieder wie vorher sein würde, aber anders.

Sie lagen dicht beieinander in dem großen Bett, Mannies Körper um Kobas geschmiegt, die Arme um sie geschlungen und die Hände an ihren Brüsten – nicht, um ihre aufregenden Brustwarzen an seinen Handflächen zu spüren, sondern um sie zu schützen, und vielleicht, um seine Schuldgefühle zu beschwichtigen.

Ma hatte nie mit ihm über Sex gesprochen, aber er spürte instinktiv, dass sie hiermit nicht einverstanden wäre. Ob das an Koba lag oder daran, dass sie beide zu jung waren oder unverheiratet, hätte er nicht sagen können.

Verheiratet! Dagegen gab es ein verfluchtes, dämliches Gesetz. Außerdem wollte er gar nicht verheiratet sein; er war noch zu jung. Vielleicht würde er nie heiraten. Koba jedenfalls konnte er nicht zur Frau nehmen.

Aber hätte er dann mit ihr schlafen dürfen? Hatte er sie ausgenutzt? Nein, nein. Er hätte sich mit Küssen zufrieden gegeben; sie hatte mit den anderen Sachen angefangen. Und er war so froh, dass sie das getan hatte. Es war so *lekker*. Und sie war so schön. Scheiße, Mann, warum war sein Leben so verflixt kompliziert? Dumme Ochsen machten das ständig, ohne sich deswegen so zu quälen, oder?

Schließlich fiel Mannie in einen unruhigen Schlaf.

Koba nicht. Es war Zeit.

Wenn sie nur irgendwo hingehen könnten, irgendwo zusammen sein könnten, dachte sie. Dann würde sie ihren Froschjungen aufwecken und ihn dazu bringen, mit ihr davonzulaufen, ehe es zu spät war. Aber es gab keinen Ort für Leute wie sie beide, und dies war der sicherste Weg, es zu beenden.

Zuma hatte die ganze Zeit über recht gehabt. Stückchen für Stückchen verlor sie hier ihre Haut, und sie durfte nicht mehr zögern, von hier fortzugehen. Wenn sie nicht die Kraft hatte, sich selbst bei den Wurzeln auszureißen, die zu schlagen Zuma sie gewarnt hatte, dann

würde sie es eben auf die Art tun müssen, die die Scheiben ihr gezeigt hatten – ein grausamer und beängstigen-
der Weg, aber einer, der sie nach Hause führen würde.
Sie wünschte nur, der sanfte Junge, der neben ihr schlief,
müsste dabei nicht verletzt werden.

Sie lag wach und lauschte dem Klopfen in ihrer Brust.
Es schien mit jedem Herzschlag drängender zu werden.

KAPITEL 17

Mit dem neuen Tag kam der Lärm eines Kleinlasters, der vor dem Haus hielt. Koba hörte die Hunde bellen und dann wimmern. Sie erschauerte. Stille, dann schwere Schritte, die versuchten, leise ums Haus herumzuschleichen. Sie lag reglos in den Armen ihres Liebhabers, hoffte, dass das Klopfen in ihrer Brust ihn nicht wecken würde, und rief sich in Erinnerung, dass die Macht der Ju/'hoansi in Geduld und Ausdauer lag.

Die hölzernen Fensterläden kreischten, als die Axt hindurchbrach. Mannie fuhr mit fliegenden Fäusten hoch. Grauen quoll aus seinen Augenhöhlen.

Ein dicker Polizist hievte sich schnaufend durchs Fenster und fluchte, als der zersplitterte Fensterladen seine blaue Uniform zerriss. Ein jüngerer Polizist kam von der Tür her aufs Bett zu und grinste gehässig.

Koba ließ den Kopf auf dem Kissen liegen und folgte ihm mit Blicken. Er ignorierte sie und wandte sich an Mannie.

»Wir haben einen Tipp bekommen, dass das Hausmädchen ein paar Überstunden für dich macht, Master. Sehen wir mal nach.« Er riss mit theatralischer Geste die Bettdecke von den beiden Teenagern.

»*Liewe Magies.*« Der ungeschickte Captain war endlich im Zimmer und wischte sich die Fettrolle in seinem Nacken mit einem schmuddeligen Taschentuch. »Nicht bloß ein *kaffir*.« Er beugte sich über Mannie, um einen besseren Blick auf die erstarrte Koba zu haben. »Er macht es mit einem Kind! *Sies*. Schlimm genug, dass du dem Immorality Act zuwiderhandelst. Aber auch noch mit einer Minderjährigen! Schäm dich.«

Der schwarze Polizist, der in der Tür gewartet hatte, meldete sich zu Wort. »Buschmann, *Baas*. Klein.« Da die Botschaft überbracht war, wich er rasch wieder in den Schatten zurück.

»Da soll mich doch ... Wie alt bist du, Mädchen?«

Koba sah ihn nur an.

Sein Gesicht rötete sich. »Lieg nicht bloß da rum und gaff uns so frech an, Mädchen. Los, steh auf. Du bist verhaftet.«

Der jüngere Mann packte Koba am Arm und riss sie vom Bett. Einen Augenblick lang baumelte ihr zierlicher brauner Körper in der Luft, schlaff wie eine Stoffpuppe. Dann wurde sie in die Ecke geschleudert.

Mannie brüllte und stürzte sich auf den Grinser.

Grinser und sein Kumpel waren bereit für den Jungen. Rasch wurden ihm die Arme auf dem Rücken verdreht, so fest, dass seine Schulterblätter zusammenstießen. Immer noch wehrte er sich.

»Hör zu, mein Junge, mach deine Situation nicht schlimmer, als sie ist, ja? Zieh dich hübsch ruhig an.« Sie reichten ihm seine Unterhose. In der Hitze der Demütigung versuchte er, zwei Füße durch ein Loch zu schieben.

»Das passiert immer.« Die Polizisten lachten, während sie das Bett abzogen und das Laken als Beweismittel in eine Tüte packten.

»Wissen Sie, Captain, ich habe neulich gelesen, dass irgendein Tukkies-Professor Kaffern geraten hat, keine Bettwäsche zu benutzen. Das sei irgendwie schlecht für den Schimmer auf ihrer Haut.«

»Glauben Sie nicht alles, was Sie lesen, Jordaan. Schön, dann brauchen wir noch deinen Schutz, mein Junge.«

Mannie starrte den Captain entgeistert an.

»Du hast keinen benutzt, nicht wahr? Ehrlich, ihr Kaffernliebhaber macht mich krank. Findest du vielleicht, dass es noch nicht genug verflixte Farbige in diesem Land gibt? *Liewe Magies*!« Er nahm seine Uniformmütze ab und wischte sich mit dem schinkenartigen Handrücken über die feuchte Stirn. »Nicht so wichtig, der Amtsarzt kann vermutlich alles, was wir brauchen, aus dem Mädchen holen. Also, Männer, schaut euch noch mal schnell um, damit wir auch nichts übersehen ...«

Grinser begann, Schubladen aufzureißen und den Inhalt auf den Boden zu schleudern, ohne ihn sich auch nur anzusehen. Der schwarze Polizeibeamte schaute auf allen vieren unter das Bett. Mannie bemerkte, dass das Fenster unbewacht war. Koba konnte leicht hinausschlüpfen und abhauen. Er könnte einen kleinen Ringkampf veranstalten, um die Verfolger aufzuhalten. Sie würde ein Versteck finden, so gut wie sie die Farm kannte. Er fing ihren Blick auf und wies mit einer Augenbewegung auf das Fenster. Beinahe unmerklich schüttelte sie den Kopf. Mannie blieb der Mund offen stehen. Was war denn mit ihr los?

Dann war die vorgebliche Durchsuchung zu Ende, und sie wurden aus dem Haus und in den Lastwagen der Polizei vor der Tür verfrachtet.

»Normalerweise erwarten wir von einem Weißen nicht, dass er hinten drin mit den Kaffern fährt«, sagte Grinser, »aber unter den Umständen ...«

Die Gittertür knallte zu, und der Lastwagen fuhr so ruckartig an, dass Mannie und Koba gegen das scharfkantige Metall des Radkastens geschleudert wurden. Am liebsten hätte er sie gepackt und in dieses undurchdringliche Gesicht geschrien, dass sie ihre einzige Chance auf Freiheit vertan hatte. Sie hatte den einzigen Weg zurückgewiesen, mit dem er ihr hätte ersparen können, was womöglich vor ihr lag. Aber die Fahrt war zu rau, um sich zu unterhalten. Sie wurden hin und her geschleudert und prallten gegen die Wände, während sie über die unbefestigte Straße holperten.

Irgendwie musste er seinen Eltern eine Nachricht zukommen lassen. Er klammerte sich an die hintere Türe, die Finger durch das Gitter geschoben wie ein verzweifeltes Äffchen. Bald würden sie am Lager der Tsonga vorbeifahren. Das war ihre letzte Chance.

Nur eine Gestalt stand außerhalb des Schilfzauns. Sie schien auf den Lastwagen zu warten. Es war Nyanisi, die aufrecht unter dem gewaltigen Bündel auf ihrem Kopf stand. Aber ihr Gesicht wirkte eigenartig unförmig, und ein Auge war zugeschwollen.

Mannie presste sich an das Gitter und brüllte: »Polizeistation. Sag es *Mutari*.«

Nyanisi lächelte und enthüllte dabei ihre abgebrochenen Schneidezähne.

KAPITEL 18

»Deon, ich bin dir sehr dankbar dafür, dass du mit mir dorthin gefahren bist.«

Marta legte eine Hand auf seine, die auf dem Lenkrad ruhte.

Er starrte glücklich darauf hinab und bemerkte nicht, wie braune Altersflecken ihre zarten Sommersprossen verschwimmen ließen. Die fünfstündige Fahrt war der perfekte Abschluss einer verdammt guten Woche gewesen, dachte er. Es war Jahre her, dass er und Marta zuletzt Urlaub gemacht hatten; Jahre her, dass seine Frau so entspannt gewesen war. Allerdings, dachte er, hatten sie beide viel zu tun gehabt: Er hatte das Safarilager aufgebaut und sie diese vielen Zeichnungen im Auftrag des Verlags gemacht. Und dann ihre ganzen Proteste.

Gott sei Dank hatte sie es beim Bildungsminister endlich aufgegeben. Warum zum Teufel sollten sie die Behörden auf Kobas Anwesenheit auf der Farm aufmerksam machen – nur, weil Marta wollte, dass sie ein Zeugnis bekam, das zeigte, wie klug sie war? Sie brachen das Gesetz, indem sie Koba überhaupt bei sich wohnen ließen. Ihre Quote für afrikanische Bewohner war schon voll; sie würden nie die Genehmigung für einen weiteren bekommen, der nicht einmal dort geboren worden war. Aber Marta bestand darauf, dass es jedem erlaubt sein müsse, die Abschlussprüfung abzulegen, die er wollte. Sie hatte sogar vorgeschlagen, dass Mannie seine verweigern sollte, aus Prinzip.

Ja, Marta wurde immer noch ganz aufgeregt und feurig, wenn es um solche Prinzipien ging, und er fand das immer noch frustrierend – und wahnsinnig sexy. Jetzt, da sie Zeit hatten, würde er ihr das gern zeigen. Noch einmal. Am liebsten hätte er den Wagen sofort angehalten, sie geküsst und sie auf dem Rücksitz des Vauxhall geliebt, gleich hier und jetzt am Straßenrand.

Er legte ihre Hand in seinen Schoß und zog fragend eine Augenbraue hoch.

Marta lachte. »Ich bin zu alt, um mich in einer kompromittierenden Situation auf einer Staatsstraße erwischen zu lassen, Mr. Marais. Außerdem hast du inzwischen wirklich genug gehabt für einen so alten Knaben.«

Deon seufzte theatralisch und gab ihr mit einer galanten Verbeugung ihre Hand zurück.

Marta lächelte. Die Reise nach Pretoria hatte so viel Spaß gemacht: Einkaufen, ein Dinner mit Tanz im eleganten *Ciro's*, und sie waren dreimal im Bioskop gewesen – einem Bioskop, wo die Gäste sich schick anzogen, obwohl sie alle im Dunkeln sitzen würden.

Aber jetzt hatte sie ein schlechtes Gewissen. Dies war eine schwierige Zeit für ihr Land. Nelson Mandela würde ins Gefängnis kommen, und die höchsten Autoritäten des Landes begingen schwerstes Unrecht. Sie hätte in Trauerkleidung herumlaufen sollen, nicht im Abendkleid.

»Sieh dir das mal an«, sagte Deon, als sie die letzte Anhöhe des Highvelds erklommen. »Da kommt ein Sturm, um diese Jahreszeit!«

»Nein, das kann nicht sein. Nicht mitten im Winter. Heuschrecken vielleicht?«

»Nein. Da liegt schweres Wetter vor uns, das sage ich dir.« Der Himmel verdunkelte sich, während sie die Abfahrt ins Lowveld begannen. Impalala lag noch mehr als eine Stunde Fahrt entfernt, und ein warnender Wind zerrte an den steifen Blättern der Mango- und Orangenbäume, als sie an den Obstplantagen vorbeifuhren. Jetzt färbte sich der Himmel drückend violett. Er pulsierte vor Wetterleuchten. Dann fuhr ein Blitz im Zickzack ins Tal hinab und zischte zornig und grell weiß wieder hinauf. Marta zählte bis fünf, ehe sie den Donner grollen hörte.

»Fünf Meilen vor uns, das Gewitter.«

Deon musste die Stimme heben, um einen weiteren Donnerschlag zu übertönen. »Kann nicht sein. Es ist direkt über unseren Köpfen.« Er lächelte. »Meine Ma hat immer gesagt, das wären die Engel, die ihre Möbel umstellen.«

»Dann muss dieses Sofa gerade eben groß genug für die gesamte Schar gewesen sein«, schrie Marta zurück, nachdem ein mächtiges Getöse sogar den Motorenlärm übertönt hatte. Wind peitschte gegen den Wagen, Baumkronen wirkten wie umgestülpte Regenschirme, und dann prasselte der Regen herab; die Tropfen knallten auf die Motorhaube wie Schrotkugeln. Die Scheibenwischer hatten Mühe, den Wasservorhang auf der Windschutzscheibe zu teilen, aber als die Regentropfen zu klebrigen Hagelkörnern wurden, fuhr Deon rechts an den Straßenrand und schaltete den Motor aus. Sie blieben ruhig sitzen. Das Auto war ein relativ sicherer Ort bei einem Gewitter, und der Regen würde bald nachlassen. Leder quietschte, als Marta zu Deon hinüberrutschte. Er legte ihr den Arm um die Schultern. Bald waren die Scheiben so beschlagen, dass sie es nicht merkten, als der Regen ebenso plötzlich aufhörte, wie er angefangen hatte. Die Sonne begann, die Pfützen von der Straße zu kochen.

Danach lag Marta in die Arme ihres Mannes gekuschelt da. »Ich bin froh, wieder nach Hause zu kommen; ich bin nicht mutig genug für subversive Politik, wie Anna und die anderen.«

Er strich ihr übers Haar. »Du bist so mutig wie eine Löwin, Martjie.«

»Nein, ich schreibe nur Briefe und demonstriere. Anna geht zum Gericht und besucht Häftlinge im Gefängnis. Sie sagt, die Polizei würde elektrische Viehtreiber dazu benutzen, den Gefangenen Geständnisse abzuzwingen. Einer ist sogar im Gewahrsam gestorben, angeblich hat er sich erhängt.«

»Sich erhängt, so ein Unsinn! Dabei haben ihm die hilfsbereiten Sicherheitsbeamten doch sicher gern geholfen.«

»Vielleicht hat er sich tatsächlich selbst erhängt – um die Folter nicht mehr ertragen zu müssen?« Marta schauderte. »Kannst du dir das vorstellen?«

»Teufel, nein. Lieber würde ich mich um sechs Ronda-vels mit verstopften Toiletten kümmern.«

Sie richtete sich auf und knöpfte sich die Bluse zu. »Ja. Oder für zwölf Personen kochen.«

»Kochen!« Deon lachte. »Bist du sicher, dass du nicht lieber gefoltert werden möchtest?«

Eine Stunde später ratterte der Vauxhall über das Vieh-gitter von Impalala.

»Morgen muss ich mich um die neuen Strohdächer kümmern. Nummer fünf sieht am schlimmsten aus«, bemerkte Deon. Ärgerlich schnalzte er mit der Zunge. »Schau dir das an, wer lässt denn da am helllichten Tag das Licht brennen? Und was ist mit den Hunden los?«

Sobald Marta ihr Schlafzimmer betrat, wusste sie, dass etwas Schreckliches passiert sein musste. Papier, Puder, Kleidung, alles war durcheinandergeworfen, Schubladen herausgerissen.

Warum war das Bett abgezogen? Und was, um Him-mels willen, war mit den Fensterläden passiert?

Mit hämmerndem Herzen rannte sie in Mannies Zim-mer. Ordentlich, das Bett nicht zerknautscht.

O Gott, er muss in unserem Bett gelegen haben, als er überfallen wurde.

Sie rannte zurück in ihr Schlafzimmer und suchte nach Blutflecken. Nichts. Aber das Bettzeug fehlte. Hat-ten die Angreifer es benutzt, um den Jungen darin ein-zuwickeln? Sie musste ihn finden. Koba. Koba konnte ihr helfen. Waren ihre Leute nicht die besten Fährtensu-cher?

Marta rannte aus dem Zimmer und kreischte: »Sucht Koba!«

Ein Paar starker brauner Hände hielt sie auf. »Manana, der *kleinbaas*. Sie haben ihn mitgenommen.«

»Wer? Wer hat ihn mitgenommen?«, fragte sie Selina flehentlich.

»Die Po-lis.« Marta starrte Selina an, mit stumm aufgerissenem Mund. Beide hörten die humpelnden, schweren Schritte, mit denen Deon ins Haus rannte.

»Was ist los? W-wer ist verletzt? Was zum Teufel ist hier passiert?«

Geduldig, als spreche sie mit begriffsstutzigen Kindern, erklärte Selina, was sie der trotzigen Nyanisi hatte entlocken können.

»Wann haben sie sie weggebracht? Und wohin?«

»Wie kann Nyanisi da so sicher sein?«

Deon schob sich an dem Sergeant vorbei, der hinter dem Empfangstresen hervoreilte, und platzte ins Büro des Captains. »Mein Junge, Manfred Marais, wo ist er?«

Der Captain legte die Hand auf den Putter, den er geschwungen hatte.

»Und Sie wären bitte wer?«

»Sein Vater!«

»Tja, Sir, es tut mir leid, Ihnen mitteilen zu müssen, dass Ihr Sohn verhaftet wurde und wegen Verstoßes gegen den Immorality Act vor Gericht angeklagt werden wird. Wir haben ihn ›in flagrantas‹ mit Ihrem kleinen Dienstmädchen erwischt.«

»Sie ist kein Dienstmädchen«, fauchte Marta.

»Es ist mir egal, wie Sie ihn angetroffen haben – bringen Sie uns zu den Kindern. Sofort.«

»Das wird leider nicht möglich sein.« Der Captain sah Marta zum ersten Mal direkt an. Er hatte Gerüchte gehört, sie sei eine Kommunistin, aber für ihn sah sie aus wie eine gewöhnliche Farmersfrau. »Die Staatspolizei will sie befragen. Sie sind auf dem Weg ins Hauptquartier der Sicherheitspolizei, wo sie unter dem Zusatzartikel von 1963 festgehalten werden.«

Deon wurde bleich. »Nach dem Neunzig-Tage-Gesetz?«

Der Captain nickte.

Marta brach auf einem Stuhl zusammen.

Erst waren sie zu angespannt, um sich zu unterhalten, während sie mit halsbrecherischer Geschwindigkeit zurück in Richtung Johannesburg fuhren, durch Täler, in denen sich der Krokodilfluss nach den Regengüssen schlammig braun dahinwälzte, den Bergpass hinauf, auf zwei Rädern durch die Kehren, wobei Deon die Hand auf der Hupe liegen ließ, um den Gegenverkehr zu warnen. Eine lange Rennstrecke quer über das Hochplateau, vorbei an staubigen Feldern und einsamen Farmhäusern, hin und wieder Eukalyptuswäldchen oder Windrädern, die sich in der schlappen Brise quietschend drehten. Blutrote Rinder hinter Stacheldrahtzäunen, Raubvögel, die hier und da auf den endlosen Telegrafendrähten saßen und mit dem Schwanz das Gleichgewicht hielten, während sie aufmerksam den Boden beobachteten – Marta starrte auf all das, ohne es zu sehen. Sie blinzelte nicht einmal, als ein schwarzer Witwenvogel über das Veld davonflog, eine Schlange im Schnabel.

Bitte, lieber Gott, lass ihnen nichts geschehen. Bitte nicht den Viehtreiber, keine Zigaretten, die auf ihren Genitalien ausgedrückt werden, nicht ihre Köpfe in erstickenden Tüten. Bitte, bitte. Das ist meine Schuld ... Wenn ich sie nur nie nach Impalala gebracht hätte ... Ich hätte die beiden nicht allein lassen dürfen. Sie sind doch noch Kinder.

Deon nagte währenddessen auf einem Fingerknöchel herum und überlegte, dass die Sicherheitspolizei ihnen wohl nicht erlauben würde, die Kinder zu sehen. Unter dem Neunzig-Tage-Gesetz waren sie dazu nicht verpflichtet – sie brauchten nicht einmal offiziell zuzugeben, dass sie sie überhaupt in Gewahrsam hatten. Er würde sich etwas einfallen lassen müssen, einen Plan schmieden. Und er würde bald auf die Farm zurückkehren müssen. Er konnte von Selina nicht erwarten, dass sie alles allein im Auge behielt, nicht für länger, obwohl sie gerade keine Gäste hatten. Mann, er könnte jetzt einen Drink gebrauchen. Er war fast den ganzen Tag lang gefahren. Neun, zehn Stunden? Er war hundemüde. Marta auch, vermutete er.

»Deon, glaubst du, dass die beiden, Koba und Mannie, schon länger, äh ... ein Pärchen sind?«

»Verflucht, Mann, ich weiß es nicht. Aber ich kann nicht behaupten, dass ich über diese Vorstellung sonderlich glücklich wäre.«

Marta saß ganz still da. Sie wollte das nicht hören. Nicht jetzt, wo sie seine Unterstützung brauchte, um die schwere Zeit zu überstehen, die vor ihr lag. Die Kinder moralisch dafür zu verurteilen war eine Sache. Aber politisch? Nein, bitte, lieber Gott, nicht dieser Mann, dem sie sich noch vor ein paar Stunden auf genau dieser Straße so nahe gefühlt hatte.

Sie sprach in der Hoffnung, seinen Worten zuvorzukommen. »Ich frage nur, weil Mannie, wenn er sexuell unerfahren ist, womöglich glaubt, er sei verliebt.« Sie sah, wie Deons Lippen sich bewegten, um die Worte zu formen. Hastig sprach sie weiter. »Bei Koba bin ich mir nicht sicher. Sie hat ein starkes Gefühl, was ihr eigenes Schicksal angeht, vermute ich. Es würde mich nicht überraschen, wenn sie gewisse Dinge vorhersehen könnte … Du weißt schon, ich meine, das ist bei den Ju/'hoansi nicht ungewöhnlich. Nicht, dass sie mir je so etwas gesagt hätte, natürlich. Du weißt ja, wie zurückhaltend sie ist. Eine so würdevolle kleine Person.«

»Ja, schon, aber …«

»Na ja, was ich sagen will, ist: Sie weiß ganz sicher, dass es keine gemeinsame Zukunft für sie beide geben kann, und nicht nur wegen der Gesetze dieses Landes. Sie ist klug, aber sie weiß mehr als das, was man aus Büchern lernen kann. Es ist wie eine Art Weisheit, die sie geerbt hat oder so.« Sie wandte sich ihm zu, als ihr eine Idee kam. »Weißt du, woran mich das erinnert? Man sagt doch so etwas von Elefanten – dass eine neue Leitkuh einfach weiß, wo die Wasserlöcher sind, auch wenn sie selbst noch nie dort war. Sie weiß einfach, was für das Überleben der Herde zu tun ist. Instinktiv.«

»Du tust es schon wieder.«

»Was?«

»Du weißt schon. Sie-Tarzan, wir Dumm-Jane.«

»Das ist nicht wahr!« Marta wandte sich ab und starrte auf die leere Straße vor ihnen. »Ich sage ja nur, dass ich glaube, Koba weiß, dass ihr Platz bei ihrem Volk ist. Aber Mannie?« Sie hob die Schultern zu einem hilflosen Achselzucken.

»Eines ist mal sicher, er wird es schwer haben mit dem vielen Gerede, das es jetzt über ihn geben wird«, sagte Deon. »Er wird gesellschaftlich isoliert sein. Kein anständiger Vater wird unserem Sohn erlauben, mit seiner Tochter auszugehen, oder?« Martas Lippen wurden sehr schmal. »Aber was mich an der ganzen Sache wirklich verrückt macht, verdammt noch mal« – er schlug auf das Lenkrad – »ist unser Junge, mit *ihr*!«

Marta sank der Mut.

»*Jissus*-Mann«, fuhr Deon fort, »sie ist doch fast wie eine Schwester für ihn. Ich meine, das ist praktisch Inzest.«

Ein paar Augenblicke lang konnte Marta es nicht fassen. Dann beugte sie sich hinüber und küsste ihn.

KAPITEL 19

Als sie das Hauptquartier der Sicherheitspolizei erreichten, war es geschlossen. Der diskrete Eingang war abgesperrt, keine uniformierten Polizisten oder auch nur Wachen waren in Sicht, keine Polizeifahrzeuge, keine Blutflecken auf dem Bürgersteig. Nur ein Aushang, auf dem stand: »Sprechzeiten: 8:30 bis 17 Uhr.«

Marta starrte an dem Gebäude empor. Konnte das wirklich hier sein – über einem Lebensmittelladen?, fragte sie sich. In einigen Fenstern hoch oben brannte Licht, aber sie konnte keine Gitter davor sehen. Vielleicht hatten die Zellen gar keine Fenster? Vielleicht waren die Kinder überhaupt nicht hier? Wo, wo sollte sie nach ihnen suchen? Wo sollte sie anfangen? Sie drehte sich zur Straße um. Der Verkehr brummte in einem gleichgültigen Strom vorüber.

Wie konnten all diese Menschen, deren Kinder sicher im Bett lagen und die zu einem Dinner oder einem Film im Bioskop unterwegs waren, so gleichgültig sein? Wussten sie denn nicht, in welcher Gefahr sie selbst und ihre Kinder schwebten? Welche Verbrechen in diesem unauffälligen Gebäude geschahen, an dem sie jeden Tag vorbeifuhren? Aber die schlichte Wahrheit lautete, dass die Insassen dieser Autos und ihre Familien nicht in Gefahr schwebten. Sie waren weiß. Marta hätte auf die Straße hinauslaufen und schreien und schreien und schreien mögen.

Sie nahmen sich ein Zimmer in einer nahen Pension und bekamen ein Abendessen serviert. Sie bemerkten nicht, wie ekelhaft die zweimal aufgekochte Suppe schmeckte oder wie klebrig die Wachstischdecke unter ihren angeschlagenen Schüsseln war. Später lagen sie im Bett, hielten sich an den Händen und starrten auf das Neonschild, das durch die fadenscheinigen Vorhänge schimmerte. »Zimmer frei«, verkündete es.

Um acht Uhr am nächsten Morgen standen sie vor dem Lebensmittelladen an der Hauptstraße. Links von dem Laden führte eine Tür zu einem kleinen Flur mit einem Drei-Personen-Aufzug und einer Treppe. Sie entschieden sich für die Treppe und mussten sich einem gemächlichen Strom von ganz gewöhnlich aussehenden Geschäftsleuten in Anzug und Krawatte anschließen, die nur anhand ihres uniformen, hinten und an den Seiten sehr kurz geschorenen Haars als Staatspolizisten zu erkennen waren.

Das Hauptquartier war bereits geöffnet, und auf einer langen Holzbank in dem kahlen Wartezimmer saßen drei Menschen: zwei schwarze Frauen, die sich an den Händen hielten, und ein junger Mann.

Marta ging schnurstracks zum Empfang und packte den Tresen mit beiden Händen. »Wir möchten mit jemandem über die Festnahme unseres Sohnes sprechen ...«

»Und einer weiteren Minderjährigen«, fügte Deon hinzu.

Aus einer offenen Bürotür hörten sie ein gebelltes Kommando. »Das sind der Marais-Junge und das Buschmann-Mädchen; sind gestern Abend reingekommen. Geben Sie ihnen das Angehörigenschreiben.«

Marta setzte sich. Nein, sie fiel auf die Bank, so hart, dass sie sich die Wirbelsäule bis hinauf in den Nacken stauchte. Sie hörte sich schluchzen.

»*Tula, tula*«, flüsterte eine der Frauen tröstend. Doch es konnte keinen Trost geben. Ein Mann trat aus der offenen Tür. Er trug ein kurzärmeliges Hemd und ein gütiges Lächeln.

»Mrs. Marais, ja?« Er blieb vor Marta stehen. »Captain Steyn, Sicherheitspolizei.« Er streckte die Hand aus. Deon eilte herbei und drückte sie. »Machen Sie sich keine Sorgen; Ihrem Jungen wird nichts geschehen. Wir wollen ihm nur ein paar Fragen stellen, und dann ...«

»Aber wo sind sie, die Kinder?«, unterbrach Deon ihn.

»Wenn Sie sich die Zeit nehmen würden, das Schreiben zu lesen, das der Beamte am Empfang Ihnen gegeben hat, Sir, würden Sie daraus ersehen, dass sie auf der Wache in der Jeppe Street festgehalten werden, keine zwei Meilen von hier. Eine schöne, moderne Einrichtung, Zellen auf der einen Seite, Anklagebüro auf der anderen. Sie verfügt sogar über einen kleinen Gerichtssaal.«

Marta bekam kaum noch Luft. »Können wir sie sehen?«, brachte sie mühsam hervor.

»Ich fürchte, das wird zum gegenwärtigen Zeitpunkt

nicht möglich sein. Aber Sie können am Empfang frische Kleidung für sie abgeben und Essen. Keine Zeitungen, versteht sich.«

Deon packte Steyns gebräunten Unterarm. »Captain, bitte. Wir sind doch beide Männer von Welt. Dass mein Sohn, äh, sexuellen Kontakt mit … *Ag*, Mann, das ist doch kaum eine Frage der staatlichen Sicherheit, oder?«

Steyn zog seinen Arm zurück wie aus einem offenen Abwasserkanal. »Ich fürchte, das Gesetz verbietet mir, zum gegenwärtigen Zeitpunkt mit Ihnen über diesen Fall zu sprechen. Wenn Sie mich also entschuldigen würden …«

Als sie die Treppe hinuntereilten, hörten sie schwere Schritte hinter sich. Die dickere der beiden schwarzen Frauen war ihnen aus dem Wartezimmer gefolgt.

»Nähen; die Madam muss einen Brief ins Hemd einnähen«, keuchte sie.

»Wie bitte?«, fragte Deon.

»Für den Jungen; Ihren Sohn. Sie werden Ihnen nie Besuch erlauben, aber die Po-lis geben ihnen die Kleider. Wir legen den Brief, klein-klein, in den Hemdkragen und nähen ihn zu.«

Marta erholte sich von ihrem Schock und sprach die Frau auf Zulu an. Das war eine glückliche Entscheidung. Die Frau kam aus Natal, war aber seit einem Monat in Johannesburg und versuchte, die Freilassung ihres Sohnes zu erreichen, Jabu Zondo, der wegen Verstoßes gegen das Sabotagegesetz verhaftet worden war. Sie hatte erst kürzlich einen Brief von ihm bekommen, in dem stand, dass es ihm gut ginge und man ihn fair behandelte. Sie zog ihn aus ihrem BH hervor, faltete ihn vorsichtig auf und zeigte ihn Marta. Die Schrift sah zittrig aus.

»Das ist nicht seine Handschrift«, erklärte Mrs. Zondo. »Jabu würde nie so über die Zeilen wackeln. Er ist mein Erstgeborener. Er war sehr gut in der Schule. Seit er so klein war.« Sie legte drei Finger zusammen und hielt sie auf Kniehöhe. »Jetzt will ich wissen, was sie mit ihm gemacht haben. Wann kommt er nach Hause?«

Captain Steyn erschien am Kopf der Treppe. »Mrs. Zondo«, bellte er, »ich habe nicht den ganzen Tag Zeit.«

Der uniformierte Polizist in der Wache an der Jeppe Street bestätigte ihnen, dass ein gewisser Manfred Marais und ein weiblicher Buschmann, Name unbekannt, hier in Gewahrsam seien. »Getrennt voneinander«, erklärte er gehässig, »in Einzelhaft.« Marta und Deon durften sie nicht besuchen.

Wieder draußen, erklärte Deon, er werde jemanden anrufen – einen alten Freund aus dem Hotel, der inzwischen bei der Polizei arbeitete. »Kommst du mit?«, fragte er Marta.

Sie schüttelte den Kopf. »Nein. Ich werde zwei Hemden kaufen, eine Nadel und Faden. Wir sehen uns in der Pension.«

Aber dann merkte Marta, dass sie nicht einfach weggehen konnte. Sie wollte in der Nähe der Polizeiwache bleiben und um das Gebäude herumgehen, nur für alle Fälle.

Für welche Fälle eigentlich?, fragte sie sich auf ihrer vierten Runde. Glaubte sie, die Kinder auffangen zu können, falls sie aus einem Fenster gestoßen wurden? Dass sie hinaufrufen könnte: »Mama kommt!«, wenn sie ihre Schreie hörte? Es gab keine Schreie, nur der Lärm von Autos, Bussen und Motorräder, die in einem endlosen, ahnungslosen Strom vorüberbrummten.

Schließlich zog sie los, um ihre Einkäufe zu erledigen.

Als Deon ihr Zimmer betrat, saß sie da und trennte den Saum eines Schulhemds auf. »Myburg wird tun, was er kann, aber er war nicht sehr zuversichtlich. Er sagt, unsere beste Chance wäre jemand in der Regierung. Ich weiß, das ist ein Schuss ins Blaue, aber wir könnten Lettie um Hilfe bitten. Vielleicht hat sie ja noch Verbindung zu Etiennes alten Parteifreunden?«

»Ja, ja, ruf sie gleich an.«

Obwohl sie Lettie seit ihrem Besuch auf Sukses nicht mehr gesehen hatten, waren sie in Verbindung geblieben. Marta war eine gewissenhafte Briefeschreiberin, während Lettie lieber telefonierte. Marta war sicher, dass jeder, der an der Gemeinschaftsleitung von Onderwater hing, sich über Letties Vorliebe für das Telefon sehr freute. Ihre Schwägerin war immer noch unglaublich indiskret.

»*Wragtig*, was für ein Skandal!«, sagte Lettie, als sie die Neuigkeit erfuhr. »Aber ich kann nicht behaupten, dass mich das überraschen würde, Deon. Mit so etwas muss man eben rechnen, wenn man sie so behandelt, wie Marta es tut. Reich einem Kaffern den kleinen Finger, und er nimmt sich die ganze Hand.« Deon hörte ein kollektives Flüstern mitfühlender Worte von den Lauschern.

»Aber, ach, Kinder machen einem immer Sorgen, nicht? Mein eigener André hat jetzt Haare bis über die Ohren.« Deon ertappte sich dabei, wie er den Hörer immer fester umklammerte. »*Dankie tog*, dass sein Vater das nicht mehr sehen muss.« Sie seufzte dramatisch. »Na ja, was geschehen ist, ist geschehen, was? Hör zu, ich werde darüber nachdenken, was ich für euch tun kann. Wenn ich etwas dazu beitragen kann, den Namen Marais aus der Sache herauszuhalten, dann werde ich das tun.«

Deon trat durch die Tür der ersten Bar, an der er auf dem Rückweg zu Marta vorbeikam. Er setzte sich und befahl sich, ja nichts anderes als eine Cola zu bestellen. Wenn er jetzt mit dem Brandy anfing, wurde es ernst. Er musste zurück, aber er brauchte ein paar Minuten für sich allein. Marta würde das schon verstehen. Er musste jetzt für sie stark sein.

Sein Blick suchte sein Spiegelbild und fand es hinter einer Reihe von Flaschen, die vor dem Spiegel aufgebaut war. Er lächelte bitter, als er seinen treuen alten Freund, *Klipdriff* Brandy, so dicht neben seinem gespiegelten Mund stehen sah. *Klipdriff* – Stone Ford. Und wie sagte man auf Englisch? Zwischen einem Fels und einem harten Stein sitzen. Ja, genau so fühlte er sich jetzt.

Er bat um eine Cola.

Am nächsten Morgen stellte sich heraus, dass Lettie tatsächlich aktiv geworden war. Sie rief Deon an, um ihm von ihren Fortschritten zu berichten. »Ich habe mit Denis Bezuidenhout ge...«

»Denis?«

»Ja, ein Engländer, Bezuidenhout, aber schon gut, er hat das Herz am rechten Fleck. Er sitzt im Parlament – für die Nationalisten, natürlich. Er war früher oft mit Etienne jagen. Etienne hat ihn immer ›Wer-spielt-mit-Tennis-mein-Name-ist-Denis‹ genannt – *ag*, du weißt ja, wie lustig Etienne sein konnte. Ein Jammer, und Denis hat sich nach Etiennes Tod sehr fein verhalten. Ist sogar zur Beerdigung gekommen. Den ganzen weiten Weg aus Kapstadt, was? Erinnerst du dich an ihn? Großer, gutaussehender Mann, schönes, kräftiges Kinn. Seine Frau ist vor nicht allzu langer Zeit verstorben – die Schilddrüse. Ich habe einen sehr hübschen Kranz geschickt: Nelken, in Rot und Weiß. Denis hat sich daran erinnert und gesagt ...«

»Lettie! Was hat er zu den Kindern gesagt, kann er sie freibekommen?«

»*Ag*, nein, was denn, das ist nicht möglich. Das Parlament hat keinerlei Einfluss auf die Sicherheitspolizei. Aber er sagt, der alte Senator Bosch wäre eure beste Chance. Der Mann hat wohl ein Herz für Buschmänner.«

»Kennst du ihn?«

»Tja, hm, nicht direkt. Aber ich habe einmal neben ihm gesessen. *Magies*, war der Mann langweilig! Hat den ganzen Abend nur über die abgesonderte Entwicklung geredet. Aber ich glaube nicht, dass er sich an mich erinnern wird. Er wollte nicht einmal tanzen, und außerdem haben er und Etienne sich nicht verstanden. Er fand, Etienne sollte keinen zahmen Buschmann auf der Farm haben. Schickt sie alle zurück in die Wüste, hat er gesagt. Das ist ihre Heimat.«

Deon spürte Hoffnung in sich aufkeimen. »Das ist der richtige Mann, Lettie. Das ist der Mann, mit dem wir wegen Koba sprechen müssen. Kannst du das arrangieren?«

»*Ag*, nein, ich glaube nicht.«

Deon überlegte kurz. »Was, wenn Denis Bezuidenhout dir hilft? Ich meine, vielleicht hättest du ja nichts dagegen, dich wieder einmal mit ihm zu unterhalten und ein Treffen zu arrangieren?«

»Ooh, du böser Junge«, kicherte Lettie.

»Es tut mir leid, *ousus*, ich weiß, er ist ein Engländer, aber ich dachte nur, das wäre ein guter Vorwand für dich, mal eine Weile von der Farm wegzukommen? Ich weiß doch, wie sehr du die Reisen nach Pretoria immer genossen hast, als Etienne noch gelebt hat.«

»Ja, das war so wunderbar! Er hat mich immer zum Cream Tea bei *Anstey's* ausgeführt und mir bei *Finelady* ein neues Kleid gekauft. Wir sind im Park bei den Union Buildings spazieren gegangen, und die Jacaranda-Blüten sind uns auf den Kopf gefallen wie violettes Konfetti.« Sie klang, als würde sie gleich in Tränen ausbrechen. »Er war ein guter Mann, dein Bruder. Warum musste er so jung von uns genommen werden?« Sie begann zu schniefen. »Weihnachten ist besonders schwer für mich und André.«

Deon sah ein, dass man so eine Gelegenheit, über den Gemeinschaftsanschluss allgemeines Mitleid zu erregen, nicht auslassen konnte. »Armes Letjie. Du warst die ganzen Jahre über so tapfer. Wenn er noch da wäre, würde Etienne sicher finden, dass es höchste Zeit ist, dich mal wieder verwöhnen zu lassen. Komm doch nach Pretoria, *ousus*.«

Sie schniefte laut. »Ich habe hier so viel zu tun. Nächste Woche ist die Versammlung der Frauenvereinigung, und ich habe versprochen, für den Kirchenbasar zu backen. Und André ...«

»Und natürlich komme ich für alles auf.«

»Ooooh, es wäre sooo schön, mal wieder in einem Hotel zu wohnen und sich bedienen zu lassen. Ich könnte auch bei *Finelady* einkaufen.«

»Ich bin sicher, auch dafür reicht unser Budget.«

Ein Abendessen in einem Hotel in der Nähe der Union Buildings wurde arrangiert. Denis wurde eingeladen, Lettie würde ein neues Kleid tragen, und Deon würde eine Chance bekommen, sein Anliegen vorzubringen.

Währenddessen hatte Marta zwei Päckchen auf der Polizeiwache abgeliefert – in jedem war ein Hemd, getrocknete Aprikosen und ein wenig *biltong*. In die Krägen der dünnen Baumwollhemden waren lange, schmale Briefchen in dünner Bleistiftschrift eingenäht, über denen sie lange gebrütet hatte, um auf den schmalen Streifen Papier so viel Liebe und Ermutigung unterzubringen wie nur möglich. Sie war zuversichtlich, dass die Kinder die Hemden bekommen würden, aber würden sie auf die

Idee kommen, die Naht am Kragen aufzutrennen? Ihre einzige Hoffnung bestand darin, dass die Kinder bemerken würden, wie ungewöhnlich steif sich die Hemden am Hals anfühlten, und dass der Sergeant, der den Inhalt sämtlicher Päckchen inspizierte, nichts davon merkte. Koba würde die neuen Stiche vielleicht erkennen und sich denken, wie viel besser sie waren als die vor all den Jahren im Lagerraum von Sukses. Aber würde sie sich auch fragen, warum die Naht aufgetrennt und wieder zugenäht worden war?

Marta hielt die Daumen und wappnete sich für die lange Wartezeit.

Marta entwickelte einen festen Tagesablauf; kleine Zeremonien, die sie Tag für Tag abhielt, um ihre zunehmende Panik unter Kontrolle zu halten. Sie stand auf, nachdem sie kaum geschlafen hatte, spritzte sich kaltes Wasser ins Gesicht, starrte in den von Fliegenschiss gesprenkelten Spiegel und sagte sich, dass alles gut werden würde. Dann machte sie sich auf, um ihre Patrouille rund um die Wache an der Jeppe Street aufzunehmen. Viermal um den Block – vier war eine Glückszahl. Sie hatte nichts Neues über die Kinder erfahren, also stand vier für die Hoffnung.

Später trat sie in eine Telefonzelle. Sie rief ihre Freundin Anna De Wet an. Anna war seltsam kurz angebunden, aber sie verabredeten ein Treffen unter freiem Himmel, an einer Stelle, die Anna nur verschlüsselt als »da, wo wir Picknick gemacht haben« beschrieb. Das konnte nur der Joubert Park sein, dachte Marta und erinnerte sich an einen ihrer schönen Ausflüge, erst vor ein paar Tagen. Sie ging dorthin.

Die Neuigkeiten waren nicht gut. Anna warnte sie, ihr Telefon werde abgehört, und es sei gut möglich, dass sie und ihr Mann, ein Bürgerrechtsanwalt, beschattet wurden. »Ich war auf dem Weg hierher sehr vorsichtig. Ich bin sicher, dass mir niemand gefolgt ist. Aber für Mannie und Koba ist es besser, wenn man uns nicht miteinander in Zusammenhang bringt. Das Letzte, was ihr jetzt braucht, ist eine Verbindung zu verdächtigen ›Roten‹.«

Sie vereinbarten, über öffentliche Telefonzellen miteinander in Verbindung zu bleiben. Anna sagte, es gebe Gerüchte, dass das sogenannte Neunzig-Tage-Gesetz auf hundertachtzig Tage Gewahrsam ohne Gerichtsverfahren ausgedehnt werden solle. Sie sagte auch, Jabo Zondo würde vermutlich bald entlassen werden, wenn seine Mutter einen Brief von ihm erhalten hatte.

»In letzter Zeit zwingen sie sie, solche Briefe zu schreiben. Wenn der ehemalige Gefangene den Behörden dann nach seiner Freilassung Folter vorwirft, können sie eine Kopie dieses Briefes vorzeigen, die diese Vorwürfe widerlegt.« Marta war kalkweiß. »Keine Sorge. Ich bin sicher, Mannie foltern sie nicht. Er ist doch noch ein Kind.«

»Jabu ist erst siebzehn«, entgegnete Marta.

Danach ging Marta wieder zu der Telefonzelle in der Nähe der Sicherheitspolizei. Sollten sie sie überwachen, solange sie wollten, dachte sie. Von hier aus konnte sie sie ihrerseits beobachten.

Sie schlug das Telefonbuch auf und begann, sich durch die Regierungsstellen zu arbeiten: Gefängnisse, Justiz, Bildung, Gesundheit. Sie kämpfte mit Telefonistinnen, Sekretärinnen, Gehilfen, Stellvertretern und einmal sogar einem Minister, während sie unablässig den gierigen Münzeinwurf fütterte. Sie sagten ihr, sie solle ihr Anliegen schriftlich formulieren, am nächsten Tag wieder anrufen, nächste Woche, nächsten Monat. Als Deon sie endlich fand, stand sie da, die Stirn ans Glas der Zelle gepresst.

»Mach dir nichts draus. Vielleicht kann Lettie uns helfen.« Marta schnitt eine Grimasse. »Nein, wirklich. Sie hat ein gutes Herz ...«

»Ich weiß. Und sie kann einem guten Drama nie widerstehen.«

»Ja, vor allem, wenn sie in einem neuen Kleid die Hauptrolle darin spielen darf.« Marta nickte. Ein Lächeln war mehr, als sie zustande bringen konnte.

Am nächsten Tag stand sie wieder in der Telefonzelle. Sie nahm den Hörer nicht ab. Es gab niemanden mehr, den sie noch hätte anrufen können. Sie wollte nur hier stehen, in dieser engen, dreckigen, nach Urin stinkenden Zelle.

»So sind sie vielleicht auch, ihre Zellen«, erklärte sie dem verwunderten Deon. »Nicht größer als diese hier; der Gestank könnte auch der gleiche sein, wenn sie nur einen Eimer bekommen.«

»Aber du frierst ja, Marta. Du zitterst.«

»Sie frieren vielleicht auch.«

Deon musste sie zurücklassen. Er wollte versuchen, einen Gesprächstermin mit Steyn im Hauptquartier der Sicherheitspolizei zu bekommen. Marta blieb in der Telefonzelle und trat erst hinaus, als das ärgerliche Klopfen von jemandem, der das Telefon benutzen wollte, sie aufschreckte.

Sie ging zu einer Bäckerei und kaufte eine große Schachtel Doughnuts. Ohne sie zu öffnen, brachte sie sie zum Nicht-Weißen-Eingang der Polizeiwache an der Jeppe Street. Sie wurde nicht durchgelassen, aber die schwarzen Frauen, die jeden Tag dort warteten, kamen schließlich eine nach der anderen zu ihr heraus. Sie erkundigte sich nach einer Mrs. Zondo. Jemand erzählte ihr, sie sei nach Natal zurückgekehrt, weil ihre Mutter krank geworden wäre. Jabu war nicht freigelassen worden. Weil Marta darauf bestand und die Frauen sie tolerierten, weil sie etwas so Ungewöhnliches war – eine weiße Frau, die fließend eine schwarze Sprache beherrschte –, nahmen sie schließlich die angebotenen »Zuckerbrötchen« an. Womöglich das Einzige, was einige von ihnen den ganzen Tag lang zu essen hatten, vermutete Marta.

Im Lauf der Tage, in denen sie mit ihrer Doughnut-Schachtel zu einem vertrauten Anblick wurde, begannen die Frauen mit Marta zu reden – immer über ihre vermissten Kinder; dass sie sie nie wieder aus den Augen lassen würden, wenn sie sie nur endlich wieder zu Hause hätten; wie sie ihnen ihr Lieblingsessen kochen und dafür sorgen würden, dass sie sich auf ihre Schularbeiten konzentrierten. Niemals darüber, wie sie ihre geschundenen, zerschlagenen Leichen beerdigten.

Deon ertrug ein grauenhaftes Abendessen mit Denis Bezuidenhout und Lettie und hörte sich einen detaillierten Bericht, Ball für Ball, von dessen jüngstem Sieg im Tennis an. »Der alte Knabe wollte einfach nicht aufgeben«, erzählte Denis. »Schließlich musste ich zu versteckten Topspins und angeschnittenen Stoppbällen greifen. Nicht die feinste englische Art, aber in der Liebe und im Krieg ist alles erlaubt, wie?« Er zwinkerte Lettie zu.

Weder Denis noch Lettie waren offenbar daran interessiert, den Senator auf Koba anzusprechen. Deon verließ frustriert das Hotel. Er hoffte, dass es »Tennis-Denis« genauso ergehen würde.

Eine weitere Woche verging, und Deon sorgte sich immer mehr wegen ihrer Ausgaben. Da kein Geld hereinkam und sie einen Strom von Rechnungen und Letties teures Hotel bezahlen mussten, würde er sich bald wieder an die Arbeit machen müssen. Er musste die Lodge wieder öffnen, Werbung machen, Gäste hereinbringen. Und vielleicht hatte der Verlag auch Arbeit für Marta geschickt. Sollten sie Johannesburg nicht für eine Weile verlassen?, schlug er vor.

»Geh du nur, wenn es sein muss. Ich bleibe.«

»Aber Martjie, du kannst hier gar nichts tun. Zu Hause kannst du dich wenigstens ablenken ...«

»Ich will mich nicht von den Kindern ablenken. Verstehst du denn nicht, dass ich nicht einfach so tun kann, als sei alles ganz normal? Es gibt kein ›normal‹, wenn eine Regierung ihren Bürgern so etwas antun kann.«

»Ja, aber das Geld wird knapp, und ...«

»Ich schlafe in der Jeppe Street auf der Türschwelle, wenn es sein muss. Das ist mir gleich. Ich werde die Kinder nicht im Stich lassen und ...«

»Die Kinder im Stich lassen? Glaubst du, das würde ich tun, nur weil ich darauf hingewiesen habe, dass wir Geld brauchen? Das nehme ich dir übel, Marta. So ist es nicht.«

Deon fuhr ab und kam drei Wochen lang nicht nach Johannesburg zurück. Auf Impalala arbeitete er wie besessen, brachte die Gästehäuser in Ordnung, schloss Verträge mit Reisebüros, um Gäste hereinzuholen, und versuchte jenen, die sich nach Mannie erkundigten, die Wahrheit zu verheimlichen. Als er wieder in die Stadt kam, brachte er frische Kleidung für Marta mit, Avocados von ihrem Baum und einen Auftrag vom Verlag. Marta öffnete nicht einmal den Umschlag.

Deon sagte ihr nicht, wie leer ihm die Farm ohne sie und die Kinder vorgekommen war, und wie verlockend die Bar im Ort gewesen war. Das konnte er Marta nicht antun. Nicht noch einmal.

In dieser Nacht lagen sie nebeneinander, von der durchhängenden Matratze zur Nähe gezwungen, aber sie hielten sich nicht an den Händen.

Sobald Deon die lange Heimfahrt angetreten hatte, nahm Marta ihre neue Arbeit wieder auf.

Sie sammelte bei den Angehörigen Informationen über die Gefangenen und bereitete eine Petition für den Justizminister vor. Sie wollte über nichts anderes sprechen, selbst, wenn Anna sie anrief. »Das ist zumindest etwas, das ich tun kann, Anna. Ich bin eben doch keine Revolutionärin. Nur eine Verwalterin.«

»*Ag*, Martjie, du brauchst keine große Geste zu machen. Ich habe einmal gehört, der beste Beitrag für die ›gute Sache‹, den die Leute überhaupt leisten könnten, findet bei ihnen zu Hause statt, in der eigenen Familie. Du und Deon behandelt die Leute, die für euch arbeiten, sehr fair; ihr habt euren Sohn dazu erzogen, keine Vorurteile gegenüber Schwarzen zu haben. Ganz im Gegenteil.«

Marta brach in Lachen aus.

»*Ag*, entschuldige.« Anna kicherte. »So habe ich das nicht ...« Aber inzwischen lachte Marta so heftig, dass sie sich an den Wänden der Telefonzelle abstützen musste. Ihr Lachen war zum Teil hysterisch, das wusste sie, aber als sie sich die Tränen abwischte und sich verabschiedete, fühlte sie sich besser.

KAPITEL 20

Senator Bosch traf sie im Wartezimmer des Hauptquartiers der Sicherheitspolizei. Er war jeder Zoll Patrizier mit seinem vollen Schopf silbrigen Haars. Er hielt sich aufrecht und selbstsicher, als sei er gewiss, Gott und die Regierung auf seiner Seite zu haben. Steyn trug die verdrießliche Miene eines Mannes zur Schau, der im Rang übertrumpft und ausmanövriert worden war.

Marta konnte immer noch kaum glauben, dass Letties Koketterie Türen geöffnet hatte, die ihren dringlichen Bitten und Deons Beharrlichkeit verschlossen geblieben waren.

Ganz süße Grübchen und ländlicher Charme, hatte Lettie sich durch die Cocktailpartys und Dinners der Regierungskreise gearbeitet, bis sie schließlich ein Treffen mit Deon und dem Senator zustande gebracht hatte. Sobald Senator Bosch begriffen hatte, dass Koba eine Gelegenheit war, die Homeland-Politik im besten Licht zur Schau zu stellen, hatte er die notwendigen Briefe geschrieben.

Marta, erschöpft und zerknautscht, war es längst egal, wer aus dieser Situation politisches Kapital schlug – solange die Kinder endlich freikamen. Sie neigte dankbar den Kopf, als der Polizist am Empfang ihr einen Besucherausweis um den Hals hängte.

Sie wurden durch eine dicke Glastür in ein krankenhausgrünes Büro geführt. Man bot ihnen Sitzplätze an, aber es wurde eng. Steyn trat hinter den Schreibtisch und sagte, ohne aufzublicken: »Ich habe alle Dokumente für Sie vorbereitet. Wenn Sie hier unterschreiben würden, Mr. Marais ...«

Deon stieß in seiner Hast den Stift vom Schreibtisch. Während der Polizist auf dem Boden herumkroch, um ihn aufzuheben, reichte der Senator ihm seinen Füllfederhalter mit goldener Schreibfeder.

Dann war es geschehen, und mit gemischten Gefühlen beobachtete Marta Deons demütig-dankbare Reaktion, als Steyn erklärte, alle Vorwürfe würden fallengelassen, und »zum gegenwärtigen Zeitpunkt« sehe man keine Notwendigkeit, weitere Mitglieder der Familie zu befragen.

Der Senator nickte ernst. Ein respektvolles Klopfen ertönte, und ein uniformierter Polizist schob den Kopf durch den Türspalt. Steyn winkte, und Sekunden später schob der Polizist einen Jungen ins Büro.

Mannie stand blinzelnd da. Er sah blass und sehr jung aus in seiner khakifarbenen kurzen Schulhose und einem Hemd mit offenem Kragen. Seine Füße waren nackt. Marta sprang von ihrem Stuhl. »*Liebschen, Liebschen*!« Sie musterte ihn hastig und suchte die unbedeckte Haut nach Verletzungen ab. Er schien unversehrt zu sein, aber in seinen Augen lag ein Kummer, den sie nicht ertragen konnte. Sie wollte ihn an sich ziehen, aber seine steife Haltung, als seien die angespannten Sehnen alles, was ihn aufrecht hielt, bremste sie.

Nicht vor diesen Leuten, flehten seine bekümmerten Augen.

Marta sah zu, wie Deon die dünnen Schultern seines Sohnes packte und zu lange auf ihn hinablächelte.

»Du bist gewachsen, mein Junge«, sagte sie. Dann musste sie schweigen, während der Senator einen Vortrag darüber hielt, wie wichtig es sei, dass Afrikaaner-Jugendliche sich »rein hielten«.

Marta bebte vor unterdrücktem Zorn.

Man führte sie in den Empfangsbereich zurück. »Koba? Wo ist sie?«, fragte Mannie.

»Der weibliche Buschmann wird eben verladen. Sie wird zum Bahnhof gebracht und dort in einen Zug in ihr Heimatland gesetzt, auf Kosten der Regierung der Republik Südafrika«, verkündete Steyn, »nach der Pressekonferenz des Senators.«

»Aber wo ist sie jetzt?« Mannies Augen waren weit aufgerissen, und er stampfte vor Ungeduld mit den Füßen.

Marta nahm seine kalte Hand. »Ich glaube, ich weiß es, mein Junge. Komm mit.«

Vor dem Eingang für Nicht-Weiße sahen sie eine kleine Gestalt, in eine Decke gehüllt, die gerade in einen Polizeitransporter geschoben wurde. Mannie riss sich los und rannte hin. Bis er das Fahrzeug erreichte, hatten sich die Türen geschlossen. Er hämmerte gegen das Gitter. »Koba, bist du das?«

»*Yau*, du.« Die Worte drangen leise von der kleinen, gefesselten Gestalt zu ihm heraus.

Dann wurde er von einem schwarzen Polizisten beiseite gestoßen, der ihm die Sicht versperrte.

Mannie wurde rückwärts weggezogen. Hinter sich hörte er Lärm: das aufgeregte Schwatzen schwarzer Frauen, ein Mischmasch aus Xhosa, Zulu und Sotho, und die Stimme seiner Mutter, die die anderen begrüßte. Raue Hände streichelten, tätschelten, lobten ihn. Über die Köpfe lächelnder Frauen hinweg sah er Kobas weißen Gitterkäfig erbeben, als der Laster anfuhr.

»Danke, danke, Sissie. Ja. Das ist Mannie – ja, mein Erstgeborener. Vielen Dank. Ja. Und möge das Warten für dich auch bald ein Ende haben. Möge dein Sipho bald gesund heimkehren. Und für Mrs. Zondo und ihren Jabu bete ich weiter, bitte sag ihr das, Mama.«

Marta versuchte sich von der Gruppe zu lösen. Sie fühlte sich, als hätte sie gemogelt, betrogen. Sie hatte so getan, als sei sie eine von ihnen, und war als Mitleidende von ihnen aufgenommen worden, aber ganz offensichtlich war sie keine von ihnen. Selbst hier genoss sie Privilegien, dank ihrer Hautfarbe. Hätte sie die Hilfe des Senators ablehnen sollen? Sie wusste, dass keine dieser Frauen das von ihr erwartet hätte, aber von diesem Gedanken fühlte sie sich auch nicht besser.

Sie starrte über die strahlenden Gesichter hinweg ihren Sohn an. Verzweiflung sprach aus dessen rot geränderten Augen. »Bitte, bitte, wir müssen jetzt gehen«, sagte sie zu den Frauen.

»Meine Damen.« Deon schob sich höflich durch die Menge. »Wenn Sie uns bitte entschuldigen würden.« Er fing Martas Blick auf und fügte hinzu: »Unsere Tochter ist in diesem Wagen. Wir müssen ihm folgen.«

Die Menge teilte sich. Frauen klatschten. Eine Stimme rief auf Zulu: »Sie, Sie Sir, und die Zuckerbrötchen-Familie, *hamba kahle*.«

Marta hielt den Kopf gesenkt, als Deon sie wegführte.

Lettie wartete vorn auf sie, unter dem »Nur für Weiße«-Schild. Sie sah adrett aus in ihrem babyblauen Polyesterkostüm mit passendem Hut und unterhielt sich lebhaft mit Denis Bezuidenhout. Marta erschien sie passend gekleidet für die feierliche Eröffnung des Parlaments. Lettie trippelte auf sie zu und küsste die Luft neben Martas Ohr. Dann tätschelte sie ihrer Schwägerin mit behandschuhter Hand die Wange. »Nur keine Sorge, Martjie, es gibt nichts, das eine gute Hafermehlgesichtsmaske nicht wieder in Ordnung bringt.«

Martas Hals bekam rote Flecken, und ihre Augen glitzerten gefährlich. Deon trat zwischen sie. »Kommt, meine Damen. Wir müssen zum Bahnhof. Es wird eine offizielle Verabschiedung geben. Mit Fotografen.«

Letties Augen strahlten unter der breiten Krempe ihres Huts. »Ich fahre«, sagte sie. Fröhlich bog sie in eine Einbahnstraße ein, gegen die Fahrtrichtung. Entgegenkommende Wagen hupten ihren Mercedes an. »Ups«, kicherte sie, legte krachend den Rückwärtsgang ein und versuchte, rückwärts aus der Straße herauszufahren, wobei sie wie ein kreuzendes Segelboot im Zickzack fuhr. Denis war sichtlich angespannt. »*Ag*, tut mir leid, das liegt an diesem Hut.«

»Dann nimm ihn ab«, zischte Marta.

»*Ag*, selbst wenn ich ihn abnehmen würde, die Friseuse hat so viel Haarspray draufgesprüht, dass es sich so anfühlt, als könnte ich den Kopf nicht herumdrehen.«

»Vorsicht, äh, Lettie-*Liefie*«, sagte Denis und drückte auf der Beifahrerseite den Fuß heftig auf den Wagenboden.

»O je, war das der Bordstein?«

Deon stöhnte, als sie das Kreischen einer Radkappe hörten, und Marta überkam ein unbändiger Drang zu lachen. Sie wühlte in ihrer Handtasche nach einem Taschentuch und drückte es sich vor den Mund. Völlig unpassend, das wusste sie; lag wohl an der Erleichterung. Nach sechs Wochen, mit den schlimmsten in ihrem Leben, war ihr Sohn wieder bei ihr, sicher und wohlbehalten. Er war dünner und starrte vor Dreck, und seine Augen sahen so viel älter aus, aber er lebte. Und Koba ebenfalls.

Mannie lehnte sich auf der durchgehenden Rückbank weit vor. Er kam sich vor, als wäre er aus dem Gefängnis direkt in einen *Ist-ja-irre*-Film geraten. Seine Tante, angezogen wie die Frau des Premierministers, benutzte einen Mercedes-Benz dazu, geparkte Fahrzeuge zu rammen; seine Mutter, die zehn Jahre älter aussah als noch vor ein paar Wochen, erstickte fast vor unterdrücktem Lachen; sein Vater, dessen bester Sonntagsanzug ihm offenbar zu groß geworden war, stimmte dem wildfremden Mann auf dem Beifahrersitz zu, dass die 'Boks die beste Rugby-Flanke auf der ganze Welt hätten; und die ganze Zeit über fuhr Koba davon.

War denn das ganze Land verrückt geworden, während er im Gefängnis gesessen hatte? Wie konnte es sein, dass eine Welt gedämpfter Schreie, knallender Zellentüren und schluchzender Stimmen im Dunkeln, in der man sich beim Verhör buchstäblich in die Hose schiss, ihm normaler erschien als das hier?

Diese Welt war irrsinnig. Er wollte nichts damit zu tun haben. Wenn Koba in die Kalahari-Wüste zurückkehrte, dann würde er mit ihr fahren. Dort konnten sie weit weg von diesem Irrsinn leben. Dort konnten sie einander lieben, ohne Angst und Scham.

Am Bahnhof parkte Lettie so umständlich wie nur möglich. Mannie trommelte mit den dreckigen Fingern auf der Rückenlehne des Fahrersitzes herum. Deon legte die Hand darauf und beruhigte die nervösen Finger. »Vielen Dank, *ousus*«, sagte er zu Lettie, noch ehe die den Motor abgestellt hatte. »Wir sehen uns dann drinnen, wenn dir das recht ist?«

»Ja, ja. Geht schon vor. Ich muss mir erst die Nase pudern. Dauert nicht lange; ich habe Kompaktpuder, also brauche ich nicht für kleine Mädchen zu gehen.«

»Lettie-Liebling, dies ist, äh, ein offizieller Anlass«, sagte Denis und rückte seine Krawatte zurecht.

»Ich weiß, ich weiß. Deshalb will ich ja nicht, dass meine Nase glänzt.«

»Ja, nun, äh, wir wollen doch die Ansprache des Senators nicht verpassen – abgesonderte Entwicklung und so weiter. Sehr wichtig, zu zeigen, dass wir auch tun, was wir predigen. Gute Gelegenheit mit diesem, äh, Khoisan-Mädchen. Großartiger Fund, was? Also, pudere du nur, und ich gehe schon mal vor.«

»Nein, warte, ich bin ja schon fertig.« Lettie ließ ihre Grübchen spielen. »Aber ich muss erst dafür sorgen, dass Mannie sich nicht von diesen neugierigen Zeitungsleuten fotografieren lässt. Wir wollen doch keinen Skandal.«

Mannie war jedoch längst weg und drängte sich durch die Menge in der Bahnhofshalle.

Aber das fühlte sich komisch an. Als wäre er in einen Flipper gestiegen: brüllender Lärm; blinkende Reklameschilder; ständige Bewegung überall; Leute und ihr Gepäck, die ihm den Weg versperrten, wohin er sich auch wandte. Wohin wollte er überhaupt? Verwirrt blieb er stehen. Ihm war schwindlig und übel. Er sehnte sich nach seiner dunklen Zelle. Er würde noch mehr Schläge ertragen, sogar die Tritte in die Eier, wenn sie ihn nur wieder reinließen.

Dann spürte er eine starke Hand auf seinem Unterarm, die ihn beruhigte. »Komm mit, mein Junge. Hier entlang.« Deon führte ihn zu einem Durchgang mit der Aufschrift »Nicht-Weiße«. Sie waren am untersten Ende eines langen Bahnsteigs. Oberhalb der »Nur für Weiße«-Absperrung schoben uniformierte Gepäckträger Wagen mit aufeinander abgestimmtem Gepäck für weiße Passagiere herum. Männer in Anzügen und Hüten, Frauen in geblümten Kleidern und Handschuhen. Unterhalb der Barrikade war jeder auf sich selbst angewiesen, und die Leute beeilten sich, Bündel, Kisten, Babys und Pappkoffer in die schmuddeligen Waggons zu befördern.

Mannie entdeckte eine Phalanx blauer Uniformen. Aber sie waren oberhalb der Barrikade im Weißen-Bereich.

»Sie muss da drüben sein.« Seine Eltern sahen zu, wie er davonrannte und achtlos Leute anrempelte. Als sie ihn einholten, diskutierte Mannie mit einem jungen Polizisten.

»Du kannst nicht näher ran, Junge. Das ist ein Senator, der da mit der Presse redet.«

»*Fock* den Senator. Das ist mein Mädchen ...«

»He, pass auf, was du ...«

In einer Wolke von *L'Air Du Temps* erschien Lettie bei ihnen. »Entschuldigen Sie bitte, Officer.« Sie schob sich zwischen Mannie und seinen Gegner. Der Polizist wich zurück, um ihrer Hutkrempe zu entgehen. Sie hob den Kopf und schenkte ihm ein Grübchenlächeln. »Ich sollte für die Fotos neben dem Senator stehen, aber hier herrscht ein solches Gedränge, dass ich gar nicht durchkomme. Ich muss mich auf einen großen, starken Mann wie Sie verlassen, der mir hinüberhilft.« Sie tippte mit einer hellblau behandschuhten Hand auf seine Schulter. Sofort schob er sich mit selbiger durch die dicht gedrängte Menge der Zuschauer und bahnte sich einen Weg.

Mannie ergriff die Chance und huschte durch die Menschenmenge. Er entdeckte sie sofort. Sehr klein stand sie neben dem Senator, mit unbewegter Miene und wirrem Haar. Koba zuckte nicht mit der Wimper, als der Senator die Hand auf ihren Kopf legte, und die Blitzlichtlampen knallten.

Mannie wollte zu ihr hinüberlaufen, sie in die Arme

schließen und von hier wegbringen. Aber die knapp zwei Meter, die sie trennten, erschienen ihm wie Meilen. Er zögerte. Er fürchtete sich. Nicht vor den vielen Polizisten, sondern weil Koba so an ihm vorbeistarrte, den Blick auf irgendeinen Punkt am fernen Horizont gerichtet, wo die Bahnlinien zusammenkamen.

Er lächelte und hob die Hand auf Hüfthöhe, um unauffällig zu winken. Koba ignorierte ihn.

Lettie erschien mit Denis im Schlepptau. Sie hakte sich geschickt beim Senator auf der einen und Denis auf der anderen Seite unter. Der Senator wirkte befremdet. Lettie schenkte den Kameras ein blendendes Lächeln.

Sobald genug Fotos geschossen worden waren, verließen der Senator, seine Phalanx, Lettie und Denis den Bahnhof. Koba, die mit Handschellen an einen schwarzen Polizisten gefesselt war, wurde zur Nicht-Weißen-Absperrung geschoben. »Koba«, zischte Mannie und folgte ihr. Sie blickte nicht über die Schulter zurück. Der Polizist hob sie über die Stufen hinweg in den Waggon. Der Zug erbebte, als die Lokomotive angeworfen wurde.

Mannie stand da wie betäubt. Er war sicher, dass sie ihn gehört hatte. Er hatte gesehen, wie die Muskeln in ihrem Nacken sich leicht gespannt hatten. Warum wollte sie ihn nicht einmal ansehen? Gab sie ihm die Schuld daran, dass sie eingesperrt worden war? Was hatten sie da drin mit ihr gemacht, was hatten sie ihr gesagt? Liebte sie ihn nicht so, wie er sie liebte? Es zerriss ihm das Herz.

»Du musst sie gehen lassen, *Liebschen*.« Seine Mutter stand neben ihm und sehnte sich schmerzlich danach, ihn in den Arm nehmen zu können. Er schwankte. Er war müde, so müde, aber er straffte die Schultern.

»Ma, hast du ein Sixpence für mich?«

Marta blickte überrascht drein, holte aber ihre Geldbörse hervor und gab ihm die kleine Münze.

»Danke.« Damit war er auf und davon. Er rannte den Bahnsteig entlang, duckte sich unter der Absperrung durch und verschwand außer Sicht.

Koba, die im Zug auf einen Sitz am Fenster gedrückt worden war, sah ihn davonlaufen. Das überraschte sie. Sie hatte den Schmerz seines Herzens in ihrem eigenen gefühlt. Es hatte sie all ihre verbliebene Kraft gekostet, den Blick von seinem abzuwenden, als sie ihn ganz vorn in der blitzenden Menge entdeckt hatte. Jetzt rannte ihr Froschjunge davon. Nun ja, vielleicht war es besser so.

Marta klopfte an die Scheibe. Der Polizist zog das Fenster herunter und bedeutete Koba, dass sie sich hinauslehnen durfte.

»Ach, mein Mädchen, mein Mädchen, geht es dir gut? *Ag*, es tut mir so leid, was passiert ist. Alles tut mir leid, alles; von Anfang an.« Marta rang die Hände. »Ich habe dir nichts Gutes getan, Kobatjie. Ich glaube, ich habe alles nur noch schlimmer gemacht, weil ich dich nach Impalala mitgenommen habe. Deon hatte die ganze Zeit über recht. Er hat dich immer so klar gesehen, wie ich es nie konnte.« Marta weinte, Tränen rannen über ihre Flecken wie Flutwasser über Steinchen.

Koba berührte ihre Hand, die auf dem Rand des Fensters lag. »Ein guter Mensch, der seinem Herzen folgt, kann nie zu weit vom Pfad abweichen, sagt Großmutter.«

»Ach, ich hätte deine Großmutter zu gern gekannt. Es tut mir leid, dass ich dich nie richtig nach ihr gefragt habe. So vieles habe ich nicht getan – hätte ich gern getan ...« Marta hob die Hand und legte sie Koba aufs wirre Haar.

»Ich hätte dich flechten lassen sollen«, sagte Koba leise. Der Wagen ruckte, als die Bremsen gelöst wurden. Marta trat zurück und blieb neben Deon stehen. Er nahm ihre Hand und lüpfte dann den Hut vor Koba. Sie lächelte ihn an. »Ich habe dein Geschenk immer noch.« Sie holte das alte Taschenmesser aus dem Beutel, in dem man ihr ihre Habseligkeiten zurückgegeben hatte – das Messer, das er vor so vielen Jahren vor ihre Höhle gelegt hatte.

Als der Motor seine Kraft sammelte, erschien Mannie wieder. Er setzte über die Barrikade hinweg und sprintete auf Koba zu. Sie beugte sich weit aus dem Fenster, als er ihr ein Päckchen hinhielt.

»Hier«, sagte er keuchend. »Keine Mongongo-Nüsse. Aber sie sind gesalzen.«

Koba blickte auf die Erdnüsse hinab und spürte, wie ihre Entschlossenheit ins Wanken geriet. Sie senkte das Gesicht dem seinen entgegen. Schüchtern umfasste er es mit beiden Händen. Er sah, wie sich ihre Lider schlossen und zitterten, wie schimmernde braune Schmetterlingsflügel. Zwei kleine Tränen fingen sich in ihren gebogenen Wimpern. Er wollte sie küssen, aber Koba wich zurück.

»Nein.«

Mannie sprang zurück, mit einem Ausdruck tiefsten

Elends auf dem Gesicht. Jetzt hatte er Gewissheit; Koba wollte ihn nicht. Selbst, wenn sie die Wahl gehabt hätte, wäre sie lieber zu ihrem Volk zurückgekehrt. Das hatte sie ihm vor langer Zeit schon gesagt. Er hatte nur nicht richtig zugehört.

Er ballte die Hände in den Taschen seiner Shorts zu Fäusten. Warum hatte sie ihm dann erlaubt, sie zu lieben? Warum hatte sie ihn glauben lassen, dass sie ihn auch liebte? Wofür zum Teufel hatte er sich so oft verprügeln lassen? Jedes Mal, wenn die Sicherheitspolizei verlangte, er solle zugeben, dass sie nur eine Hure war, und versprechen, dass er sie nie wiedersehen würde – jedes Mal hatte er geschrien, dass er sie liebte und sie heiraten würde.

Aber Koba brauchte ihn nicht und wollte ihn nicht. Sie gehörte zu ihrem Stamm, zu dem er nie gehören würde. Er biss die Zähne zusammen und betrachtete ein letztes Mal ihr Gesicht. Dieses zarte, feine Profil. Es war schön, aber es war fremdartig.

Koba zog den Kopf ins Abteil zurück. Sie fühlte sich wie eine Knolle, die schon zu lange aus der Erde herausgezogen war – trocken, sauer, schon ein wenig verschrumpelt und geschrumpft. Sie hätte Froschjunge nicht küssen können. Sie hatte keinen Saft mehr zu geben.

Ich war zu lange ungeschützt und ausgeliefert, dachte sie. Es war zu viel von mir, woran Dinge-Mit-Klauen hatten reißen können.

Inzwischen hatte sich in dem voll besetzten Waggon herumgesprochen, dass eine Gefangene im Zug saß.

Neugierige Passagiere reckten die Hälse, um das schwarze Mädchen zu sehen, das den Weißen so kostbar war, dass es von einem Polizisten beschützt werden musste. Sie spürte ihre Blicke. Es war ihr gleich, was sie dachten – ein Zug und seine Insassen konnten ihr keine Angst mehr machen. Aber sie fürchtete sich vor dem, was nach dieser Reise auf sie wartete, vor Menschen, die sie mit mehr als beiläufiger Neugier anstarren würden. Würde ihr Stamm sie aufnehmen oder abweisen?

Der Lokführer ließ die Hupe ertönen, und der Zug setzte sich ruckelnd in Bewegung. Sie fasste sich. Jetzt konnte sie nichts mehr tun. Sie hatte diesen Weg gewählt, als sie sich für die Nächte mit Froschjunge entschieden hatte. Sie hätte auf ihr Klopfen hören können, hätte Geld von Mata nehmen und von selbst fortgehen können – ehe die Polizisten kamen. Aber sie wusste, selbst nach den Qualen im Gefängnis, dass sie es niemals geschafft hätte, Impalala aus freien Stücken zu verlassen. Dieser Ort und seine Menschen waren ihr ans Herz gewachsen, waren langsam in ihr Herz hineingewachsen wie ein Feigenbaum, der sich zwischen Felsen zwängt. Uhn-uhn-uhn, die Wurzeln reichten tief.

Sie seufzte. Es half nichts, das Gesicht zu haben und vorherzusehen, dass etwas in Kummer enden würde. Weder Großmutter noch die Scheiben hatten ihr gesagt, wie viel sie Froschjunges Schmerz kosten würde.

Sie beugte sich wieder aus dem Fenster. »Mannie!«

Er fuhr zusammen. Sie hatte ihn noch nie mit seinem Namen angesprochen.

»Du hast mir Salz geschenkt. Ich habe dir Honig gegeben. Das war nicht nichts. Vergiss es nicht.«

Als der Zug anrollte, küsste sie ihre Handfläche und
blies darüber hinweg, zu ihm.

GLOSSAR

Basie	Junger Boss
Biltong	Streifen von luftgetrocknetem, gesalzenem Dörrfleisch
Bioskop	Kino
Bliksemse	Schwein / Bastard
Boereperd	Pferderasse, Gangpferd
Boet	Bruder
Boetie	Verkleinerungsform von »Bruder«
Boetie-Boetie	Einschmeicheln
Brak	Mischlingshund, »Köter«
Dankie tog	Dem Himmel sei Dank
Doek	traditionelles Kopftuch schwarzer Hausmädchen in Südafrika
G//aoan	Gott
Gaats	Ausruf der Bestürzung oder Überraschung
Gwa	eine halluzinogene Pflanzenmischung
Hamba kahle	Guten Weg (Abschied auf *Zulu*)
Hxaro	Brauch der San, nach einem bestimmten System Geschenke auszutauschen
Kaffir	abfällige Bezeichnung für einen schwarzen Afrikaner

Kaffirboetie	abfällige Bezeichnung für einen »Schwarzenfreund«
Kaffirmeid	abfällige Bezeichnung für ein schwarzafrikanisches Hausmädchen
Kaross	Umhang aus Tierhaut
Kleinbaas	Kleiner Boss
Kleinboet	Kleiner Bruder
Koaq	Respektvolles Auftreten
Koeksisters	frittierte Teigzöpfe, in Sirup getaucht
Korhaan	eine südafrikanische Trappe
Kori	Riesentrappe
Kraal	Ansammlung von Hütten, die von einer Familie oder einem »Clan« bewohnt werden
Lekker	nett, angenehm, erfreulich
Liefie	Liebster / Liebste
Liewe ...	Lieber / liebe ...
Liewe Magies	Allmächtiger, du lieber Himmel
Makulu	groß
MaSarwa	abfällige Bezeichnung für San / Khoisan
Miesies	»Missus«, die »Herrin«
Mutari	Boss
Muti	traditionelle afrikanische Medizin
N!a'an	Respektwort
N#ah	eine Frucht, die man in der Kalahari findet
N/omkxaosi	Besitzer der Medizin
N/ore	Zuhause
Ouboet	älterer Bruder
Ous	Männer, Jungs

Outa	respektvolle Anrede für einen älteren schwarzen Mann
Padkos	Nahrung für eine Reise
Pasop-jong	Pass auf, mein Junge
Piccanins	kleine schwarze Kinder
Poes	obszönes Wort für »Vagina«
Rondavels	kreisrundes Haus mit konischem Strohdach
Stoep	vordere Veranda
Donnerstöcke	Gewehre
Tickey	kleine Münze, entspr. 2 südafrikanischen Cent
Tokoloshe	ein böser Geist
/Ton	weiße Person
Velskoens	grober Schuh aus ungegerbtem Fell
Voetsek, jou focken brakke	Weg mit euch, verdammte Köter
Voortrekker	ein Burenpionier
Wragtig	Ausruf des Unglaubens

Geschichte der Ju'hoansi

Mit den wechselnden politischen Moden im Lauf der Zeit änderte sich auch die Bezeichnung der Gruppen südafrikanischer Jäger und Sammler mit zierlichem Körperbau, hellbrauner Haut und »orientalischen« oder »Schlitzaugen« – verschiedene Forscher haben sie als Buschmänner, MaSarwa, Khoisan und San bezeichnet. Allerdings haben diese Menschen keine kollektive Eigenbezeichnung, obwohl der Stamm, von dem ich hier schreibe, sich als »Ju'hoansi« bezeichnet hat, was »harmlose« oder »gewöhnliche, normale Leute« bedeutet.

Aus ihrer Perspektive war die Welt ein feindseliger Ort. Sie waren nicht nur von den Raubtieren der Natur umgeben, sondern ihre mündlich überlieferte Geschichte beschreibt, wie sie seit Jahrhunderten von eindringenden Hirtenvölkern, ob schwarz oder weiß, verfolgt wurden. Allerdings waren sie daran nicht ganz unschuldig, sie forderten Angriffe der Hirten geradezu heraus, indem sie deren Vieh wilderten und heimkehrende Wanderarbeiter bestahlen. Während der Kolonialzeit war es im damaligen Deutsch-Südwestafrika geradezu üblich, »Buschmänner« zu jagen und zu erschießen, ihre Kinder zu entführen und sie als Sklaven auf den Siedlerfarmen arbeiten zu lassen.

Auch in modernen Zeiten stößt dieses nomadische Stammesvolk weiterhin auf große Probleme. Zäune behindern die natürliche Wanderung der riesigen Antilopenherden, auf deren Fleisch sie angewiesen sind. Diverse Regierungen haben große Teile ihrer traditionellen Jagdgebiete zu Wildschutzgebieten oder Nationalparks erklärt und ihnen die Jagd dort verboten. Ein Zitat von Dumba, einem Kxoe-San-Ältesten, schildert ihre Gefühle sehr treffend: »*In den alten Zeiten lebten wir als Jäger – mit Pfeil und Bogen und einem Assegai-Speer. Dann kam das Gesetz, dass wir nicht jagen durften. Jetzt sind wir uns nicht mehr sicher, was unser Leben ist ...*«

Mystik

Bis heute setzen die Ju/'hoansi eine Trancetanzzeremonie zu Heilungszwecken ein. Ju/'hoansi-Schamanen beziehen ihre Heilkräfte angeblich von Geistführern, meist Antilopen, denen sie in Trance in einer mystischen Welt begegnen. Manche Schamanen sagen, dass sie ein Ohr für die Stimmen ihrer Vorfahren hätten, die sich auch in Form von Miniwirbelstürmen oder »Staubteufeln« bemerkbar machen können. Einige Angehörige des Ju/'hoansi-Stammes können viele körperliche Leiden durch ihr Wissen um die medizinische Wirkung von Pflanzen heilen.

Erst in jüngster Zeit haben Linguisten eine Möglichkeit gefunden, die ungewöhnlichen Klicklaute der San-Sprachen darzustellen. Diese Laute werden hervorgebracht, indem die Zunge scharf von verschiedenen Stellen des Gaumens gezogen wird. Hier ist eine kleine Erklärung, wie man die Laute ausspricht, die in diesem Buch vorkommen:

Dentaler Klick, etwa in /Ton, weiße Person. Klingt wie ein milder Tadel. Man legt die Zungenspitze an den oberen hinteren Rand der Schneidezähne und zieht sie sacht weg.

Palatoalveolarer Klick, wie in N#aisa. Klingt ein bisschen wie das Knallen eines Sektkorkens. Man drückt die Zunge an den Bogen des Gaumens (die Erhebung hinter den Vorderzähnen) und zieht sie heftig weg.

Lateraler alveolarer Klick, wie in Kh//'an. Bei uns bekannt als das Schnalzen von Reitern. Man legt eine Seite der Zunge an den oberen Rand der Backenzähne und »saugt« sie scharf weg.

Postalveolarer Klick, wie in !Xam. Ein knallender Laut, »das« Zungenschnalzen, wie wir es kennen. Man drückt die Zungenspitze weit oben an den Gaumen und lässt die Zunge scharf nach unten »schnalzen«.

/'h zeigt eine lange, gehauchte Dehnung des dentalen Klicks an, wie in Ju/'hoansi. Der Apostroph bedeutet einen Stimmabsatz (Glottisschlag), wie etwa in »beachten« (be'achten).

Wie bei den meisten Kulturen, die sich allein auf orale Kommunikation verlassen, ist die Sprache der Ju/'hoansi reich an Wortspielen, Metaphern, Euphemismen und Vokabular. Konversation ist für diese Menschen fast die einzige Unterhaltung, daher sind sie hervorragende Geschichtenerzähler und Darsteller. Lautmalereien kommen in ihren Dialogen ständig vor – zum Beispiel »!khui!« für einen Gewehrschuss.

Die Ju/'hoansi haben sogar eine Bezeichnung, »n!aukxui«, für den Prozess, neue Wörter für neue Situationen zu finden. Er ist komplexer als Semantik und macht viel mehr Spaß, und es kommen Begriffe dabei heraus wie »Waranfinger« für »Gabel«.

Außerdem neigen sie dazu, Wörter oder Wendungen zu wiederholen. Damit wird eine länger dauernde Handlung beschrieben, wie es Zuma in ihrer Erzählung tut. Dann gibt es »Respekt«-Wörter für schwierige Umstände – zum Beispiel wird ein Gefühl von Gefahr und Unruhe »Löwenschleichen« genannt, in dieser Umwelt gut verständlich.

»Respekt«-Wörter können auch die Höflichkeit, kluge Zurückhaltung oder Feingefühl in einer Unterhaltung verstärken – »Fleisch« oder »Essen« für Sex; eine Giraffe, die als besonders üppige Mahlzeit sehr geschätzt wird, bezeichnet man als »Große Elegante Person«. Größe gilt als besondere Auszeichnung bei diesen Menschen, die im Durchschnitt etwa einen Meter fünfzig groß sind. Paviane mit ihrem tödlichen Gebiss werden mit dem Namen »Leute, Die Auf Den Fersen Hocken« besänftigt.

Sie werden Wendungen lesen wie »Was-vorne-ist« als Begriff für Gesicht, oder »Baum-Wasser« für Territorium. Wasser, unvorstellbar köstlich, wenn es durch eine Speiseröhre rinnt, die in der Kalahari praktisch ständig sandgestrahlt wird, heißt einfach »weiche Kehle«.

Ich könnte noch lange so weitermachen, aber dies hier ist kein Wörterbuch. Ein Ju/'hoansi-Englisch-Wörterbuch wurde von Patrick Dickens zusammengestellt und 1994 veröffentlicht. Forscher und Ethnologen wie Megan Biesele mit ihrem Buch *Women Like Meat* haben viel dazu beigetragen, die Lebhaftigkeit der Ju/'hoansi-Sprache darzustellen.

DANKSAGUNG

Ich möchte die Arbeit einer Organisation für die Rechte von indigenen Völkern, Survival International, hier besonders erwähnen, nicht nur in Südafrika, sondern auf der ganzen Welt. Mehr über die Kampagnen der Organisation erfahren Sie auch auf deren deutschsprachiger Website unter www.survival-international.de.

Außerdem gilt mein Dank jenen, die mir bei der Recherche für dieses Buch geholfen haben: George Bizos, Gaye King, Andre Kritzinger, den Angestellten der Nyae Nyae Foundation und den Ju/'hoansi, die in dieser Gegend von Namibia leben. Sie haben meine Gesellschaft geduldet und waren so freundlich, mich nachts in der Kalahari an ihren Feuern sitzen zu lassen und Mythen mit mir auszutauschen.

Unschätzbaren Rat habe ich von Experten ihrer jeweiligen Disziplin erhalten: Prof. M. Toolan und Gary Travlos – danke sehr. Für viele Jahre der Unterstützung und Hilfe gilt mein ewiger Dank Bev Wilson Schram, und auch meinen bereitwilligen Lesern und wunderbaren Lektorinnen möchte ich Danke sagen: Betty Chicken, Maeve Clarke, Tamar Hodes, Rob Johns, Dina Lewis, Penny Rendall und Uma Waide.

Myra Miller und Crystallo Travlos – ich hätte es nicht

geschafft, wenn ihr beide euch nicht um meine Familie gekümmert hättet, während ich in diesem Buch vergraben war. Und Louka, Xanthe, Yiannis und meiner Mutter danke ich für ihre Geduld, die weit über das hinausgeht, was man als familiäre Pflicht betrachten könnte.

Außerdem danke ich jedem Schreibschüler, den ich jemals unterrichtet habe. Ich habe so viel von euch allen gelernt – und es hat Spaß gemacht. Und schließlich möchte ich dankbar meines ersten Lehrers im kreativen Schreiben gedenken, Lionel Abrahams.

Candi Miller

Diana Verlag

JEANNETTE WALLS

Schloss aus Glas

»Ein komisches, anrührendes Buch.« *Stern*

»Geschichten erzählen kann Walls. Bald will man das Buch gar nicht mehr zuklappen.« *Frankfurter Neue Presse*

»Jeannette Walls berichtet mit Liebe, aber auch mit Wehmut, jedoch ohne Bitterkeit von dieser seltsamen Kindheit in einer unangepassten Familie.« *Elke Heidenreich*

978-3-453-35135-6

www.diana-verlag.de